Diogenes Taschenbuch 21254

de te be

Maurice Leblanc

Die Uhr schlägt achtmal

Aus dem Französischen von Erika Gebühr

Diogenes

Titel der Originalausgabe:
›Les huit coups de l'horloge‹

Die deutsche Erstausgabe erschien 1964
im Verlag Luitpold Lang, München, unter dem gleichen Titel
Umschlagmotiv nach einer
Illustration der französischen
Originalausgabe

Veröffentlicht als Diogenes Taschenbuch, 1985

40/86/36/3
ISBN 3 257 21254 2

Inhalt

Eines Tages erzählte mir Arsène Lupin die acht Abenteuer dieses Buches, die er einem seiner Freunde, dem Prinzen Rénine, zuschrieb. Jedoch – die Vorgänge, die Methode, die ihnen zugrunde liegt, und sogar der Charakter des Helden machen es mir unmöglich, die beiden Freunde auseinanderzuhalten. Arsène Lupin ist ein phantasievoller Geschichtenerzähler, der sich manchmal Taten zuschreibt, die er nicht vollbracht hat, und manchmal mit seinen eigenen andere ehrt. Der Leser mag selbst entscheiden.

Im Turmzimmer

Hortense Daniel öffnete ihr Fenster einen Spalt und rief leise: »Sind Sie da, Rossigny?«

»Hier bin ich«, antwortete eine Stimme aus dem dichten Gestrüpp am Fuß des Schlosses.

Als sie sich ein wenig vorbeugte, sah sie einen ziemlich beleibten Mann, dessen aufgedunsenes, rotes, von einem viel zu blonden Bart umrahmtes Gesicht zu ihr hochsah.

»Was ist?« fragte er.

»Lange Diskussion mit meinem Onkel und meiner Tante gestern abend. Sie weigern sich ganz entschieden, den Vergleich zu unterschreiben, dessen Entwurf ihnen mein Anwalt geschickt hat, und mir die Mitgift auszuzahlen, die mein Mann vor seiner Einweisung in die Irrenanstalt verschleudert hat.«

»Ihr Onkel, der diese Heirat ja wünschte, ist auf Grund des Vertrages doch dazu verpflichtet.«

»Das ist ihm gleichgültig. Ich sage Ihnen ja, daß er sich weigert...«

»Also dann?«

»Sind Sie immer noch entschlossen, mich zu entführen?« fragte sie lachend.

»Mehr denn je.«

»Aber in allen Ehren, vergessen Sie das nicht.«

»Alles, was Sie wollen, Sie wissen genau, daß ich in Sie vernarrt bin.«

»Leider bin ich es nicht in Sie.«

»Das verlange ich auch nicht, ich möchte nur, daß Sie mich ein wenig lieben.«

»Ein wenig? Sie sind viel zu anspruchsvoll.«

»Warum haben Sie mich dann vorgezogen?«

»Zufällig. Ich langweilte mich ... Meinem Leben fehlte das Abenteuer ... So wage ich jetzt ... Hier ist mein Gepäck.«

Sie ließ riesige Lederbeutel hinab, die Rossigny unten in Empfang nahm.

»Die Würfel sind gefallen«, murmelte sie. »Erwarten Sie mich mit Ihrem Auto an der Abzweigung zur Insel If. Ich komme dann nachgeritten.«

»Was denken Sie! Ich kann doch nicht noch Ihr Pferd entführen.«

»Es kehrt allein zurück.«

»Gut! ... Oh, apropos ...«

»Was ist?«

»Wer ist eigentlich dieser Prinz Rénine, der seit drei Tagen in Ihrem Haus wohnt und den niemand kennt?«

»Ich weiß nicht. Mein Onkel hat ihn bei Freunden auf der Jagd getroffen und eingeladen.«

»Sie gefallen ihm sehr. Gestern haben Sie einen langen Spaziergang mit ihm gemacht. Der Mann paßt mir gar nicht.«

»In zwei Stunden werde ich das Schloß in Ihrer Gesellschaft verlassen haben. Der Skandal wird Serge Rénine wahrscheinlich abkühlen. Genug geschwätzt. Wir dürfen keine Zeit verlieren.«

Einige Minuten lang sah sie dem dicken Rossigny nach, der sich, gebückt unter dem Gewicht der Beutel, auf einem verlassenen Weg entfernte, dann schloß sie das Fenster.

Weit draußen wurde das Horn zum Wecken geblasen. Die Meute erwiderte mit wütendem Gebell. Im Schloß La Marèze wurde an diesem Morgen die Jagd eröffnet; jedes Jahr, Anfang September, luden Graf d'Aigleroche, ein großer Jäger vor dem Herrn, und die Gräfin einige Freunde und die Besitzer der umliegenden Schlösser dazu ein.

Hortense beendete langsam ihre Toilette, zog ein Reitkleid an, das ihre schlanke Gestalt zur Geltung brachte, setzte einen Filzhut auf, dessen breite Krempe ihrem schönen

Gesicht mit den rötlichen Haaren einen würdigen Rahmen bot, setzte sich dann an ihren Schreibtisch und schrieb an ihren Onkel, den Grafen d'Aigleroche, einen Abschiedsbrief, der ihm am Abend zukommen sollte. Es war ein schwieriger Brief, sie begann ihn mehrmals und gab es schließlich auf.

Ich werde ihm später schreiben, sagte sie sich, wenn seine Wut vorüber ist.

Und sie begab sich in den hohen Speisesaal.

Riesige Holzscheite brannten im Kamin. Rüstungen, Waffen und Jagdflinten schmückten die Wände. Von allen Seiten strömten die Gäste herbei und drückten Graf d'Aigleroche die Hand; er war jener Typ des bäuerlichen Edelmannes, von ebenso schwerfälliger Gestalt wie mächtigem Ansehen, der nur für die Jagd lebt. Er stand vor dem Kamin, hielt ein Glas des besten Champagners in der Hand und stieß mit den anderen an.

Hortense umarmte ihn zerstreut.

»Wie! Mein Onkel, der Sie sonst so zurückhaltend sind...«

»Pah!« erwiderte er, »einmal im Jahr kann man sich wohl eine kleine Ausschweifung erlauben...«

»Meine Tante wird Ihnen grollen.«

»Deine Tante hat ihre Migräne und wird nicht herunterkommen. Außerdem«, fügte er mürrisch hinzu, »geht sie das gar nichts an – und dich noch weniger, meine Kleine.«

Prinz Rénine trat auf Hortense zu. Er war jung und sehr elegant, sein Gesicht schmal und ein wenig blaß, seine Augen wechselten ständig vom sanftesten zum härtesten, vom liebenswürdigsten zum ironischsten Ausdruck.

Er verbeugte sich vor der jungen Frau, küßte ihr die Hand und sagte:

»Ich erinnere Sie an Ihr Versprechen, Madame.«

»Mein Versprechen?«

»Ja, wir hatten beschlossen, unseren schönen Spaziergang von gestern fortzusetzen und zu versuchen, jenes alte verrammelte Gemäuer zu besichtigen, dessen Anblick uns neugierig gemacht hat, man nennt es anscheinend das Gut Halingre.«

Sie erwiderte ziemlich trocken:

»Ich bedaure außerordentlich, Monsieur, aber der Ausflug würde lange dauern, und ich bin ein wenig müde. Ich mache einen Spaziergang im Garten und ziehe mich dann in mein Zimmer zurück.«

Eine Weile schwiegen beide, dann sagte Serge Rénine lächelnd, indem er sie voll ansah, und so leise, daß nur sie es verstehen konnte:

»Ich bin sicher, daß Sie Ihr Wort halten und mich als Begleiter annehmen werden. Es ist besser.«

»Für wen? Für Sie, nicht wahr?«

»Auch für Sie, das versichere ich Ihnen.«

Sie errötete leicht und erwiderte:

»Ich verstehe nicht ganz, Monsieur.«

»Ich spreche doch nicht in Rätseln. Der Weg ist hübsch, das Gut interessant. Kein anderer Spaziergang würde Ihnen dasselbe Vergnügen bereiten.«

»Sie sind ziemlich albern, Monsieur.«

»Und eigensinnig, Madame.«

Sie machte eine gereizte Bewegung, würdigte ihn aber keiner Antwort. Sie kehrte ihm den Rücken zu, drückte einigen Leuten die Hand und verließ den Raum.

An den Stufen der Freitreppe hielt ein Reitknecht ihr Pferd am Zügel. Sie schwang sich in den Sattel und ritt in den Wald hinter dem Park.

Das Wetter war frisch und ruhig. Zwischen den fast unbeweglichen Blättern schimmerte ein kristallblauer Himmel. Hortense ritt im Schritt die gewundenen Pfade entlang, die sie nach einer halben Stunde in ein Gelände voller Senkungen und steiler Böschungen führten. Sie hielt ganz in der Nähe der Chaussee.

Kein Geräusch, Rossigny mußte den Motor abgestellt und

sein Auto im Gebüsch an der Wegkreuzung zur Insel If versteckt haben.

Fünfhundert Meter trennten sie höchstens von diesem Rondell. Nach kurzem Zögern sprang sie zu Boden, band ihr Pferd so nachlässig fest, daß es sich bei der kleinsten Bewegung befreien und zum Schloß zurückkehren konnte, verhüllte ihr Gesicht mit einem langen braunen Schleier, der auf ihren Schultern lag, und trat einige Schritte vor.

Sie hatte sich nicht geirrt. An der ersten Biegung erkannte sie Rossigny. Er lief auf sie zu und zog sie ins Gebüsch.

»Schnell! Schnell! Oh, ich hatte solche Angst, daß Sie sich verspäten oder Ihre Meinung ändern würden. Und jetzt sind Sie hier! Ist das denn möglich?«

Sie lächelte: »Wie glücklich Sie sind, wo Sie doch eine Dummheit machen.«

»Und ob ich glücklich bin! Und Sie werden es auch sein, das schwöre ich.«

»Vielleicht, aber ich werde keine Dummheit machen.«

»Sie werden das tun, was Ihnen gefällt, Hortense. Ihr Leben wird ein Märchen sein.«

»Und Sie der entzückende Prinz!«

»Sie werden jeden Luxus, alle Reichtümer haben ...«

»Ich will weder Luxus noch Reichtümer.«

»Was dann?«

»Glück.«

»Für Ihr Glück übernehme ich die Verantwortung.«

Sie spottete: »Ich bezweifle ein wenig die Qualität des Glücks, das ich durch Sie erlange.«

»Sie werden sehen ... Sie werden sehen ...«

Sie hatten das Auto erreicht. Rossigny, der sich vor Freude kaum zu fassen wußte, ließ den Motor an. Hortense stieg ein und deckte sich mit einem weiten Mantel zu. Das Auto fuhr auf dem Gras den engen Pfad entlang, der sie zur Wegkreuzung brachte. Rossigny beschleunigte die Geschwindigkeit. Ein Schuß ertönte von rechts aus dem Wald. Im gleichen

Moment mußte Rossigny plötzlich bremsen. Das Auto geriet ins Schleudern. »Ein Vorderreifen muß geplatzt sein«, meinte Rossigny und sprang aus dem Wagen.

»Keineswegs!« rief Hortense. »Jemand hat geschossen.«

»Unmöglich, liebe Freundin! Was behaupten Sie da?«

Im gleichen Augenblick erfolgten zwei leichte Erschütterungen, und man hörte den Widerhall weiterer Abschüsse, Schlag auf Schlag, ziemlich weit entfernt aus dem Wald.

Rossigny knirschte mit den Zähnen:

»Die Hinterreifen ... geplatzt ... Zum Henker, wer ist der Bandit? Wenn ich ihn in die Finger bekomme!«

Er kletterte die Straßenböschung hinauf. Niemand. Außerdem verhinderte dichtes Gebüsch die Sicht.

»Verdammt und zugenäht!« fluchte er. »Sie hatten recht ... man hat auf das Auto gezielt! Oh, das ist stark! Jetzt sitzen wir stundenlang fest! Drei Reifen zu reparieren! Aber was tun Sie denn, liebe Freundin?«

Die junge Frau stieg ebenfalls aus dem Wagen. Ganz aufgeregt lief sie zu ihm hin.

»Ich gehe ...«

»Aber warum denn?«

»Ich will es wissen. Man hat geschossen. Wer? Ich will es wissen ...«

»Wir wollen uns nicht trennen, ich flehe Sie an ...«

»Glauben Sie, daß ich stundenlang auf Sie warten werde?«

»Aber unsere Fahrt! ... Unsere Pläne? ...«

»Morgen ... wir werden darüber sprechen ... Kommen Sie zum Schloß. Bringen Sie das Gepäck mit ...«

»Ich bitte Sie, ich bitte Sie ... Es ist doch nicht meine Schuld. Sie sehen aus, als wären Sie mir böse.«

»Ich bin Ihnen nicht böse. Aber, zum Kuckuck, wenn man eine Frau entführt, darf man keinen Plattfuß haben, mein Lieber. Bis nachher.«

Sie ging schnell fort, hatte das Glück, ihr Pferd wiederzufinden, und galoppierte in entgegengesetzter Richtung von La Marèze davon.

Für sie gab es keinen Zweifel: die drei Schüsse hatte Prinz Rénine abgefeuert.

»Er war's«, murmelte sie wütend, »er war's... Nur er bringt so etwas fertig...«

Hatte er sie nicht außerdem mit lächelnder Autorität gewarnt? »Sie werden kommen, ich bin ganz sicher... Ich erwarte Sie.«

Sie weinte vor Wut und Demütigung. Hätte sie in diesem Augenblick Prinz Rénine gegenübergestanden, sie würde ihn durchgepeitscht haben.

Vor ihr erstreckte sich der rauhe, aber malerische Landstrich, der im Norden das Departement Sarthe einschließt und »die kleine Schweiz« genannt wird. Oft zwangen sie schroffe Abhänge, langsamer zu reiten, um so mehr, als sie etwa zehn Kilometer zurücklegen mußte, um zu ihrem Ziel zu gelangen. Aber wenn ihr Schwung auch etwas nachließ und wenn die physische Anstrengung auch nach und nach geringer wurde, so war sie deswegen doch nicht minder wütend auf Prinz Rénine. Sie nahm ihm nicht nur diese Tat übel, für die sie keine Worte hatte, sondern auch sein Benehmen ihr gegenüber in diesen drei Tagen, seine Dienstbeflissenheit, seine Sicherheit und seine übertrieben höfliche Miene.

Sie kam näher. Am Rand eines Tals, von einer alten verfallenen und mit Moos und Unkraut bewachsenen Umfriedungsmauer aus sah sie den kleinen Glockenturm eines Schlosses und einige mit Läden verschlossene Fenster. Es war das Gut Halingre.

Sie ritt die Mauer entlang und wendete. In der Mitte eines Halbkreises vor dem Eingangstor stand Serge Rénine neben seinem Pferd und wartete.

Sie sprang aus dem Sattel; als er mit dem Hut in der Hand auf sie zutrat und ihr für ihr Kommen dankte, rief sie:

»Ein Wort zunächst, Monsieur. Vorhin ist etwas Ungeheuerliches passiert. Man hat drei Schüsse auf ein Auto abgefeuert, in dem ich saß. Haben Sie geschossen?«

»Ja.«

Sie schien sprachlos.

»Das geben Sie zu?«

»Sie stellen mir eine Frage, Madame, ich antworte.«

»Aber wie haben Sie gewagt...? Mit welchem Recht...?«

»Es geht hier nicht um mein Recht, Madame, sondern um meine Pflicht.«

»So? Und welche Pflicht?«

»Die Pflicht, Sie vor einem Mann zu schützen, der die Not Ihres Daseins auszunutzen sucht.«

»Ich verbiete Ihnen, so zu sprechen, Monsieur. Ich bin für meine Handlungen allein verantwortlich, ich habe meine Entscheidung in aller Freiheit getroffen...«

»Madame, ich habe heute morgen Ihre Unterhaltung mit Monsieur de Rossigny von Ihrem Fenster aus gehört, und ich hatte nicht den Eindruck, daß Sie ihm freudigen Herzens folgten. Ich bedaure die Gewaltsamkeit und die taktlose Art meines Eingreifens, und ich bitte untertänigst um Entschuldigung dafür, aber ich wollte Ihnen, auch auf die Gefahr hin, als Flegel zu gelten, einige Stunden Zeit zum Überlegen verschaffen.«

»Es ist alles überlegt. Wenn ich etwas beschlossen habe, ändere ich meine Meinung nicht.«

»Doch, manchmal, Madame, denn Sie sind nun hier anstatt dort.«

Die junge Frau war einen Augenblick verlegen. Ihr Zorn war verflogen. Sie sah Rénine mit jenem Erstaunen an, das man gewissen Menschen gegenüber fühlt, die anders sind als die anderen, die fähig sind, ungewöhnliche Handlungen zu begehen, die großzügiger und uneigennütziger sind als man selbst. Sie war sich vollkommen klar darüber, daß er weder mit Hintergedanken noch aus Berechnung handelte, sondern einfach, wie er es sagte, aus dem Pflichtbewußtsein des galanten Mannes einer Frau gegenüber, die den falschen Weg eingeschlagen hat.

Sehr leise sagte er:

»Ich weiß sehr wenig von Ihnen, Madame, jedoch genug, daß ich den Wunsch habe, Ihnen nützlich zu sein. Sie sind sechsundzwanzig Jahre alt und Waise. Vor sieben Jahren haben Sie den Neffen des Grafen d'Aigleroche geheiratet; dieser Neffe mußte ziemlich verwirrt, ja halb verrückt, in eine Anstalt gebracht werden. Deswegen können Sie sich nicht scheiden lassen und sind, da Ihre Mitgift verschleudert worden ist, gezwungen, bei Ihrem Onkel und von seinem Geld zu leben. Das Milieu ist trübsinnig, da sich der Graf und die Gräfin nicht vertragen. Vor langer Zeit wurde der Graf von seiner ersten Frau verlassen, die mit dem ersten Mann der Gräfin durchbrannte. Die beiden verlassenen Ehegatten haben aus Trotz ihr Leben miteinander vereint, in dieser Ehe aber nur Enttäuschungen und Groll gefunden. Sie sind die Leidtragende. Ihr Leben ist in elf von zwölf Monaten monoton, beengt und einsam. Eines Tages haben Sie Monsieur de Rossigny getroffen, der sich in Sie verliebte und Ihnen die Flucht vorschlug. Sie liebten ihn nicht. Aber die Langeweile, Ihre Jugend, die dahingeht, das Bedürfnis nach Unvorhergesehenem, der Wunsch nach Abenteuern, kurz, Sie nahmen seinen Vorschlag mit der eindeutigen Absicht an, Ihren Liebhaber abblitzen zu lassen, in der ein wenig naiven Hoffnung jedoch, daß dieser Skandal Ihren Onkel zwingen würde, Ihnen Geld zu geben und Ihnen ein unabhängiges Leben zu sichern. Das war Ihre Absicht. Jetzt müssen Sie wählen: entweder Sie geben sich in die Hände von de Rossigny ... oder aber Sie vertrauen sich mir an.«

Sie sah ihn an. Was wollte er damit sagen? Was bedeutete dieses Angebot, das er ihr so ernsthaft machte wie ein Freund, der nur den Wunsch zu helfen hat.

Nach kurzem Schweigen nahm er die beiden Pferde am

Zügel und band sie fest. Dann untersuchte er die schwere Pforte, deren beide Flügel kreuzförmig mit zwei Brettern vernagelt waren. Ein Wahlplakat von vor zwanzig Jahren zeigte, daß seit dieser Zeit niemand mehr die Schwelle des Gutes überschritten hatte.

Rénine riß einen der Eisenpfosten aus dem Gitter rund um den Vorplatz und benutzte ihn als Brechstange. Die morschen Bretter gaben nach. Unter einem von ihnen wurde das Schloß frei, das er mit einem dicken Taschenmesser mit zahlreichen Klingen und Werkzeugen bearbeitete. Nach einer Minute öffnete sich das Tor und gab den Blick frei auf ein Gelände voller Farnkraut, das sich bis zu einem langen zerfallenen Gemäuer erstreckte, über das zwischen vier Glockentürmen eine Art Aussichtsturm, auf einen Wehrturm gebaut, hinausragte.

Der Prinz wandte sich zu Hortense.

»Niemand drängt Sie«, sagte er. »Sie werden heute abend Ihre Entscheidung treffen, und wenn es de Rossigny gelingt, Sie ein zweites Mal zu überzeugen, schwöre ich Ihnen auf meine Ehre, daß ich Ihnen nichts mehr in den Weg legen werde. Bis dahin beehren Sie mich mit Ihrer Gegenwart. Wir haben gestern beschlossen, dieses Schloß zu besichtigen, wollen Sie? Das ist ein Zeitvertreib wie jeder andere auch, vielleicht aber doch wenigstens nicht so uninteressant.«

Er hatte eine Art zu sprechen, die Gehorsam forderte. Er schien gleichzeitig zu befehlen und zu bitten. Die junge Frau versuchte nicht einmal, die Betäubung abzuschütteln, in die ihr eigener Wille allmählich versank. Sie folgte ihm zu einer halb verfallenen Freitreppe, über die man zu einer ebenfalls mit Brettern kreuzförmig zugenagelten Tür gelangte.

Rénine schaffte sich auf die gleiche Weise Zutritt. Sie traten in eine große Vorhalle mit schwarzen und weißen Fliesen; in ihr standen alte Anrichtetische und Kirchenstühle herum, an der Wand ein Wappenschild aus Holz. Das Wappenzeichen war ein Adler, der sich auf einem Felsen festkrallte. Von dem

Wappen bis auf eine Tür darunter hing ein dichtes Spinnennetz.

»Offensichtlich die Tür zum Salon«, meinte Rénine.

Es kostete mehr Mühe, sie zu öffnen, und er mußte mehrmals mit der Schulter zustoßen, bis ein Flügel nachgab.

Hortense hatte bis jetzt kein Wort gesprochen. Voll Erstaunen beobachtete sie die verschiedenen Einbrüche, die mit wahrer Meisterschaft ausgeführt wurden. Er erriet ihren Gedanken und sagte, sich zu ihr umwendend, ernst:

»Es ist ein Kinderspiel für mich. Ich war Schlosser.«

Sie ergriff seinen Arm, während sie flüsterte: »Hören Sie!«

»Was?«

Sie verstärkte den Druck, der Schweigen gebot. Fast im gleichen Moment sagte er leise:

»Tatsächlich, das ist eigenartig.«

»Hören Sie... Hören Sie...«, wiederholte Hortense verblüfft.

»Ist das denn möglich?«

Ganz in ihrer Nähe hörten sie ein hartes Geräusch, das Geräusch kleiner Stöße in regelmäßigen Abständen. Sie brauchten nur aufmerksam zu horchen, um das Ticken einer Uhr zu erkennen. Es durchdrang die große Stille in dem dunklen Salon, das sehr langsame Ticken, rhythmisch wie das Schlagen eines Metronoms, wie es ein schweres Kupferpendel hervorruft. Das war es. Nichts konnte ihnen eindrucksvoller erscheinen als der abgemessene Pulsschlag dieses kleinen Mechanismus, der in dem Tod des Schlosses weiterlebte... durch welches Wunder? Durch welches unerklärliche Phänomen?

»Es ist doch«, stammelte Hortense, die nicht laut zu sprechen wagte, »es ist doch niemand hier?«

»Niemand.«

»Es ist unmöglich, daß diese Uhr zwanzig Jahre lang gelaufen ist, ohne aufgezogen worden zu sein?«

»Unmöglich.«

»Wie kommt es dann?«

Serge Rénine öffnete die drei Fenster und stieß die Läden auf. Sie befanden sich in einem Salon, der nicht die geringste Spur von Unordnung zeigte. Die Sessel standen an ihrem Platz. Kein Möbelstück fehlte. Die Leute, die ihn bewohnt und aus ihm ihr gemütlichstes Zimmer der Wohnung gemacht hatten, waren fortgegangen, ohne irgend etwas mitzunehmen, weder die Bücher, die sie lasen, noch die Nippsachen auf den Tischen und Konsolen.

Rénine untersuchte die alte Bauernuhr in ihrem hohen geschnitzten Gehäuse. Durch eine ovale Scheibe sah man die Fläche des Pendels. Er öffnete es: die Gewichte an den Ketten waren am Ende angelangt.

In diesem Augenblick klickte es, die Uhr schlug achtmal, ihr Ton war dumpf, die junge Frau sollte ihn niemals vergessen.

»Was für ein Wunder!« murmelte sie.

»Ein wahres Wunder, in der Tat«, erklärte er, »denn der sehr einfache Mechanismus ermöglicht kaum, daß die Uhr eine Woche lang läuft.«

»Und Sie bemerken nichts Besonderes?«

»Nein, nichts ... falls nicht ...«

Er beugte sich vor und zog aus dem Grund des Gehäuses ein Metallrohr, das hinter den Gewichten versteckt lag. Er ging damit zum Fenster.

»Ein Fernrohr«, sagte er nachdenklich. »Warum hat man es dort versteckt? Man hat es auch ausgezogen gelassen ... Das ist eigenartig ... Was soll das nur bedeuten?«

Die Uhr begann ein zweites Mal zu schlagen. Acht Schläge hallten durch den Raum. Rénine schloß das Gehäuse und setzte den Rundgang fort, ohne jedoch das Fernrohr aus der Hand zu legen. Eine breite Türöffnung war die Verbindung des Salons mit einem kleineren Raum, einer Art Rauchzimmer, das ebenfalls möbliert war und in dem ein Gewehrschrank stand, dessen Ständer ausgeräumt war. An der Wand daneben zeigte ein Kalender ein Datum: den 5. September.

»Oh!« rief Hortense verwirrt, »das Datum von heute ... Sie haben die Blätter ihres Kalenders bis zum 5. September abgerissen ... Heute jährt sich dieser Tag. Was für ein unglaublicher Zufall!«

»Unglaublich«, sagte er, »es ist der Jahrestag ihres Auszugs heute vor zwanzig Jahren ...«

»Geben Sie zu, daß das alles recht unverständlich ist.«

»Ja ... natürlich ... aber trotzdem ...«

»Haben Sie einen Gedanken?«

Er zögerte wenige Sekunden:

»Mich irritiert dieses versteckte Fernrohr ... im letzten Augenblick dorthin geworfen ... Wozu wurde es benutzt? Von den Fenstern des Erdgeschosses aus sieht man nur die Bäume des Gartens, und zweifellos auch aus allen anderen Fenstern ... Wir befinden uns in einem Tal ohne die geringste Aussicht ... Um dieses Rohr zu gebrauchen, müßte man ganz hinaufsteigen ... Wollen Sie, daß wir es versuchen?«

Sie zögerte nicht. Das Geheimnis, das in diesem Erlebnis steckte, reizte ihre Neugier so sehr, daß sie nur noch daran dachte, Rénine zu folgen und ihm bei seiner Suche zu helfen.

Sie stiegen also die Haupttreppe hinauf und gelangten in die zweite Etage auf eine Plattform, von der eine Wendeltreppe zum Aussichtsturm führte.

Oben fanden sie eine luftige Terrasse, die von einer über zwei Meter hohen Brüstung umgeben war.

»Das müssen früher Schießscharten gewesen sein, die man dann zugemauert hat«, bemerkte Prinz Rénine. »Sehen Sie, hier waren einmal Löcher, man hat sie aufgefüllt.«

»Auf jeden Fall war auch hier das Fernrohr zu nichts gut, es bleibt uns nichts weiter übrig, als wieder hinunterzusteigen.«

»Ich bin da anderer Meinung«, entgegnete er. »Es mußte logischerweise eine Stelle geben, von der aus man das Land übersehen konnte und wo folglich das Fernrohr Verwendung fand.«

Er zog sich mit den Händen zur Brüstung hinauf und konnte sehen, daß man von da aus einen Blick auf das ganze Tal hatte, auf den Park, dessen hohe Bäume die Aussicht begrenzten, und ziemlich weit entfernt, am Ende einer Schneise in einem bewaldeten Hügel, auf einen anderen zerfallenen, sehr niedrigen Turm, der von wildem Wein umwuchert und vielleicht sieben- bis achthundert Meter entfernt war.

Rénine nahm seine Untersuchung wieder auf. Man hätte meinen können, daß sich für ihn das ganze Problem nur auf dieses Fernrohr beschränkte und daß dieses Problem sofort gelöst wäre, wenn man entdecken würde, wie es eingesetzt wurde.

Er untersuchte nacheinander die Schießscharten. Eine von ihnen, oder vielmehr die Lage einer von ihnen, erregte vor allen Dingen seine Aufmerksamkeit. Mitten in der Gipsschicht, mit der sie zugemauert war, befand sich eine mit Erde aufgefüllte Vertiefung, in der Unkraut wuchs.

Er riß die Pflanzen aus, hob die Erde heraus und erhielt so eine Öffnung von etwa zwanzig Zentimetern im Durchmesser, die durch die Mauer hindurchgestochen war. Als er sich vorbeugte, stellte Rénine fest, daß dieser enge und tiefe Spalt den Blick unweigerlich über den mit Bäumen bewachsenen Gipfel entlang der Schneise zum weinumwucherten Turm lenkte.

In diesem Durchstich paßte das Fernrohr in eine Art Rinne, die wie ein Wasserablauf aussah, genau hinein, so genau, daß es unmöglich gewesen wäre, es auch nur um ein weniges nach rechts oder links zu bewegen.

Rénine, der die Linsen von außen geputzt hatte, wobei er darauf achtete, die Einstellung nicht zu verändern, brachte sein Auge an das kleine Loch des Instruments.

Dreißig oder vierzig Sekunden lang blickte er regungslos und aufmerksam hindurch. Dann richtete er sich auf und sagte mit veränderter Stimme:

»Scheußlich ... Wirklich scheußlich ...«

»Was denn?« fragte sie angstvoll.

»Sehen Sie selbst ...«

Sie kniete sich hin; da sie das Bild jedoch nicht deutlich sah, mußte er ihr das Rohr richten. Fast im gleichen Augenblick sagte sie mit einem Schauder:

»Es sind zwei Vogelscheuchen, nicht wahr? Man hat sie beide dort oben aufgestellt ... Aber warum?«

»Sehen Sie richtig hin«, wiederholte er, »schärfer. Unter den Hüten ... die Gesichter.«

»Oh!« stöhnte sie und schwankte, »wie entsetzlich!«

Im Blickfeld des Glases zeigte sich wie in einem rund zugeschnittenen Foto folgender Anblick: Die Plattform eines abgestumpften Turmes, dessen Brüstung, die auf der entfernteren Seite höher war, eine Art festen Hintergrund bildete, von dem wilder Wein herabhing. Davor in der Mitte, in einem Gewirr von Sträuchern zwei Menschen, ein Mann und eine Frau, die halb aufgerichtet auf einem Haufen von Steingeröll lagen.

Aber konnte man diese beiden Gestalten noch Mann und Frau nennen, diese beiden unheimlichen Kleiderpuppen, die wohl angezogen waren und Reste von Hüten trugen, aber die ohne Augen waren, ohne Wangen, ohne Kinn, ohne jedes Fleisch, und die schlicht und einfach zwei Skelette waren?

»Zwei Skelette«, stammelte Hortense, »zwei angezogene Skelette ... Wer hat sie dorthin gebracht?«

»Niemand.«

»Ja aber ...«

»Der Mann und die Frau müssen vor Jahren und aber Jahren dort oben in dem Turm gestorben sein ... unter der Kleidung ist das Fleisch verwest, die Raben haben es gefressen.«

»Wie entsetzlich! Wie entsetzlich!« rief Hortense, die ganz blaß geworden war und deren Gesicht sich vor Ekel verzerrte.

Eine halbe Stunde später verließen Hortense Daniel und Serge Rénine das Gut Halingre. Bevor sie davonritten, waren sie bis zu dem weinumrankten Turm, dem Überbleibsel eines alten, zu dreiviertel verfallenen Wachtturms, vorgedrungen. Das Innere war leer. Man mußte noch vor relativ kurzer Zeit mit Leitern und Holztreppen hinaufgestiegen sein, deren Überbleibsel noch auf dem Boden herumlagen. Der Turm war an die Mauer gebaut, die den Park begrenzte.

Seltsamerweise und zu Hortenses Überraschung untersuchte Prinz Rénine die Sache nicht weiter, so als hätte sie für ihn jedes Interesse verloren. Er sprach sogar nicht mehr darüber, und als sie in der Gastwirtschaft des nächsten Dorfes etwas aßen, war es Hortense, die den Gastwirt über das verlassene Gut ausfragte. Übrigens vergebens, denn der Mann war neu in dieser Gegend und konnte keine Auskunft geben. Er wußte nicht einmal den Namen des Besitzers.

Sie nahmen die Straße nach La Marèze. Mehrmals spielte Hortense auf den scheußlichen Anblick an. Aber Rénine, der sehr fröhlich und seiner Begleiterin gegenüber sehr zuvorkommend war, schienen diese Fragen vollständig gleichgültig zu lassen.

»Also, was ist?« rief sie ungeduldig. »Wir können es unmöglich dabei bewenden lassen! Man muß eine Lösung finden!«

»In der Tat«, sagte er, »man muß eine Lösung finden. Monsieur de Rossigny muß wissen, woran er ist, und Sie müssen sich in dieser Angelegenheit entscheiden.«

Sie zuckte die Achseln.

»Ja, eigentlich schon, aber im Moment...«

»Aber im Moment?«

»Handelt es sich darum, zu erfahren, wer diese beiden Leichen sind.«

»Aber Rossigny...«

»Rossigny kann warten. Ich aber nicht.«

»Gut. Vielleicht hat er ja auch noch nicht einmal seine

Reifen ausgewechselt. Aber was werden Sie ihm sagen? Darum geht es doch.«

»Es geht um das, was wir gesehen haben. Sie haben mich mit einem Geheimnis konfrontiert, neben dem nichts anderes mehr zählt. Was haben Sie vor?«

»Was ich vorhabe?«

»Ja, da sind zwei Leichen... Sie werden das Gericht benachrichtigen, nicht wahr?«

»Ach du liebe Güte!« rief er lachend. »Warum denn das?«

»Aber es ist doch ein Rätsel, das man um jeden Preis lösen muß. Ein fürchterliches Drama...«

»Dazu brauchen wir niemanden.«

»Wie? Was sagen Sie? Können Sie sich denn das erklären?«

»Mein Gott, ungefähr so genau, als hätte ich in einem Buch eine lang und breit erzählte Geschichte – überdies noch illustriert – gelesen. Das alles ist doch so einfach!«

Sie beobachtete ihn aus den Augenwinkeln, während sie sich fragte, ob er sich über sie lustig machte. Aber er sah sehr ernst aus.

»Und jetzt?« fragte sie schaudernd.

Es begann Abend zu werden. Sie waren schnell vorangekommen. Als sie sich La Marèze näherten, kehrten gerade die Jäger zurück.

»Wir werden jetzt unsere Erkundigungen bei den Leuten fortsetzen, die hier in der Gegend wohnen«, sagte er. »Wissen Sie jemanden, der dafür besonders geeignet ist?«

»Mein Onkel. Er hat diese Gegend niemals verlassen.«

»Sehr schön. Wir werden Monsieur d'Aigleroche befragen, und sie werden sehen, mit welch unerbittlicher Logik alle diese Tatsachen sich aneinanderfügen. Wenn man das erste Glied einer Kette in den Händen hält, muß man auch das letzte erreichen, ob man will oder nicht. Ich kenne nichts Amüsanteres.«

Als sie das Schloß erreichten, trennten sie sich. Hortense fand ihr Gepäck und einen wütenden Brief von Rossigny vor, in dem er ihr Lebewohl sagte und seine Abreise ankündigte.

Gott sei Dank! sagte sich Hortense, dieser lächerliche Mensch hat die beste Lösung gefunden.

Ihr Flirt mit ihm, ihr Durchbrennen, ihre Pläne, sie hatte alles vergessen. Rossigny erschien ihr viel fremder als dieser irritierende Rénine, für den sie noch vor einigen Stunden so wenig Sympathie empfunden hatte. Rénine klopfte an ihrer Tür.

»Ihr Onkel ist in seiner Bibliothek«, sagte er. »Wollen Sie mich begleiten? Ich habe ihn von meinem Besuch benachrichtigt.«

Sie folgte ihm.

Er fügte hinzu: »Ein Wort noch. Heute morgen habe ich dadurch, daß ich Ihre Pläne vereitelte und Sie bat, sich mir anzuvertrauen, Ihnen gegenüber eine Verpflichtung übernommen, der ich jetzt nachkommen werde; Sie werden den formellen Beweis bekommen.«

»Sie haben nur die Verpflichtung übernommen«, sagte sie lachend, »meine Neugier zu befriedigen.«

»Sie wird befriedigt werden«, versicherte er ernst, »weit mehr, als Sie glauben, wenn Monsieur d'Aigleroche meine Gedankengänge bestätigt.«

Monsieur d'Aigleroche war tatsächlich allein. Er rauchte seine Pfeife und trank Sherry. Er bot Rénine ein Glas an, aber dieser lehnte ab.

»Und du, Hortense?« fragte er mit ein wenig belegter Zunge. »Du weißt, daß man sich hier nur während dieser Septembertage amüsiert. Nutz es aus. Hast du einen schönen Spaziergang mit Rénine gemacht?«

»Gerade darüber wollte ich mit Ihnen sprechen, Monsieur«, unterbrach der Prinz.

»Sie müssen mich entschuldigen, aber in zehn Minuten muß ich zum Bahnhof und eine Freundin meiner Frau abholen.«

»Oh, zehn Minuten genügen mir reichlich.«

»Also gerade eine Zigarettenlänge?«

»Nicht mehr.«

Er nahm eine Zigarette aus dem Etui, das Monsieur d'Aigleroche ihm reichte, zündete sie an und sagte:

»Stellen Sie sich vor, der Spaziergang hat uns zufällig zu einem alten Gut geführt, das Sie natürlich kennen, das Gut Halingre.«

»Sicher. Aber es ist verschlossen und seit einem Vierteljahrhundert verbarrikadiert, glaube ich. Sie haben nicht hineingelangen können?«

»Doch.«

»Aha. Interessant?«

»Äußerst interessant. Wir haben die seltsamsten Dinge entdeckt.«

»Was für Dinge?« fragte der Graf und sah auf seine Uhr.

Rénine erzählte: »Verbarrikadierte Räume, einen Salon, den man in seiner alltäglichen Ordnung gelassen hat, eine Wanduhr, die durch ein Wunder bei unserer Ankunft schlug...«

»Unwichtige Einzelheiten«, murmelte Monsieur d'Aigleroche.

»Es gibt auch wichtigere. Wir sind auf den Aussichtsturm gestiegen, und von da aus haben wir in einem vom Schloß ziemlich weit entfernten Turm zwei Leichen gesehen, vielmehr zwei Skelette, einen Mann und eine Frau, die noch mit ihren Kleidungsstücken bedeckt sind, die sie trugen, als sie ermordet wurden...«

»Oho! Ermordet? Nur eine Vermutung...«

»Eine Gewißheit; und deswegen belästigen wir Sie jetzt. Ist von diesem Drama, das etwa zwanzig Jahre zurückliegen muß, damals nichts bekannt geworden?«

»Nicht, daß ich wüßte«, erklärte Graf d'Aigleroche. »Ich habe nie etwas von einem Verbrechen oder Verschwinden gehört.«

»Wie schade!« seufzte Rénine, der leicht verblüfft

schien. »Ich hoffte, Sie würden uns Auskunft geben können.«

»Ich bedaure.«

»Dann entschuldigen Sie bitte.«

Er sah Hortense fragend an und ging zur Tür. Aber er besann sich eines Besseren:

»Könnten Sie mir nicht wenigstens Leute Ihrer Umgebung, Ihrer Familie nennen, die etwas darüber wissen könnten?«

»Meiner Familie? Und warum?«

»Weil das Gut Halingre doch den d'Aigleroches gehörte und zweifellos auch noch gehört. Die Wappen zeigen einen Adler auf einem Gesteinsbrocken... einem Felsen. Mir war der Zusammenhang sofort klar.«

Dieses Mal schien der Graf überrascht zu sein. Er stieß seine Flasche und das Glas zurück und sagte:

»Was erzählen Sie mir da? Von dieser Verwandtschaft ist mir nichts bekannt.«

Rénine schüttelte lächelnd den Kopf:

»Ich wäre eher geneigt zu glauben, daß Sie nicht unbedingt eine, wenn auch vielleicht nur entfernte Verwandtschaft zwischen sich und diesem unbekannten Gutsbesitzer zugeben wollen.«

»Ist er denn kein ehrenwerter Mann?«

»Er ist ein Mann, der getötet hat, nichts weiter.«

»Was sagen Sie?«

Der Graf war aufgestanden. Hortense sagte sehr erregt:

»Sind Sie wirklich sicher, daß ein Verbrechen vorliegt und daß dieses Verbrechen von jemandem vom Schloß begangen wurde?«

»Absolut sicher.«

»Und woher nehmen Sie diese Gewißheit?«

»Ich weiß, wer die beiden Opfer waren, und kenne das Motiv des Mordes.«

Prinz Rénine brachte nur Behauptungen vor. Aber wenn

man ihn hörte, hätte man meinen können, daß er sich auf beste Beweise stützte.

Mit auf dem Rücken verschränkten Armen ging Monsieur d'Aigleroche im Zimmer auf und ab. Schließlich meinte er:

»Ich habe schon immer eine Ahnung gehabt, als wäre etwas vorgefallen, aber ich habe es nicht wissen wollen... Vor zwanzig Jahren bewohnte tatsächlich ein Verwandter von mir, ein entfernter Vetter, das Gut Halingre. Ich hoffte wegen des Namens, den ich trage, daß diese Geschichte, über die ich, ich wiederhole es, niemals Genaues erfahren habe, die ich aber vermutete, für immer im Dunkel bleiben würde.«

»Dann war also dieser Vetter der Mörder?«

»Ja, er wurde zum Mord gezwungen.«

Rénine schüttelte den Kopf.

»Ich bedaure, diesen Satz berichtigen zu müssen, lieber Herr Graf. Die Wahrheit ist, daß Ihr Vetter im Gegenteil kalt und feige gemordet hat. Ich kenne kein Verbrechen, das mit größerer Kaltblütigkeit und Tücke durchdacht worden wäre.«

»Was wissen Sie darüber?«

Jetzt war für Rénine der Augenblick gekommen, sich zu erklären, ein ernster, angstvoller Augenblick, dessen ganze Feierlichkeit Hortense begriff, obwohl sie noch nichts von dem Drama erraten hatte, in das sich der Prinz Schritt für Schritt einließ.

»Die Geschichte ist sehr einfach«, sagte er. »Alles weist darauf hin, daß dieser Monsieur d'Aigleroche verheiratet war und daß in der Umgebung vom Gut Halingre ein anderes Ehepaar wohnte, mit dem er und seine Frau in freundschaftlicher Beziehung standen. Was geschah eines Tages? Welche dieser vier Personen brachte als erste Unruhe in die Beziehungen der beiden Paare? Ich könnte es nicht sagen. Aber eine Version drängt sich sofort auf, daß nämlich die Frau Ihres Vetters, Madame d'Aigleroche, sich mit dem anderen Mann in dem weinumrankten Turm traf. Der Turm hatte einen direkten Ausgang auf die Felder. Als er von den Verabredungen erfuhr, beschloß Ihr Vetter d'Aigleroche, sich zu rächen; doch wollte er einen Skandal vermeiden, und niemand sollte erfahren, daß die Ehebrecher getötet worden waren. Er hatte – wie ich auch heute mittag – festgestellt, daß es im Schloß eine Stelle gibt, den Aussichtsturm, von der aus man über die Bäume und das Hügelgelände des Parks hinweg den Turm sehen kann, der achthundert Meter entfernt ist, und daß es außer diesem Ort keinen gibt, der die Turmspitze überragt. An der Stelle einer zugemauerten Schießscharte stieß er also ein Loch durch die Brüstung und beobachtete von da aus mit einem Fernrohr, das genau in die Rinne zu liegen kam, das Beisammensein der beiden. Und von da aus tötete er, nachdem er alle Maßnahmen getroffen und die Entfernung genau berechnet hatte, am 5. September, einem Sonntag, als das Gut leer stand, die beiden Liebenden mit zwei Gewehrschüssen.«

Die Wahrheit war an den Tag gekommen. Der Graf murmelte:

»Ja... so muß es passiert sein... So hat mein Vetter d'Aigleroche...«

»Der Mörder«, fuhr Rénine fort, »stopfte sorgfältig die Schießscharte mit einem Erdklumpen wieder zu. Wer würde jemals erfahren, daß zwei Leichen oben in jenem Turm verwesten, den nie jemand bestieg und dessen Holztreppen er vorsichtshalber zerstört hatte? Er brauchte nur noch das Verschwinden seiner Frau und seines Freundes zu erklären. Eine einfache Sache. Er beschuldigte sie, gemeinsam geflüchtet zu sein.«

Hortense zuckte zusammen. Mit einem Schlag, so als wäre dieser letzte Satz eine vollständige und für sie absolut unvorhergesehene Enthüllung gewesen, verstand sie, worauf Rénine hinauswollte.

»Was sagen Sie?«

»Ich sage, daß Monsieur d'Aigleroche seine Frau und seinen Freund beschuldigte, gemeinsam geflohen zu sein.«

»Nein, nein«, rief sie, »nein, ich kann nicht zulassen... Es handelt sich um einen Vetter meines Onkels... Warum bringen Sie zwei Geschichten zusammen?«

»Warum ich diese Geschichte mit einer anderen zusammenbringe, von der zu jener Zeit die Rede war?« erwiderte der Prinz. »Aber ich bringe sie nicht zusammen, meine Liebe, es gibt nur eine Geschichte, und ich erzähle sie so, wie sie sich zugetragen hat.«

Hortense wandte sich zu ihrem Onkel. Er schwieg, seine Arme waren übereinandergeschlagen, und sein Kopf blieb im Dunkeln, das der Lampenschirm hervorrief. Warum hatte er nicht widersprochen?

Mit fester Stimme fuhr Rénine fort:

»Es gibt nur eine Geschichte. Am Abend desselben 5. September verließ Monsieur d'Aigleroche um acht Uhr sein Schloß, nachdem er es verbarrikadiert hatte, und gab zweifellos als Vorwand an, daß er die Flüchtigen suchen wolle. Er ging fort und ließ alle Zimmer so, wie sie waren, und nahm nur die Gewehre aus der Vitrine mit. In letzter Sekunde überfiel ihn die Befürchtung, welche sich heute als berechtigt erwiesen hat, daß die Entdeckung des Fernrohrs, das eine so große Rolle bei der Vorbereitung seines Verbrechens gespielt hatte, als Ausgangspunkt für eine Untersuchung dienen könnte, und er warf es in das Uhrgehäuse. Der Zufall wollte es, daß es das Pendel blockierte. Dies war eine jener Unachtsamkeiten, wie sie übrigens von allen Verbrechern früher oder später begangen werden, und sie sollte ihn zwanzig Jahre später verraten. Die Schläge, mit denen ich die Tür zum Salon aufbrach, gaben das Pendel frei. Die Uhr begann wieder zu laufen, es schlug achtmal... und ich hatte den Ariadnefaden, der mich durch das Labyrinth führte.«

»Beweise... Beweise...«, stammelte Hortense.

»Beweise?« erwiderte Rénine heftig. »Aber es gibt sie zur Genüge, und Sie kennen sie ebensogut wie ich. Wer hätte auf diese Entfernung von achthundert Metern töten können, wenn nicht ein geschickter Jäger, ein Jagdnarr, nicht wahr, Monsieur d'Aigleroche? Beweise? Warum wurde nichts aus dem Gut mitgenommen, nichts außer den Gewehren, den Gewehren, die kein Jagdnarr entbehren mag, nicht wahr, Monsieur d'Aigleroche... diese Gewehre, die hier wie Trophäen an der Wand hängen. Beweise? Und dieses Datum des 5. September, das der Tag des Verbrechens ist und das in der Seele des Verbrechers eine so schreckliche Erinnerung zurückgelassen hat, daß er jedes Jahr zu diesem Zeitpunkt, und nur zu diesem Zeitpunkt, sich mit Zerstreuungen umgibt und daß er jedes Jahr am Tag des 5. September seine gewohnte Einsamkeit vergißt? Wir haben heute den 5. September. Beweise? Nun, wenn es keine weiteren gäbe, genügt Ihnen dieser hier nicht?«

Rénine streckte den Arm aus und wies auf den Grafen d'Aigleroche, der vor der entsetzlichen Heraufbeschwörung der Vergangenheit in seinem Sessel zusammengesunken war und seinen Kopf in den Händen verbarg.

Hortense erhob keinen Einwand. Sie hatte ihren Onkel oder vielmehr den Onkel ihres Mannes niemals geliebt. Augenblicklich ließ sie die gegen ihn erhobene Beschuldigung zu.

Eine Minute verstrich.

Mechanisch schenkte sich Monsieur d'Aigleroche Sherry ein und leerte zweimal sein Glas. Dann stand er auf und trat auf Rénine zu.

»Ob nun die Geschichte wahr ist oder nicht, Monsieur, man kann nicht den Ehemann einen Verbrecher nennen, der seine Ehre rächt und die ungetreue Gattin bestraft.«

»Das nicht«, erwiderte Rénine, »aber ich habe nur die erste Version der Geschichte erzählt. Es gibt eine weitere, die unendlich viel schwerwiegender ist... und wahrscheinlicher... eine weitere, auf die eine sorgfältige Untersuchung unweigerlich stoßen würde.«

»Was wollen Sie damit sagen?«

»Folgendes: Es handelt sich vielleicht nicht um einen Mann, der sich zum Richter aufwirft, wie ich es wohlmeinend angenommen habe. Vielleicht handelt es sich um einen ruinierten Mann, der das Vermögen und die Frau seines Freundes begehrt und der deswegen, um sich zu befreien, um sich seines Freundes und seiner eigenen Frau zu entledigen, sie in eine Falle lockt, ihnen rät, jenen verlassenen Turm zu besichtigen, und sie von weitem aus dem sicheren Versteck mit Gewehrschüssen tötet.«

»Nein, nein«, protestierte der Graf, »nein, das ist unsinnig.«

»Ich sage nicht nein. Ich stütze meine Anklage auf Beweise, aber auch auf Ahnungen und Überlegungen, die bis jetzt sehr genau sind. Trotzdem hoffe ich sehr, daß diese zweite Version falsch ist. Aber warum haben Sie in diesem Fall Gewissensbisse? Man hat keine Gewissensbisse, wenn man die Schuldigen bestraft.«

»Man hat sie, wenn man tötet. Es ist eine erdrückende Bürde.«

»Hat Monsieur d'Aigleroche des Besitzes wegen später die Witwe seines Opfers geheiratet? In dieser Frage liegt alles, Graf. Warum diese Heirat? War Monsieur d'Aigleroche ruiniert? War die, die er das zweitemal heiratete, reich? Oder aber liebten sie sich, und war sie damit einverstanden, daß Monsieur d'Aigleroche seine erste Frau und den Mann seiner zweiten Frau tötete? So viele Fragen, die ich nicht beantworten kann, die im Augenblick von keinerlei Interesse sind, aber die das Gericht mit allen seinen Möglichkeiten, über die es verfügt, ohne weiteres lösen kann.«

Monsieur d'Aigleroche wankte. Er mußte sich auf die Stuhllehne stützen, leichenblaß stammelte er:

»Werden Sie das Gericht benachrichtigen?«

»Nein, nein«, erklärte Rénine. »Erstens ist es verjährt. Und außerdem reichen zwanzig Jahre Gewissensbisse und Entsetzen, eine Erinnerung, die den Schuldigen bis zu seiner letzten Stunde verfolgen wird, der Mißklang, der zweifellos in seiner Ehe herrscht, der Haß, die Hölle jedes Tages ... und schließlich der Zwang, dorthin zurückzukehren und die Spuren des doppelten Verbrechens zu beseitigen, die entsetzliche Sühne, auf den Turm zu klettern, die Skelette zu berühren, sie zu entkleiden und zu begraben ... Wir wollen nicht zuviel verlangen und nicht das alles dem Volk zum Fraß hinwerfen und einen Skandal verursachen, der auch auf die Nichte von Monsieur d'Aigleroche zurückfallen würde. Nein. Wir wollen diese Schmach nicht ans Licht zerren.«

Der Graf nahm wieder seinen Platz vor dem Tisch ein, er preßte die Hände an seine Stirn und murmelte:

»Warum dann ...?«

»Warum dann mein Eingreifen?« fragte Rénine. »Wenn ich gesprochen habe, so deswegen, weil ich ein Ziel erreichen will, nicht wahr? In der Tat. Eine Strafe, und sei sie auch noch so geringfügig, ist unerläßlich, und unsere Unterhaltung bedarf einer praktischen Lösung. Sie brauchen keine Angst zu haben, Monsieur d'Aigleroche wird billig davonkommen.«

Der Kampf war zu Ende. Der Graf fühlte, daß es nur noch eine kleine Formalität zu erledigen gab, ein Opfer zu bringen, er wurde etwas sicherer und fragte mit einer gewissen Ironie:

»Wieviel?«

Rénine begann zu lachen.

»Sehr schön. Sie begreifen die Situation. Nur täuschen Sie sich, wenn Sie mich hineinziehen wollen. Ich, ich arbeite nur für die Ehre.«

»Also?«

»Es handelt sich höchstens um eine Rückerstattung.«

»Eine Rückerstattung?«

Rénine beugte sich über den Schreibtisch und sagte:

»In einer dieser Schubladen liegt eine Urkunde, die Ihnen zur Unterzeichnung vorgelegt wurde. Es ist der Entwurf zu einem Vergleich zwischen Ihnen und Ihrer Nichte, Hortense

Daniel. Er bezieht sich auf ihr Vermögen, das verschleudert wurde und für das Sie verantwortlich sind. Unterzeichnen Sie diesen Vergleich?«

Monsieur d'Aigleroche fuhr hoch.

»Wissen Sie, wie hoch die Summe ist?«

»Ich will es nicht wissen.«

»Und wenn ich mich weigere?«

»Dann bitte ich um eine Unterredung mit der Gräfin d'Aigleroche.«

Ohne noch länger zu zögern, öffnete der Graf seine Schublade, zog ein Dokument mit einem amtlichen Briefkopf heraus und unterschrieb es schnell.

»Hier«, sagte er, »und ich hoffe...«

»Sie hoffen wie ich, daß wir nichts mehr miteinander zu tun haben werden? Davon bin ich überzeugt. Ich reise heute abend ab, Ihre Nichte zweifellos morgen. Adieu, Monsieur.«

Im Salon, in dem sich die Gäste noch nicht wieder eingefunden hatten, überreichte Rénine Hortense das Dokument. Sie schien über alles Gehörte starr vor Staunen. Mehr noch als die schonungslose Enthüllung der Vergangenheit ihres Onkels verwirrten sie die wunderbare Hellsichtigkeit und die außergewöhnliche Gedankenschärfe des Mannes, der seit einigen Stunden das Geschehen beherrschte und vor ihren Augen die Bilder einer Tragödie heraufbeschwor, bei der niemand Zeuge gewesen war.

»Sind Sie mit mir zufrieden?« fragte er. Sie reichte ihm beide Hände.

»Sie haben mich vor Rossigny bewahrt. Sie haben mir Freiheit und Unabhängigkeit geschenkt. Ich danke Ihnen von ganzem Herzen.«

»Das meine ich nicht. Ich wollte Ihnen vor allem etwas Abwechslung verschaffen. Ihr Leben verlief monoton, ohne Abenteuer. War es auch heute so?«

»Wie können Sie so etwas fragen? Ich habe die stärksten und seltsamsten Minuten erlebt.«

»Das heißt wirklich leben, wenn man sehen und untersuchen kann. Es gibt überall Abenteuer, in der ärmsten Hütte, hinter der Maske der ehrbarsten Menschen. Wenn man will, findet man überall einen Grund, sich für etwas einzusetzen, Gutes zu tun, ein Opfer zu retten oder eine Ungerechtigkeit wieder gutzumachen.«

Verwundert über seine Macht und Autorität, fragte sie leise:

»Wer sind Sie?«

»Ein Abenteurer, nichts weiter. Ein Freund von Abenteuern. Das Leben ist nur lebenswert im Abenteuer, dem der anderen oder dem eigenen. Das heutige hat Sie erschüttert, weil es Sie persönlich betraf. Aber die anderen sind nicht weniger aufregend. Wollen Sie den Beweis dafür?«

»Wie meinen Sie das?«

»Werden Sie meine Begleiterin. Wenn mich jemand um Hilfe ruft, helfen Sie ihm mit mir. Wenn Zufall oder Instinkt mich auf die Spur eines Verbrechens oder die Fährte eines Unrechts bringen, wollen wir sie gemeinsam verfolgen. Sind Sie einverstanden?«

»Ja«, sagte sie. »Aber...«

Sie zögerte. Sie suchte Rénines Hintergedanken zu ergründen.

»Aber«, beendete er lächelnd, »Sie mißtrauen mir ein wenig: ›In was will mich dieser Abenteurer ziehen? Es ist offensichtlich, daß ich ihm gefalle und er eines schönen Tages nicht abgeneigt wäre, seinen Lohn zu kassieren.‹ Sie haben recht. Wir müssen einen genauen Vertrag schließen.«

»Einen sehr genauen«, sagte Hortense, die es vorzog, die Unterhaltung auf einen scherzhaften Ton zu bringen. »Ich erwarte Ihre Vorschläge.«

Er überlegte eine Weile und fuhr dann fort:

»Also gut. Heute, am Tag unseres ersten Abenteuers, hat die Uhr von Halingre achtmal geschlagen. Wollen Sie, daß wir das Zeichen, das sie uns damit gab, annehmen und zusammen noch siebenmal innerhalb einer Frist von, sagen wir drei Monaten herrlichen Abenteuern nachjagen? Und wollen Sie, daß Sie beim achtenmal verpflichtet sind, mir zu bewilligen...«

»Was?«

Er antwortete nicht.

»Es steht Ihnen frei, mich jederzeit unterwegs zu verlassen, wenn es mir nicht gelingt, Ihr Interesse wach zu halten. Wenn Sie mir aber bis zum Schluß folgen, wenn Sie mir erlauben, mit Ihnen das achte Abenteuer zu beginnen und zu Ende zu führen, dann sind Sie in drei Monaten, am 5. Dezember, in dem Augenblick, da diese Uhr achtmal schlägt – und sie wird schlagen, darauf können Sie sich verlassen, denn das alte Kupferpendel wird seinen Lauf nicht mehr unterbrechen –, dann sind Sie verpflichtet, mir zu bewilligen...«

»Was?« wiederholte sie, leicht aufgeregt vor Erwartung.

Er schwieg. Er sah auf den hübschen Mund, den er als Belohnung verlangen wollte, und war so sicher, daß die junge Frau begriffen hatte, daß er es für unnötig hielt, sich noch deutlicher auszudrücken.

»Die Freude allein, Sie zu sehen, wird mir genügen... Nicht ich, sondern Sie sollen Bedingungen stellen. Nennen Sie sie. Was verlangen Sie?«

Sie war ihm dankbar für seine Zurückhaltung und erwiderte lächelnd:

»Was ich verlange?«

»Ja.«

»Ich kann irgend etwas verlangen, auch wenn es noch so schwer ist?«

»Für den, der Sie erobern will, ist alles einfach.«

»Und wenn meine Forderung unmöglich ist?«

»Nur das Unmögliche interessiert mich.«

Da sagte sie: »Ich verlange, daß Sie mir eine alte Brosche wiederbeschaffen, in der ein Karneol in eine Filigranfassung eingefügt ist. Ich bekam sie von meiner Mutter, die sie von der ihren erhielt, und jeder wußte, daß sie ihnen Glück gebracht hatte und auch mir Glück brachte. Seit sie aus dem Kästchen, in dem ich sie aufbewahrte, verschwunden ist, bin ich unglücklich. Beschaffen Sie sie mir wieder, Sie guter Geist.«

»Wann ist Ihnen diese Brosche gestohlen worden?«

Sie lachte: »Vor sieben ... oder acht ... oder neun Jahren, ich weiß es nicht genau ... Ich weiß nicht wo ... Ich weiß nicht wie ... Ich weiß überhaupt nichts ...«

»Ich werde sie wiederfinden«, versicherte Rénine, »und Sie werden glücklich sein.«

Die Wasserkaraffe

Vier Tage, nachdem sie sich in Paris niedergelassen hatte, willigte Hortense Daniel ein, Prinz Rénine im Bois de Boulogne zu treffen. Es war ein strahlender Morgen, und sie nahmen, ein wenig abseits von den anderen Gästen, auf der Terrasse des Restaurants Impérial Platz.

Die junge Frau war glücklich, heiter, voller Anmut und Zauber. Aus Angst, sie kopfscheu zu machen, hütete sich Rénine vor jeglicher Anspielung auf den von ihm vorgeschlagenen Pakt. Sie erzählte von ihrer Abfahrt aus La Marèze und versicherte, daß sie nichts von Rossigny gehört habe.

»Ich«, sagte Rénine, »ich habe von ihm gehört.«

»Oh?«

»Ja, er hat mir seine Sekundanten geschickt. Duell heute morgen. Ein Stich in Rossignys Schulter. Die Sache ist erledigt.«

»Wir wollen von etwas anderem sprechen.«

Rossigny wurde nicht mehr erwähnt. Gleich darauf legte Rénine ihr den Plan zu zwei Unternehmungen dar, die er vorhatte, zu denen er sie jedoch ohne rechte Begeisterung einlud.

»Das beste Abenteuer«, sagte er, »ist das, welches man nicht voraussieht. Es taucht unvermutet auf, ohne Vorankündigung und ohne daß jemand, außer den Eingeweihten, die günstige Gelegenheit zum Handeln und Eingreifen erkennt. Man muß sofort zugreifen. Ein Augenblick des Zögerns, und schon ist es zu spät. Ein sechster Sinn warnt uns, wie die Witterung eines Jagdhundes, der die richtige Spur aus allen anderen herausfindet.«

Um sie herum bevölkerte sich allmählich die Terrasse. Am Nebentisch las ein junger Mann, von dem sie nur ein unbedeutendes Profil und einen langen braunen Schnurrbart sahen, die Zeitung. Hinter ihnen klang aus einem der Fenster des Restaurants undeutlich Orchestermusik herüber; in einem der Säle tanzten einige Leute. Hortense beobachtete nacheinander alle diese Menschen, als hoffte sie, bei einem von ihnen jenes kleine Zeichen zu finden, das auf eine verborgene Tragödie, ein unglückliches Schicksal oder den Hang zum Verbrechen schließen läßt.

Als Rénine gerade die Rechnung bezahlte, stieß der junge Mann mit dem langen Schnurrbart einen unterdrückten Schrei aus und rief mit vor Aufregung erstickter Stimme nach dem Kellner.

»Wieviel bin ich Ihnen schuldig? ... Sie haben kein Wechselgeld? Oh, guter Gott, beeilen Sie sich! ...«

Ohne zu zögern, hatte Rénine nach der Zeitung gegriffen. Er überschlug schnell die Seiten und las halblaut:

»Rechtsanwalt Dourdens, der Verteidiger von Jacques Aubrieux, wurde im Elysée-Palast empfangen. Wir glauben zu wissen, daß der Präsident der Republik das Gnadengesuch des zum Tode Verurteilten abgewiesen hat und daß die Hinrichtung morgen früh stattfindet.«

Als der junge Mann die Terrasse überquert hatte, traten ihm im Vorhof des Gartens ein Herr und eine Dame in den Weg; der Herr sprach ihn an:

»Entschuldigen Sie, Monsieur, ich habe Ihre Erregung bemerkt. Es handelt sich um Jacques Aubrieux, nicht wahr?«

»Ja ... ja ... Jacques Aubrieux ...«, stammelte der junge Mann. »Jacques, mein Freund noch aus der Kinderzeit, ich muß sofort zu seiner Frau ... sicher ist sie halb verrückt vor Kummer ...«

»Kann ich Ihnen helfen? Ich bin Prinz Rénine. Madame und ich wären glücklich, Madame Aubrieux kennenzulernen und ihr unsere Hilfe anzubieten.«

Der junge Mann war so erschüttert über die Zeitungsnotiz, daß er nicht zu begreifen schien. Linkisch stellte er sich vor: »Dutreuil... Gaston Dutreuil...«

Rénine gab Clément, seinem Chauffeur, der in einiger Entfernung wartete, ein Zeichen und schob Gaston Dutreuil in das Auto, während er sich erkundigte:

»Die Adresse? Die Adresse von Madame Aubrieux?«

»Avenue du Roule 23, zweiter Eingang...«

Nachdem Hortense ebenfalls eingestiegen war, wiederholte er dem Chauffeur die Adresse, der Wagen fuhr an, und Rénine wandte sich an Gaston Dutreuil:

»Ich weiß fast nichts von dem Fall. Erklären Sie mir kurz, um was es sich handelt. Jacques Aubrieux hat einen seiner nahen Verwandten getötet, nicht wahr?«

»Er ist unschuldig, Monsieur«, erwiderte der junge Mann, der offensichtlich unfähig war, auch nur die geringste Erklärung zu geben. »Unschuldig, ich schwöre es... Seit zwanzig Jahren bin ich Jacques' Freund... Er ist unschuldig... es wäre ungeheuerlich...«

Sie konnten nichts mehr aus ihm herausbekommen. Außerdem ging die Fahrt schnell. Sie gelangten durch die Porte des Sablons nach Neuilly und hielten zwei Minuten später vor einer engen, langgestreckten und von Mauern eingeschlossenen Allee, die sie zu einem kleinen einstöckigen Haus führte.

Gaston Dutreuil klingelte.

»Madame ist mit ihrer Mutter im Salon«, erklärte das Mädchen, das die Tür öffnete.

»Ich will die Damen aufsuchen«, sagte Gaston und zog Rénine und Hortense mit sich.

Sie gelangten in einen ziemlich großen, hübsch eingerichteten Salon, der auch als Arbeitszimmer diente. Zwei Frauen saßen am Tisch und weinten; die eine war älter und hatte graue Haare; sie erhob sich und ging Gaston Dutreuil entgegen. Dieser erklärte ihr die Anwesenheit des Prinzen Rénine, woraufhin sie schluchzend ausrief:

»Der Mann meiner Tochter ist unschuldig. Jacques ist der beste Mann... ein Herz aus Gold! Er und seinen Vetter ermorden!... Er bewunderte seinen Vetter! Ich schwöre Ihnen, er ist unschuldig, Monsieur! Und man will ihn einfach umbringen? Oh, das ist der Tod für meine Tochter.«

Rénine erkannte, daß diese Menschen seit Monaten an nichts anderes als an die Unschuld des Mannes hatten denken können und daß sie überzeugt gewesen waren, ein Unschuldiger könne nicht hingerichtet werden. Die Nachricht, daß die Hinrichtung jetzt feststand, raubte ihnen den Verstand.

Er ging auf ein armes, zusammengekrümmtes Geschöpf zu, dessen noch sehr junges, von hübschen blonden Haaren umrahmtes Gesicht von Verzweiflung durchzuckt wurde. Hortense hatte sich schon neben sie gesetzt und sie sanft an ihre Schulter gezogen. Rénine wandte sich an sie:

»Madame, ich weiß nicht, was ich für Sie tun kann. Aber ich versichere Ihnen auf meine Ehre: wenn es jemanden auf der Welt gibt, der Ihnen nützlich sein kann, so bin ich es. Ich flehe Sie also an, mir so zu antworten, als hinge es von der Klarheit und Deutlichkeit Ihrer Antworten ab, die Dinge zu ändern, und als sollten Sie mich von dem Bild, das Sie von Jacques Aubrieux haben, überzeugen. Denn er ist unschuldig, nicht wahr?«

»Ja, Monsieur!« seufzte sie aus tiefstem Herzen.

»Also gut! Das Gericht haben Sie von dieser Gewißheit nicht überzeugen können, bemühen Sie sich, mich zu überzeugen. Ich verlange nicht von Ihnen, daß Sie bis in alle Einzelheiten gehen und die Stationen des qualvollen Weges noch einmal durchgehen, sondern bitte Sie nur um Antwort auf einige Fragen. Sind Sie dazu bereit?«

»Fragen Sie.«

Sie beherrschte sich. Und wieder einmal erkannte Hortense Rénines ganze Kraft, Autorität und Überredungskunst.

»Was war Ihr Mann von Beruf?« fragte er, nachdem er die Mutter und Gaston Dutreuil um absolute Ruhe gebeten hatte.

»Versicherungsmakler.«

»Erfolgreich in seinen Geschäften?«

»Bis zum letzten Jahr, ja.«

»Seit einigen Monaten also Geldschwierigkeiten?«

»Ja.«

»Wann wurde das Verbrechen begangen?«

»An einem Sonntag im letzten März.«

»Das Opfer?«

»Ein entfernter Vetter, Monsieur Guillaume, der in Suresnes wohnte.«

»Die Summe des Diebstahls?«

»Sechzig Tausendfrancscheine, die dieser Vetter am Abend vorher als Rückzahlung einer alten Schuld bekommen hatte.«

»Ihr Mann wußte es?«

»Ja. Am Sonntag hat es ihm sein Vetter im Verlauf eines Telefongesprächs erzählt, und Jacques bestand darauf, daß sein Vetter eine solche Summe nicht bei sich behalten, sondern sie am nächsten Tag zu einer Bank bringen sollte.«

»Das war morgens?«

»Um ein Uhr mittags. Jacques wollte eigentlich mit seinem Motorrad zu Monsieur Guillaume fahren. Aber da er ziemlich müde war, benachrichtigte er ihn, daß er nicht kommen würde. Er blieb also den ganzen Tag über hier.«

»Allein?«

»Ja, allein. Die beiden Dienstmädchen hatten Ausgang. Ich ging mit Mutter und unserem Freund Dutreuil ins Kino. Abends erfuhren wir von dem Mord an Monsieur Guillaume. Am nächsten Morgen wurde Jacques verhaftet.«

»Auf welche Beweise hin?«

Die Unglückliche zögerte. Die Beweise mußten erdrükkend sein. Auf eine Bewegung Rénines hin fuhr sie in einem Atemzug fort:

»Der Mörder war auf einem Motorrad nach Saint-Cloud gefahren, und die gefundenen Spuren sind die vom Motorrad meines Mannes. Man hat ein Taschentuch mit den Initialen meines Mannes gefunden, und der Revolver, der benutzt worden war, gehörte ihm. Schließlich behauptete einer unserer Nachbarn, daß er meinen Mann um drei Uhr mit dem Motorrad hatte fortfahren, und ein anderer, daß er ihn um halb fünf hatte zurückkommen sehen. Das Verbrechen war um vier begangen worden.«

»Und wie verteidigt sich Jacques Aubrieux?«

»Er versichert, daß er den ganzen Nachmittag geschlafen hat. Während dieser Zeit ist jemand gekommen, hat die Garage geöffnet und das Motorrad genommen, um nach Suresnes zu fahren. Das Taschentuch aber und der Revolver befanden sich in der Satteltasche. Es ist doch naheliegend, daß der Mörder sie benutzt hat.«

»Diese Erklärung ist plausibel...«

»Ja, aber das Gericht machte zwei Einwendungen. Zunächst wußte niemand, absolut niemand, daß mein Mann den ganzen Tag über zu Hause bleiben würde, da er im Gegenteil jeden Sonntagnachmittag mit dem Motorrad fortfuhr.«

»Und außerdem?«

Die junge Frau errötete und murmelte:

»In Monsieur Guillaumes Speisekammer hat der Mörder eine halbe Flasche Wein ausgetrunken. Auf der Flasche fand man die Fingerabdrücke meines Mannes.«

Es schien, als hätte sie ihre ganze Willenskraft aufbieten müssen und als löste sich gleichzeitig die unbewußte Hoffnung, die durch Rénines Eingreifen in ihr hochgekommen war, mit einem Schlag vor der Anhäufung der Beweise in nichts auf. Sie fiel in sich zusammen und versank in stilles Nachdenken, aus der nicht einmal Hortenses liebevolle Fürsorge sie reißen konnte.

Die Mutter stammelte: »Er ist unschuldig, nicht wahr,

Monsieur? Und man bestraft keinen Unschuldigen. Man hat kein Recht dazu. Man hat kein Recht, meine Tochter zu töten. Oh, mein Gott, mein Gott, was haben wir getan, daß man uns so verfolgt? Meine arme kleine Madeleine...«

»Sie wird sich umbringen«, sagte Dutreuil außer sich. »Niemals erträgt sie den Gedanken, daß Jacques hingerichtet wird. Später... heute nacht... wird sie sich umbringen.«

Rénine ging im Zimmer auf und ab.

»Sie können nichts für sie tun, nicht wahr?« fragte Hortense.

»Es ist jetzt halb zwölf«, erwiderte er sorgenvoll, »und bis morgen früh...«

»Halten Sie ihn für schuldig?«

»Ich weiß nicht... ich weiß nicht... Die Überzeugung der Unglücklichen ist eine eindrucksvolle Sache, die man nicht übergehen sollte. Wenn zwei Menschen jahrelang miteinander gelebt haben, kann der eine sich kaum derart im anderen täuschen. Und doch...«

Er streckte sich auf dem Sofa aus und zündete sich eine Zigarette an. Er rauchte drei hintereinander, ohne daß ihn jemand in seinen Überlegungen störte. Manchmal sah er auf seine Uhr. Die Minuten waren kostbar!

Schließlich setzte er sich neben Madeleine Aubrieux, faßte ihre Hände und sagte leise:

»Sie dürfen sich nicht töten. Bis zur letzten Minute ist nichts verloren, und ich verspreche Ihnen, daß ich mich bis zu dieser letzten Minute nicht entmutigen lassen werde. Aber ich brauche Ihre Ruhe und Ihr Vertrauen.«

»Ich werde ruhig sein«, sagte sie mit einem mitleiderregenden Ausdruck im Gesicht.

»Und Sie werden Vertrauen haben?«

»Ich werde Vertrauen haben.«

»Gut! Warten Sie auf mich. In zwei Stunden bin ich zurück. Kommen Sie mit, Monsieur Dutreuil?«

Als sie zu dritt in das Auto stiegen, fragte er den jungen Mann:

»Kennen Sie ein kleines, wenig besuchtes Restaurant in Paris, das nicht weit von hier ist?«

»Die Brasserie Lutetia, sie liegt im Erdgeschoß des Hauses, in dem ich wohne, an der Place des Ternes.«

»Schön, dort sind wir gut aufgehoben.«

Unterwegs sprachen sie kaum. Ab und zu fragte Rénine Gaston Dutreuil aus.

»Soweit ich mich erinnern kann, hat man die Nummern der Geldscheine, nicht wahr?«

»Ja, Vetter Guillaume hatte die sechzig Nummern in sein Notizbuch geschrieben.«

Nach einer Weile murmelte Rénine: »Das ganze Problem hängt davon ab. Wo sind die Geldscheine? Wenn man sie findet, ist alles geklärt.«

In der Brasserie Lutetia befand sich das Telefon in einem Nebenraum. Rénine bat den Kellner, ihnen das Essen hier aufzutragen. Als er mit Hortense und Dutreuil allein war, nahm er mit einer entschlossenen Geste den Hörer ab.

»Hallo... die Polizeipräfektur, bitte, Mademoiselle... Hallo... Hallo... die Präfektur? Bitte verbinden Sie mich mit der Sicherheitspolizei. Es ist äußerst wichtig. Prinz Rénine ist am Apparat.«

Den Hörer in der Hand, wandte er sich zu Gaston Dutreuil:

»Ich kann doch jemanden hierher bestellen, nicht wahr? Wir können hier in Ruhe sprechen?«

»Natürlich.«

Wieder hielt er die Muschel ans Ohr:

»Monsieur le Secrétaire? Ah, sehr gut, ich hatte schon Gelegenheit, mit Monsieur Dudouis zusammenzuarbeiten, und konnte ihm in verschiedenen Angelegenheiten sehr nützliche Auskünfte geben. Sicher erinnert er sich an Prinz Rénine. Heute kann ich ihm den Ort sagen, wo sich die sechzig Tausendfrancscheine befinden, die der Mörder Aubrieux seinem Vetter gestohlen hat. Wenn ihn meine Aussage interessiert, bitte ich ihn, mir einen Inspektor in die Brasserie Lutetia an der Place des Ternes zu schicken. Ich werde mit einer Dame und Monsieur Dutreuil, dem Freund Aubrieux', dort sein. Auf Wiederhören, Monsieur le Secrétaire.« Als Rénine den Hörer auf die Gabel legte, bemerkte er die verblüfften Gesichter von Hortense und Gaston Dutreuil.

Hortense fragte leise: »Sie wissen es also? Sie haben es entdeckt?«

»Nichts«, sagte er lachend.

»Ja und?«

»Ich handle so, als wüßte ich es. Das ist eine Möglichkeit wie jede andere. Wir wollen essen, ja?«

Es war ein Viertel vor ein Uhr mittags.

»In spätestens zwanzig Minuten wird der Inspektor von der Präfektur hier sein«, bemerkte er.

»Und wenn niemand kommt?« warf Hortense ein.

»Das würde mich wundern. Ja, wenn ich Monsieur Dudouis hätte bestellen lassen: ›Aubrieux ist unschuldig‹, wäre es wirkungslos gewesen. Versuchen Sie am Vorabend einer Hinrichtung die Herren von der Polizei oder vom Gericht davon zu überzeugen, daß ein zum Tode Verurteilter unschuldig ist! Nein. Jacques Aubrieux gehört bereits dem Henker. Aber für die Aussicht auf den Fund der sechzig Geldscheine läßt man sich gerne stören. Bedenken Sie doch, daß diese verschwundenen Noten der schwache Punkt der Anklage sind.«

»Aber da Sie doch nichts wissen ...«

»Liebe Freundin – Sie erlauben doch, daß ich Sie so nenne? – Liebe Freundin, wenn man ein physikalisches Phänomen nicht erklären kann, nimmt man irgendeine Hypothese an, in der alle Erscheinungen dieses Phänomens ihre Erklärung finden, und man sagt, daß sich alles zusammenfügt, als wäre es experimentell schon bewiesen. Gerade das tue ich jetzt.«

»Dann vermuten Sie also etwas?«

Rénine erwiderte nichts. Erst als sie fertiggegessen hatten, fuhr er fort:

»Natürlich vermute ich etwas. Wenn ich mehrere Tage Zeit hätte, würde ich mir die Mühe machen, diese Hypothese zunächst zu überprüfen, die sich sowohl auf meine Eingebung wie auch auf die Beobachtung einiger nebensächlicher Tatsachen stützt. Aber ich habe nur zwei Stunden zur Verfügung, und ich schlage den unbekannten Weg ein, als wäre ich sicher, daß er mich zur Wahrheit führt.«

»Und wenn Sie sich irren?«

»Mir bleibt keine Wahl. Außerdem ist es schon zu spät. Es klopft. Oh, noch schnell ein Wort. Was auch immer Sie hören mögen, verraten Sie mich nicht. Sie auch nicht, Monsieur Dutreuil.«

Er öffnete die Tür. Ein magerer Mann mit einem roten Bart trat ein.

»Prinz Rénine?«

»Der bin ich, Monsieur. Sie kommen zweifellos von Monsieur Dudouis.«

»Ja.«

Der Hinzugekommene stellte sich vor: »Oberinspektor Morisseau.«

»Ich danke Ihnen für Ihr schnelles Kommen, Herr Oberinspektor«, sagte Prinz Rénine, »und ich bin glücklich, daß Monsieur Dudouis gerade Sie geschickt hat, da ich Ihre Fähigkeiten kenne und mit Bewunderung einige Ihrer Leistungen verfolgt habe.«

Sehr geschmeichelt dankte der Inspektor mit einem Kopfnicken.

»Monsieur Dudouis hat mich sowie zwei Inspektoren, die ich auf der Place des Ternes zurückgelassen habe und die wie ich alle beide von Anfang an mit dieser Affäre beauftragt worden sind, ganz zu Ihrer Verfügung gestellt.«

»Ich werde Ihre Zeit nicht lange in Anspruch nehmen«,

erklärte Rénine, »ich fordere Sie nicht einmal auf, sich zu setzen. Wir müssen die Sache in wenigen Minuten geregelt haben. Sie wissen, worum es sich handelt?«

»Um die sechzig Tausendfrancscheine, die Monsieur Guillaume gestohlen wurden; hier sind die Nummern.«

Rénine studierte die Liste und versicherte:

»Sie sind es. Wir sind uns einig.«

Inspektor Morisseau schien sehr aufgeregt zu sein.

»Der Chef mißt Ihrer Entdeckung die größte Wichtigkeit bei. Können Sie mir also bezeichnen ...?«

Rénine schwieg eine Weile und erklärte dann:

»Herr Oberinspektor, meine persönliche Untersuchung, eine sehr genaue Untersuchung, über die ich Sie nachher informieren werde, hat mir enthüllt, daß der Mörder bei seiner Rückkehr aus Suresnes, nachdem er das Motorrad in die Garage in der Avenue du Roule zurückgebracht hat, zu der Place des Ternes gelaufen ist und dieses Haus betreten hat.«

»Dieses Haus?«

»Ja.«

»Aber was wollte er hier?«

»Das Ergebnis seines Diebstahls, die sechzig Tausendfrancscheine, verstecken.«

»Wie? Und wo?«

»In einer Wohnung in der fünften Etage, deren Schlüssel er besaß.«

Gaston Dutreuil rief verblüfft:

»Aber in der fünften Etage gibt es nur ein Appartement, und das bewohne ich.«

»Genau, und da Sie mit Madame Aubrieux und ihrer Mutter im Kino waren, hat man Ihre Abwesenheit ausgenutzt ...«

»Unmöglich, nur ich habe den Schlüssel für die Wohnung.«

»Man kann ohne Schlüssel hineinkommen.«

»Aber ich habe keine Spur gefunden.«

Morisseau schaltete sich ein: »Wir wollen mal Klarheit schaffen. Sie behaupten, daß die Banknoten bei Monsieur Dutreuil versteckt wurden.«

»Ja.«

»Da aber Jacques Aubrieux am nächsten Tag verhaftet wurde, müßten die Noten noch dort sein?«

»Das ist meine Meinung.«

Gaston Dutreuil mußte lachen.

»Aber das ist doch absurd, ich hätte sie gefunden.«

»Haben Sie sie gesucht?«

»Nein. Aber sie wären mir augenblicklich in die Hände gefallen. Die Wohnung ist kaum größer als ein Mausloch. Wollen Sie sie sehen?«

»So klein sie auch sein mag, sie kann in jedem Fall sechzig Blätter Papier beherbergen.«

»Natürlich«, sagte Dutreuil, »natürlich, es ist alles möglich. Trotzdem wiederhole ich, daß meiner Meinung nach niemand in meiner Wohnung war, daß nur ein Schlüssel existiert, daß ich meinen Haushalt selbst führe und daß ich nicht genau verstehe...«

Hortense verstand ebensowenig. Sie starrte Prinz Rénine an und versuchte, seine Gedanken zu erraten. Was für ein Spiel spielte er? Sollte sie ihn bei seinen Behauptungen unterstützen? Schließlich sagte sie:

»Herr Oberinspektor, wenn Prinz Rénine behauptet, daß die Banknoten dort oben versteckt wurden, wäre es doch das Einfachste, sie zu suchen! Monsieur Dutreuil wird uns hinaufführen, nicht wahr?«

»Sofort«, sagte der junge Mann. »Das ist wirklich das Einfachste.«

Alle vier stiegen die fünf Etagen hinauf. Als Dutreuil geöffnet hatte, traten sie in eine sehr kleine Wohnung von zwei Zimmern und zwei Kammern, die alle peinlich aufgeräumt waren. Man erriet, daß jeder Sessel und jeder Stuhl in dem Raum, der als Salon diente, seinen bestimmten Platz hatte. Die Pfeifen lagen auf ihrem Ständer, die Streichhölzer ebenfalls. Drei Spazierstöcke hingen der Größe nach an drei Nägeln. Auf einem Nipptisch vor dem Fenster wartete eine mit Seidenpapier gefüllte Hutschachtel auf den Filzhut, den Dutreuil sorgfältig hineinlegte. Neben die Schachtel legte er seine Handschuhe. Er führte die Bewegungen gesetzt und mechanisch aus wie ein Mann, dem es gefällt, die Dinge auf dem Platz zu sehen, den er für sie gewählt hat. Und sobald Rénine einen Gegenstand verschob, machte er eine flüchtige Bewegung des Widerspruchs, nahm seinen Hut wieder auf, setzte ihn auf den Kopf, öffnete das Fenster und stützte sich mit abgewandtem Rücken auf das Fensterbrett, als wäre er unfähig, den Anblick einer derartigen Entweihung zu ertragen.

»Sie versichern, nicht wahr, daß...«, wandte sich der Inspektor an Rénine.

»Ja, ja, ich versichere, daß die sechzig Banknoten nach dem Verbrechen hierher gebracht wurden.«

»Wir wollen sie suchen.«

Das war einfach und schnell ausgeführt. Nach einer halben Stunde blieb kein Winkel mehr, der nicht durchsucht worden war, kein Nippgegenstand, den man nicht in die Hand genommen hatte.

»Nichts«, sagte Inspektor Morisseau. »Sollen wir weitermachen?«

»Nein«, erwiderte Rénine, »die Banknoten sind nicht mehr hier.«

»Was wollen Sie damit sagen?«

»Ich will damit sagen, daß man sie fortgenommen hat.«

»Wer? Drücken Sie Ihre Beschuldigung genauer aus.«

Rénine erwiderte nichts. Aber Gaston Dutreuil wandte sich plötzlich um. Er barst vor Zorn.

»Herr Insepktor, soll ich sie genauer ausdrücken, die Beschuldigung, so wie ich sie aus den Äußerungen des

Herrn verstehe? Er meint doch, daß hier einer lügt, daß die vom Mörder versteckten Banknoten gefunden, von diesem Lügner gestohlen und an einen sicheren Ort gebracht wurden. So denken Sie doch, nicht wahr, Monsieur? Und Sie beschuldigen mich dieses Diebstahls, nicht wahr?«

Er trat auf Rénine zu, während er sich heftig an die Brust schlug.

»Ich! Ich! Ich soll die Banknoten gefunden haben! Ich soll sie für mich behalten haben. Sie wagen zu behaupten...«

Rénine antwortete immer noch nichts. Dutreuil wurde immer wütender; sich an Inspektor Morisseau wendend, rief er:

»Herr Inspektor, ich protestiere energisch gegen diese ganze Komödie und die Rolle, die Sie ohne Ihr Zutun darin spielen. Bevor Sie hierher kamen, erklärte Prinz Rénine uns, Madame und mir, daß er nichts wüßte, daß er sich auf gut Glück in diese Affäre einließe und daß er den erstbesten Weg einschlüge, indem er auf sein Glück vertraue. Das sagten Sie doch, Monsieur?«

Rénine rührte sich nicht.

»So äußern Sie sich doch, Monsieur! Erklären Sie alles, denn schließlich bringen Sie die unwahrscheinlichsten Dinge vor, ohne auch nur den geringsten Beweis dafür zu liefern! Es ist sehr bequem, zu behaupten, daß ich die Banknoten gestohlen habe. Sollte man nicht auch wissen, ob sie tatsächlich hier versteckt waren? Wer hat sie hierhergebracht? Warum sollte der Mörder ausgerechnet meine Wohnung gewählt haben, um sie zu verstecken? Das ist ja alles absurd, unlogisch und idiotisch... Beweise, Monsieur! Einen einzigen Beweis!«

Inspektor Morisseau war sprachlos. Er schaute fragend Rénine an, der daraufhin kaltblütig sagte:

»Da Sie genauere Einzelheiten wissen möchten, wird

Madame Aubrieux sie Ihnen geben. Sie hat ja ein Telefon. Gehen wir hinunter. In einer Minute haben wir die Verbindung.«

Dutreuil zuckte die Schultern.

»Wie Sie wünschen, aber was für verlorene Zeit.«

Er schien sehr gereizt zu sein. Die lange Warterei in der sengenden Sonne am Fenster hatte ihn ins Schwitzen gebracht. Er ging in sein Schlafzimmer und kehrte mit einer Wasserkaraffe zurück, er trank einige Schlucke und stellte die Karaffe auf das Fensterbrett.

»Also gehen wir«, sagte er.

Prinz Rénine spöttelte: »Man könnte meinen, Sie hätten es eilig, Ihre Wohnung zu verlassen.«

»Ich habe es eilig, Ihre Niederlage zu erleben«, erwiderte Dutreuil und schlug die Tür hinter sich zu.

Sie gingen hinunter und zurück in das Zimmer mit dem Telefonapparat. Der Raum war leer. Rénine bat Gaston Dutreuil um die Nummer der Aubrieux, nahm den Hörer ab und erhielt die Verbindung.

Am anderen Ende meldete sich das Dienstmädchen. Sie erwiderte, daß Madame Aubrieux nach einer Nervenkrise in Ohnmacht gefallen sei und jetzt schlafe.

»Rufen Sie ihre Mutter. Hier spricht Prinz Rénine. Es ist eilig.«

Er gab Morrisseau den zweiten Hörer. Übrigens waren die Stimmen so deutlich, daß Dutreuil und Hortense alle Worte mithören konnten.

»Sind Sie es, Madame?«

»Ja. Prinz Rénine, nicht wahr? Oh, Monsieur, was gibt es Neues? Besteht Hoffnung?« flehte die alte Dame.

»Die Untersuchung verläuft sehr zufriedenstellend«, erklärte Rénine, »und Sie tun recht daran, zu hoffen. Jetzt möchte ich Sie aber um eine sehr schwerwiegende Auskunft bitten. Hat Gaston Dutreuil Sie am Tag des Verbrechens besucht?«

»Ja, nach dem Essen. Er kam, um meine Tochter und mich abzuholen.«

»Wußte er zu diesem Zeitpunkt, daß Vetter Guillaume 60 000 Francs im Haus hatte?«

»Ja, ich habe es ihm erzählt.«

»Und daß Jacques Aubrieux, dem es nicht gut ging, seine gewohnte Spazierfahrt auf dem Motorrad nicht machen, sondern zu Hause bleiben und schlafen würde?«

»Ja.«

»Sind Sie ganz sicher, Madame?«

»Absolut sicher.«

»Und Sie waren alle drei zusammen im Kino?«

»Ja.«

»Und Sie saßen während der Vorführung alle drei nebeneinander?«

»Oh, nein, es gab keinen dritten freien Platz mehr. Er saß weiter hinten.«

»Konnten Sie ihn von Ihrem Platz aus sehen?«

»Nein.«

»Aber in der Pause ist er zu Ihnen gekommen?«

»Nein, wir haben ihn erst nach der Vorstellung wiedergesehen.«

»Darüber besteht nicht der geringste Zweifel?«

»Nicht der geringste.«

»Danke, Madame, in einer Stunde werde ich Ihnen von meinen Bemühungen berichten. Aber wecken Sie vor allen Dingen Madame Aubrieux nicht auf.«

»Und wenn sie aufwacht?«

»Beruhigen Sie sie und machen Sie ihr Hoffnung. Es steht besser, sehr viel besser, als ich zu hoffen wagte.«

Er legte den Hörer auf die Gabel und drehte sich lachend zu Dutreuil:

»Na, na, junger Mann, das Blatt wendet sich. Was sagen Sie dazu?«

Was bedeuteten diese Worte? Und was für Schlüsse hatte

Rénine aus dem Telefongespräch gezogen? Das Schweigen war beklommen und drückend.

»Herr Oberinspektor, Sie haben doch Leute auf dem Platz draußen stehen, nicht wahr?«

»Zwei Polizisten.«

»Es wäre besser, sie kämen her. Würden Sie auch den Wirt bitten, daß man uns unter gar keinen Umständen stört?«

Als Morisseau zurückgekehrt war, schloß Rénine die Tür, baute sich vor Dutreuil auf und skandierte gutgelaunt:

»Alles in allem, junger Mann, haben die Damen Sie an jenem Sonntag von drei bis fünf Uhr nicht gesehen. Das ist ziemlich merkwürdig.«

»Nein, ganz natürlich«, erwiderte Dutreuil, »außerdem beweist es nichts.«

»Es beweist, junger Mann, daß Sie zwei gute Stunden zu Ihrer Verfügung hatten.«

»Natürlich, zwei Stunden, die ich im Kino verbracht habe.«

»Oder woanders.«

»Oder woanders?«

»Ja, denn Sie waren allein, Sie hatten Zeit, nach Belieben spazierenzugehen ... Zum Beispiel nach Suresnes.«

»Oho«, meinte der junge Mann ebenfalls in scherzendem Ton, »Suresnes ist ziemlich weit.«

»Gar nicht! Hatten Sie nicht das Motorrad Ihres Freundes Jacques Aubrieux?«

Wieder folgte Schweigen diesen Worten. Dutreuil hatte die Augenbrauen zusammengezogen, als suche er zu verstehen. Schließlich hörte man ihn flüstern:

»Darauf wollte er also hinaus ... dieser Mistkerl!«

Rénine drückte ihm die Hand auf seine Schulter.

»Kein Geschwätz mehr. Tatsachen! Gaston Dutreuil, Sie sind die einzige Person, die an jenem Tag zwei wichtige Dinge wußte: 1. daß Vetter Guillaume 60 000 Francs im Haus hatte; 2. daß Jacques Aubrieux das Haus nicht verlassen würde. Sofort kam Ihnen der Gedanke. Das Motorrad stand Ihnen zur Verfügung. Sie sind während der Kinovorstellung verschwunden. Sie waren in Suresnes. Sie haben Vetter Guillaume getötet. Sie haben die sechzig Banknoten gestohlen und sie in Ihre Wohnung gebracht. Und um fünf Uhr haben Sie die Damen wiedergetroffen.«

Dutreuil hatte mit einer gleichzeitig spöttischen und entsetzten Miene zugehört, während er von Zeit zu Zeit einen Blick auf Inspektor Morisseau warf, als wolle er ihn zum Zeugen machen.

»Er ist verrückt, man darf ihm deswegen nicht böse sein.«

Als Rénine fertig war, fing er an zu lachen.

»Sehr komisch... ein guter Scherz... Dann haben mich also die Nachbarn auf dem Motorrad kommen und gehen sehen?«

»Ja, Sie in den Kleidern von Jacques Aubrieux.«

»Und meine Fingerabdrücke hat man auf der Flasche in der Speisekammer von Vetter Guillaume gefunden?«

»Die Flasche war von Jacques Aubrieux während des Essens bei ihm zu Hause entkorkt worden. Sie haben sie als Beweisstück in Guillaumes Haus gebracht.«

»Es wird immer lustiger«, rief Dutreuil, der sich königlich zu amüsieren schien. »Dann habe ich also die Sache so eingefädelt, damit Jacques Aubrieux des Verbrechens überführt wird?«

»Das war das sicherste Mittel für Sie, nicht selbst überführt zu werden.«

»Aber Jacques ist mein Jugendfreund.«

»Sie lieben seine Frau.«

Der junge Mann fuhr plötzlich wütend auf.

»Sie haben die Frechheit... Was! So eine Verleumdung!«

»Ich habe den Beweis dafür.«

»Lüge, ich habe für Madame Aubrieux immer Hochachtung und Verehrung empfunden...«

»Nach außen hin. Aber Sie lieben sie. Sie verlangen nach ihr. Sagen Sie nicht nein. Ich habe alle Beweise dafür.«

»Lüge! Sie kennen mich erst seit wenigen Stunden.«

»Hören Sie doch auf, seit Tagen folge ich Ihnen von weitem und warte auf den Augenblick, Sie zu stellen.«

Er ergriff den jungen Mann bei den Schultern und schüttelte ihn heftig.

»Los, Dutreuil, gestehen Sie. Ich habe Beweise. Ich habe Zeugen, denen ich Sie nachher vor dem Chef der Sicherheitspolizei gegenüberstellen werde. Gestehen Sie doch! Sie sind doch trotz allem von Gewissensbissen geplagt. Erinnern Sie sich an Ihr Entsetzen im Restaurant, als Sie die Zeitung lasen. He! Jacques Aubrieux zum Tode verurteilt!... Soviel verlangten Sie nicht! Ihnen hätte Gefängnis für ihn genügt. Aber das Schafott!... Jacques Aubrieux wird morgen hingerichtet, er, der unschuldig ist! Gestehen Sie doch, um Ihren Kopf zu retten. Gestehen Sie doch!«

Er hatte sich über ihn gebeugt und versuchte, ihm mit aller Gewalt das Geständnis zu entreißen. Aber der andere richtete sich auf und erwiderte kalt und verächtlich:

»Sie sind verrückt, Monsieur. Nicht ein Wort von dem, was Sie sagen, hat einen Sinn. Alle Ihre Beschuldigungen sind falsch. Haben Sie etwa die Banknoten bei mir gefunden, wie Sie versicherten?«

Aufgebracht ballte Rénine die Fäuste.

»Oh, du Kanaille, ich werde deine Haut noch bekommen, warte nur.«

Er zog den Inspektor beiseite.

»Was sagen Sie dazu? Ein Erzhalunke, nicht wahr?«

Der Inspektor wiegte den Kopf:

»Vielleicht... aber trotzdem... bis jetzt... keinerlei Beweise...«

»Warten Sie ab, Monsieur Morisseau«, sagte Rénine. »Warten Sie unsere Unterhaltung mit Monsieur Dudouis ab.

Denn wir werden doch Monsieur Dudouis in der Präfektur sehen, nicht wahr?«

»Ja, er wird um drei Uhr dort sein.«

»Ausgezeichnet! Sie werden befördert werden, Herr Oberinspektor! Ich sage Ihnen voraus, daß Sie befördert werden.«

Rénine spöttelte wie ein Mann, der der Ereignisse sicher ist. Hortense, die neben ihm stand und mit ihm sprechen konnte, ohne von den anderen gehört zu werden, fragte leise:

»Sie haben ihn, nicht wahr?«

Er nickte bestätigend mit dem Kopf.

»Und wie ich ihn habe! Das heißt, daß ich nicht weiter bin als in der ersten Minute.«

»Aber das ist ja entsetzlich! Und Ihre Beweise?«

»Nicht eine Spur von Beweisen... Ich hoffte, ihn aus der Fassung zu bringen. Er hat sich wieder gefangen, der Kerl.«

»Aber Sie sind sicher, daß er es war?«

»Nur er kann es gewesen sein. Das Gefühl habe ich von Anfang an gehabt, und seitdem lasse ich ihn nicht aus den Augen. Ich habe seine Unruhe in dem Maße wachsen sehen, wie sich meine Ermittlungen um ihn zu drehen und sich ihm zu nähern schienen. Jetzt weiß ich alles.«

»Und er sollte Madame Aubrieux lieben?«

»Logischerweise ja. Aber das sind alles nur theoretische Vermutungen oder meine ganz persönliche Gewißheit. Damit aber kann man nicht das Fallbeil der Guillotine aufhalten. Wenn man nur die Banknoten fände, dann würde Monsieur Dudouis sich in Bewegung setzen. So wird er mir nur ins Gesicht lachen.«

»Was nun?« murmelte Hortense, und ihr Herz zog sich vor Angst zusammen.

Er antwortete nicht. Er ging in dem Zimmer auf und ab, während er Fröhlichkeit heuchelte und sich die Hände rieb. Alles ging wunderbar! Es ist wirklich angenehm, sich mit einem Fall zu beschäftigen, der sich sozusagen von selbst erledigt.

»Wenn wir uns jetzt in die Präfektur begeben würden, Monsieur Morisseau? Der Chef muß schon da sein. Wir sind so weit, daß wir es erledigen können. Monsieur Dutreuil wird uns doch wohl begleiten?«

»Warum nicht?« fragte dieser mit arrogantem Gesicht.

Aber in dem Augenblick, als Rénine die Tür öffnete, erschollen Stimmen im Flur, und der Wirt kam gestikulierend herbeigeeilt.

»Ist Monsieur Dutreuil noch da? Monsieur Dutreuil, in Ihrer Wohnung brennt es! Ein Passant hat uns benachrichtigt... er hat es vom Platz aus gesehen.«

Die Augen des jungen Mannes glänzten. Eine halbe Sekunde lang vielleicht verzog sich sein Mund zu einem spöttischen Grinsen, das Rénine jedoch nicht entging.

»Oh, du Lump«, rief Rénine, »du hast dich verraten! Du hast das Feuer in deiner Wohnung gelegt, und jetzt verbrennen die Banknoten.«

Er versperrte ihm den Weg.

»Lassen Sie mich doch«, heulte Dutreuil. »Es brennt, und niemand kann in meine Wohnung, weil niemand den Schlüssel hat. Hier ist er... Lassen Sie mich vorbei, zum Teufel!«

Rénine riß ihm den Schlüssel aus den Händen und ergriff ihn am Kragen:

»Rühr dich nicht von der Stelle, mein Freund. Jetzt haben wir das Spiel gewonnen. Oh, du Lump... Monsieur Morisseau, würden Sie den Polizisten den Befehl geben, ihn nicht aus den Augen zu lassen und ihm eine Kugel in den Kopf zu jagen, wenn er versucht abzuhauen? Nicht wahr, Herr Wachtmeister, wir zählen auf Sie. Eine Kugel in den Kopf...«

Er rannte eilig die Treppe hinauf, von Hortense und dem Oberinspektor gefolgt, der ziemlich schlecht gelaunt protestierte:

»Aber hören Sie mal, er kann das Feuer doch gar nicht gelegt haben, er war die ganze Zeit mit uns zusammen.«

»Teufel, er hat es im voraus gelegt.«

»Wie denn, aber wie denn nur?«

»Weiß ich's! Aber ein Feuer entsteht nicht ohne Grund, gerade in dem Augenblick, in dem man unbedingt kompromittierende Papiere verbrennen muß.«

Von oben war Lärm zu hören. Die Kellner der Brasserie versuchten, die Tür aufzubrechen. Ein beißender Geruch füllte das Treppenhaus.

Rénine erreichte die letzte Etage.

»Platz, Freunde! Ich habe den Schlüssel.«

Er steckte ihn ins Schloß und öffnete.

Eine Rauchwolke quoll ihm so heftig entgegen, daß man hätte meinen können, die ganze Etage brenne. Aber Rénine sah mit einem Blick, daß das Feuer ausgegangen war, da es keine Nahrung mehr gefunden hatte, und daß keine Flammen mehr aufschossen.

»Monsieur Morisseau, niemand darf herein, nicht wahr? Das kleinste Mißgeschick könnte alles zerstören. Verriegeln Sie die Tür, das ist besser.«

Er ging in das vordere Zimmer, in dem das Feuer sichtlich das meiste zerstört hatte. Die vom Rauch geschwärzten Möbel, die Wände und die Decke waren kaum verbrannt. In Wirklichkeit beschränkte sich alles auf einen brennenden Papierhaufen, der noch mitten im Zimmer vor dem Fenster qualmte.

Rénine schlug sich an die Stirn: »Ich dreifacher Idiot! Muß ich blöde gewesen sein!«

»Warum?« fragte der Inspektor.

»Die Hutschachtel auf dem Nipptisch. Dort hatte er das Geld versteckt. Dort war es noch vorhin, als wir danach suchten.«

»Unmöglich!«

»Aber ja, man übersieht immer dieses Versteck, weil es zu

sichtbar, zu sehr in Reichweite ist! Wie soll man darauf kommen, daß ein Dieb 60 000 Francs in einer offenen Schachtel versteckt, in die er bei seinem Eintritt mit einer zerstreuten Bewegung seinen Hut legt. Dort sucht man nicht... Gut gespielt, Monsieur Dutreuil!«

Der Inspektor wiederholte, immer noch ungläubig:

»Nein, nein, unmöglich. Wir waren mit ihm zusammen, er hat das Feuer nicht selbst legen können.«

»Alles war für den Fall eines Alarms vorher vorbereitet... Die Hutschachtel... das Seidenpapier... das Geld, das alles muß mit einer leicht entzündbaren Masse bestrichen worden sein. Er wird beim Verlassen des Zimmers ein Streichholz, ein Mittel oder was weiß ich hineingeworfen haben!«

»Aber verflixt noch einmal, wir hätten es gesehen! Kann man überhaupt annehmen, daß ein Mann, der getötet hat, um sechzigtausend Francs zu stehlen, sie so ohne weiteres vernichtet? Wenn das Versteck so gut war – und das war es, denn wir haben es nicht entdeckt –, warum dann diese unnötige Vernichtung?«

»Er hatte Angst, Monsieur Morisseau. Wir dürfen nicht vergessen, daß er um seinen Kopf spielt. Alles eher als die Guillotine, und das Geld war der einzige Beweis, den man gegen ihn haben konnte. Warum sollte er ihn behalten?«

Morisseau war verblüfft.

»Wieso der einzige Beweis...«

»Natürlich!«

»Aber Ihre Zeugen, Ihre Beweise? Alles, was Sie dem Chef erzählen wollten?«

»Bluff!«

»Aber ehrlich«, knurrte der Inspektor geschlagen, »Sie besitzen eine gehörige Portion Frechheit!«

»Hätten Sie sich sonst in Bewegung gesetzt?«

»Nein.«

»Na also.«

Rénine bückte sich, um in der Asche zu wühlen. Aber es

waren nicht einmal mehr jene verkohlten Fetzen da, die gewöhnlich von verbranntem Papier übrigbleiben.

»Nichts«, sagte er, »das ist immerhin eigenartig! Wie, zum Teufel, hat er es angestellt, das Feuer zu entzünden?«

Er stand auf und überlegte, seine Augen durchsuchten aufmerksam das Zimmer. Hortense hatte den Eindruck, daß er alle seine Kräfte zusammennähme und daß er nach dieser letzten Schlacht gegen die völlige Unklarheit entweder seinen Siegesplan bereit hätte oder sich geschlagen geben würde.

Sie schwankte zwischen Angst und Hoffnung und fragte:

»Es ist alles verloren, nicht wahr?«

»Nein... nein...«, sagte er nachdenklich, »noch ist nicht alles verloren. Vor wenigen Sekunden noch war das der Fall. Aber jetzt taucht ein Licht auf und gibt mir Hoffnung.«

»Oh, mein Gott, wenn es doch wahr wäre!«

»Wir wollen nicht zu voreilig sein. Es ist nur ein Versuch... aber ein sehr schöner... der gelingen kann.«

Er schwieg einen Augenblick, dann überzog ein amüsiertes Lächeln sein Gesicht, und er sagte mit einem Zungenschnalzen:

»Er ist verdammt stark, der Dutreuil. So die Geldscheine zu verbrennen... was für eine Erfindung... Und was für eine Kaltblütigkeit! Oh, er hat mich eine harte Nuß knacken lassen, diese Bestie! Er ist ein Meister!«

Er suchte sich einen Besen und fegte einen Teil der Asche in das Nebenzimmer. Dann brachte er eine Hutschachtel von derselben Größe und demselben Aussehen wie die verbrannte ins Zimmer, stellte sie auf den Nipptisch, nachdem er das Seidenpapier herausgezupft hatte, und steckte das Ganze mit einem Streichholz an.

Flammen züngelten hoch, er löschte sie, als sie die Hälfte der Schachtel und fast das ganze Papier vernichtet hatten. Aus einer Innentasche seiner Weste zog er ein Bündel Banknoten, nahm sechs heraus und verbrannte sie fast vollkommen. Die Überreste ordnete er und legte sie auf den Boden der Schachtel zwischen die Asche und das angekohlte Papier.

»Monsieur Morisseau«, sagte er schließlich, »ich bitte Sie ein letztes Mal um Ihre Hilfe. Holen Sie Dutreuil. Sagen Sie ihm nur ganz einfach folgendes: ›Sie sind entlarvt, die Geldscheine sind nicht verbrannt. Folgen Sie mir.‹ Dann bringen Sie ihn her.«

Trotz seines Widerstrebens und der Furcht, den Auftrag, den ihm der Chef der Sicherheitspolizei gegeben hatte, zu überschreiten, konnte sich der Oberinspektor nicht dem Einfluß entziehen, den Rénine auf ihn ausübte. Er verließ das Zimmer.

Rénine wandte sich an die junge Frau: »Kennen Sie meinen Schlachtplan?«

»Ja, aber das Experiment ist gefährlich. Glauben Sie, daß Dutreuil in die Falle geht?«

»Es hängt alles von dem Zustand seiner Nerven ab, und wie sehr erschüttert er ist; ein plötzlicher Angriff kann ihn vollständig erledigen.«

»Wenn er aber an irgendeinem Zeichen das Umwechseln der Hutschachtel erkennt?«

»Natürlich hat er einige Chancen. Der Bursche ist schlauer, als ich dachte, und fähig, seinen Hals aus der Schlinge zu ziehen. Aber andererseits muß er höchst beunruhigt sein! Das Blut muß ihm in den Ohren sausen und ihm die Augen benebeln. Nein, nein, ich glaube nicht, daß er den Schlag aushält... Er wird versagen...«

Sie wechselten kein Wort mehr miteinander. Rénine rührte sich nicht. Hortense war zutiefst beunruhigt. Es handelte sich um das Leben eines unschuldigen Menschen. Ein taktischer Fehler, ein wenig Pech, und Jacques Aubrieux würde zwölf Stunden später hingerichtet werden. Und gleichzeitig mit der schrecklichen Angst empfand sie trotz allem ein Gefühl der heftigsten Neugier. Was würde Prinz Rénine machen? Was würde aus dem Experiment werden? Wie würde Gaston

Dutreuil Widerstand leisten? Sie durchlebte eine jener Minuten übermenschlicher Spannung, in denen das Leben sich zusammenballt und sein ganzer Wert deutlich wird.

Sie hörten Schritte auf der Treppe. Es waren eilige Männerschritte. Das Geräusch näherte sich. Sie kamen in die letzte Etage.

Hortense sah ihren Gefährten an. Er war aufgestanden. Er horchte, sein Gesicht hatte sich verändert. Jetzt ertönten die Schritte im Flur. Da sprang er plötzlich wie eine Sprungfeder los, lief zur Tür und rief:

»Schnell!... Wir wollen zum Ende kommen!«

Die Polizisten und zwei Kellner der Brasserie traten ein. Rénine zog Dutreuil aus der Gruppe der Inspektoren, nahm seinen Arm und sagte fröhlich:

»Bravo, mein Guter! Der Coup mit dem Nipptisch und der Wasserkaraffe ist bewundernswert! Ein Meisterstück! Nur ist es danebengegangen.«

»Was? Was ist denn los?« brummte der junge Mann und wankte.

»Mein Gott, ja, das Feuer hat nur die Hälfte des Seidenpapiers und der Hutschachtel gefressen, und wenn auch die meisten Geldscheine genau wie das Seidenpapier verbrannt sind, so sind doch die restlichen noch in der Schachtel... Hörst du? Die berüchtigten Geldscheine, der große Beweis für das Verbrechen... sie sind da, wo du sie versteckt hattest... Zufällig sind sie nicht verbrannt... Hier schau... hier sind die Nummern... du kannst sie erkennen... Oh, du bist verloren, mein Bester.«

Der junge Mann hatte sich aufgerichtet. Seine Augen glitzerten. Er sah nicht um sich, wie ihn Rénine aufgefordert hatte, er untersuchte weder die Schachtel noch die Geldscheine. Vom ersten Augenblick an, ohne sich die Zeit zu Überlegungen zu nehmen und ohne daß ihn sein Instinkt warnte, glaubte er alles, weinend brach er auf einem Stuhl zusammen.

Der plötzliche Angriff, wie Rénine ihn genannt hatte, war gelungen. Als er alle Pläne zerstört und den Feind im Besitz aller seiner Geheimnisse sah, hatte der Mörder nicht mehr die Kraft, noch die nötige Scharfsichtigkeit, sich zu verteidigen. Er gab die Partie auf.

Rénine ließ ihn nicht zu Atem kommen.

»Gott sei Dank! Du rettest ganz einfach deinen Kopf, mein Kleiner. Schreib noch dein Geständnis nieder, damit du es los bist. Hier ist ein Füllfederhalter... Oh, du hast kein Glück gehabt, das muß ich sagen. Er war trotzdem verdammt gut eingefädelt, dein Trick im letzten Augenblick. Nicht wahr? Sie haben Geldscheine, die Sie zerstören und die Sie vernichten möchten? Nichts ist einfacher als das. Sie stellen eine große Karaffe mit einem runden Bauch auf das Fensterbrett. Das Kristall bildet eine Linse und leitet die Sonnenstrahlen auf die Schachtel und auf das entsprechend präparierte Seidenpapier. Zehn Minuten später brennt es. Eine wunderbare Erfindung! Und sie ist dem Zufall zu verdanken, wie alle großen Entdeckungen, nicht wahr? Newtons System. Eines Tages wird die Sonne, als sie durch das Wasser dieser Karaffe drang, ein Stückchen Putzwolle oder den Schwefel eines Streichholzes in Flammen gesetzt haben, und da du vorhin wußtest, daß die Sonne für dich günstig stand, hast du dir gesagt: ›Also los‹, und du hast die Karaffe auf den richtigen Platz gestellt. Mein Kompliment, Gaston. Hier ist ein Blatt Papier. Schreib: ›Ich bin der Mörder von Monsieur Guillaume.‹ Nun schreib schon, zum Teufel!«

Er hatte sich über den jungen Mann gebeugt und zwang ihn mit seinem ganzen unwiderstehlichen Willen zu schreiben, indem er ihm die Hand führte und ihm den Satz diktierte. Erschöpft und am Ende seiner Kräfte, schrieb Dutreuil tatsächlich.

»Herr Oberinspektor, hier ist das Geständnis«, sagte Rénine. »Bringen Sie es bitte Monsieur Dudouis. Diese

Herren hier« – er wandte sich an die Kellner der Brasserie – »werden sicher als Zeugen dienen.«

Und als sich der überwältigte Dutreuil nicht rührte, stieß er ihn an:

»He, mein Freund, du mußt dich wieder beleben. Jetzt, da du so dumm warst zu gestehen, sollst du auch bis zum Ende gehen, du Idiot.«

Der andere stand vor ihm und sah ihn an.

»Offensichtlich«, fuhr Rénine fort, »bist du nur ein Dummkopf. Die Hutschachtel war hübsch verbrannt, genauso wie die Geldscheine. Diese Schachtel hier ist eine andere, mein Guter, und die Geldscheine dort gehören mir. Ich habe sogar sechs verbrannt, um dir die Sache glaubhafter zu machen. Und du hast nur Feuer gesehen. Du mußt wirklich geistlos sein! Mir im letzten Augenblick den Beweis zu liefern, während ich nicht einen einzigen in Händen hatte! Und was für ein schöner Beweis! Dein schriftliches Geständnis! Dein vor Zeugen niedergeschriebenes Geständnis! Hör mal, mein Guter, wenn man dir den Kopf abhackt, was ich sehr hoffe, dann hast du es wirklich verdient. Adieu, Dutreuil!«

Auf der Straße wandte sich Prinz Rénine an Hortense Daniel und bat sie, das Auto zu nehmen und zu Madeleine Aubrieux zu fahren und sie von allem zu unterrichten.

»Und Sie?« fragte Hortense.

»Ich habe viel zu tun... Dringende Verabredungen...«

»Wie, Sie lassen sich die Freude nehmen, die Neuigkeit zu verkünden?«

»Auch dieser Freude wird man müde. Die einzige Freude, die immer wieder neu ist, ist die des Kampfes. Danach hat nichts mehr Bedeutung.«

Sie ergriff seine Hand und behielt sie einen Augenblick lang in der ihren. Sie wollte diesem eigenartigen Mann, der Gutes tat, wie man einen Sport betreibt, jedoch mit wahrer Meisterschaft, ihre Bewunderung aussprechen. Aber sie brachte kein

Wort heraus. Die Ereignisse überwältigten sie. Die Rührung schnürte ihr die Kehle zu und trieb ihr die Tränen in die Augen.

Er beugte sich vor und sagte:

»Ich danke Ihnen. Ich bin belohnt genug.«

Thérèse und Germaine

Die Nachsaison war so mild, daß am Morgen des 2. Oktober mehrere Familien, die noch in ihren Villen in Etretat geblieben waren, an den Strand gingen. Man hätte meinen können, daß das Meer unter den Felsen ein zwischen Klippen und Wolken schlummernder Gebirgssee sei, wenn nicht etwas Unbestimmbares in der Luft gelegen und der Himmel nicht jene fahlen, zarten und verschwommenen Farben gehabt hätte, die an manchen Tagen dieser Gegend einen so besonderen Reiz verleihen.

»Es ist wunderbar hier«, murmelte Hortense.

Und nach einer Weile fügte sie hinzu:

»Wir sind aber nicht hierhergekommen, um den Anblick der Natur zu genießen oder um uns zu fragen, ob dieser riesige Felsgipfel zu unserer Linken wirklich einmal die Wohnung Arsène Lupins gewesen ist.«

»Nein«, erklärte Prinz Rénine, »und ich muß tatsächlich zugeben, daß es an der Zeit ist, unsere berechtigte Neugier zu befriedigen oder doch wenigstens zum Teil zu befriedigen, denn in diesen zwei Tagen, die ich mit Beobachtungen und Nachforschungen verbrachte, habe ich noch nichts von dem erfahren, was ich hier zu finden hoffte.«

»Ich höre.«

»Ich werde es Ihnen kurz erklären. Vorher jedoch will ich noch einiges vorausschicken... Sie werden verstehen, liebe Freundin, daß, wenn ich mich bemühe, meinen Mitmenschen nützlich zu sein, ich natürlich nach allen Seiten hin Freunde habe, die mich benachrichtigen, wenn ich eingreifen soll. Sehr oft erscheinen mir ihre Hinweise unbedeutend oder zu uninteressant, und ich übergehe sie. In der letzten Woche ist mir jedoch von einem Telefongespräch berichtet worden, das einer meiner Helfer zufällig mitanhörte und dessen Bedeutung Sie erkennen werden. Von ihrer Wohnung in Paris aus sprach eine Dame mit einem Herrn, der auf der Durchreise in einem Hotel einer größeren Stadt in der Umgebung wohnte. Der Name der Stadt, der Name des Herrn und der der Dame sind mir unbekannt. Der Herr sprach mit der Dame Spanisch, und zwar in dem Dialekt der Insel Java, wobei er außerdem noch viele Silben unterschlug. Dennoch, trotz all der Hindernisse, die die beiden bewußt aufgestellt hatten, ist es meinem Helfer gelungen, das Wesentliche dieses sehr ernsten Gesprächs zu erfassen, das die beiden so sorgfältig zu vertuschen suchten. Man kann es in drei Punkten zusammenfassen: 1. der Herr und die Dame, offensichtlich Geschwister, warteten auf eine Verabredung mit einer dritten verheirateten Person, die wünscht, um jeden Preis ihre Freiheit wiederzuerlangen; 2. diese Verabredung, in der man das weitere Vorgehen besprechen wollte, wurde auf den 2. Oktober vorgesehen, sollte aber noch durch eine kleine Anzeige in der Zeitung bestätigt werden; 3. der Unterhaltung am 2. Oktober sollte gegen Abend ein Spaziergang auf die Klippen folgen, zu dem die dritte Person eine weitere, eben die, die man loswerden wollte, mitnehmen würde. Das sind die Grundzüge der Geschichte. Ich brauche Ihnen wohl nicht zu schildern, mit wieviel Aufmerksamkeit ich die Kleinanzeigen in allen Pariser Zeitungen verfolgte und verfolgen ließ. Vorgestern morgen stieß ich in einem Blatt auf folgende Zeile:

›– Verabredg., 2. Okt. mittags, 3-Mathildes.‹

Da von Klippen die Rede gewesen war, habe ich daraus geschlossen, daß das Verbrechen am Meeresufer stattfinden würde, und da ich in Etretat einen Ort kannte, der ›Trois-Mathildes‹ heißt, was ja kein geläufiger Name ist, sind wir am gleichen Tag losgefahren, um den Plan dieser grausamen Menschen zu vereiteln.«

»Welchen Plan?« fragte Hortense. »Sie sprechen immerzu

von einem Verbrechen. Das ist zweifellos nur eine Vermutung?«

»Keineswegs. Die belauschte Unterhaltung spielte auf eine Heirat an, und zwar auf eine Heirat des Bruders oder der Schwester mit der Frau oder dem Mann der dritten Person, was die Möglichkeit eines Verbrechens wahrscheinlich macht, das heißt, daß in diesem Fall das bezeichnete Opfer, die Frau oder der Mann der dritten Person, am 2. Oktober, also heute abend, von der Klippe gestürzt wird. Das ist alles vollkommen logisch und läßt überhaupt nicht den geringsten Zweifel zu.«

Sie saßen auf der Terrasse des Kasinos gegenüber der Treppe, die zum Strand hinunterführte. Sie sahen über einige private Badehäuschen hinweg, die auf dem Kieselstrand standen und vor denen vier Herren Bridge spielten, während eine Gruppe Damen sich bei ihrer Stickerei unterhielt.

Weiter entfernt von ihnen, mehr zum Wasser hin, stand ein einzelnes verschlossenes Häuschen.

Ein halbes Dutzend Kinder spielte mit nackten Beinen im Wasser.

»Dieser Friede hier und der Reiz des Herbstes fesseln mich nicht«, sagte Hortense. »Ihre Vermutungen scheinen mir so überzeugend, daß mich das alles nicht von dem furchtbaren Problem ablenken kann.«

»Furchtbar, das ist das richtige Wort, liebe Freundin. Sie können mir glauben, daß ich die Sache seit vorgestern unter allen Aspekten untersucht habe... Leider vergeblich!«

»Vergeblich?« wiederholte sie. »Was wird also geschehen?«

Und fast zu sich selbst fuhr sie fort:

»Wer von den Menschen dort ist bedroht? Der Tod hat sein Opfer schon gewählt. Wer ist es? Ist es jene junge blonde Dame, die sich lachend schaukelt? Oder der große Herr, der raucht? Und wer ist derjenige, der den Gedanken an das

Verbrechen in sich versteckt? Alle diese Leute sind ruhig und amüsieren sich. Und doch geht der Tod um.«

»Sieh mal an«, rief Rénine, »auch Sie haben Feuer gefangen, nicht wahr? Ich hatte es Ihnen ja gesagt. Alles ist Abenteuer, und nur das Abenteuer zählt. Sie wittern jetzt hinter allem etwas Aufregendes. Sie nehmen teil an all den Tragödien ringsum, und auf dem Grund Ihres Seins erwacht der Sinn für das Geheimnis. Mit welch scharfem Blick Sie zum Beispiel das Ehepaar beobachten, das gerade herankommt! Kann man es denn wissen?... Oder jene Dame dort, die davon träumt, ihren Mann beiseite zu schaffen?«

»Die d'Imbrevals? Nie im Leben. Eine ausgezeichnete Ehe! Gestern habe ich im Hotel lange mit der Frau gesprochen, und Sie selbst...«

»Oh, ich habe mit Jacques d'Imbreval, der ein wenig auf Sportler macht, gegolft, und mit ihren beiden reizenden kleinen Töchtern habe ich mit den Puppen gespielt.«

Die d'Imbrevals waren zu ihnen getreten, man wechselte einige Worte. Madame d'Imbreval erzählte, daß ihre beiden Töchter am Morgen mit der Gouvernante nach Paris zurückgekehrt seien. Ihr Mann, ein großer Mann mit blondem Bart, trug seine Flanelljacke unter dem Arm, so daß sein Körper sich unter dem Polohemd abzeichnete, klagte über die Hitze.

»Thérèse, hast du den Schlüssel zum Badehäuschen?« fragte er seine Frau, als sie Rénine und Hortense verlassen hatten und zehn Schritte entfernt bei der Treppe stehengeblieben waren.

»Hier«, sagte die Frau. »Gehst du jetzt Zeitung lesen?«

»Ja. Es sei denn, wir machen zusammen einen Spaziergang?«

»Lieber heute nachmittag, ja? Jetzt muß ich noch einige Briefe schreiben.«

»Einverstanden. Wir werden auf die Felsen klettern.«

Hortense und Rénine sahen sich überrascht an. War die

Ankündigung dieses Spaziergangs ein Zufall? Oder stand ihnen hier entgegen ihrer Erwartung das Paar gegenüber, das sie suchten?

Hortense versuchte zu lachen.

»Mein Herz schlägt wie wild«, sagte sie. »Trotzdem weigere ich mich unter allen Umständen, an etwas so Unwahrscheinliches zu glauben. ›Mein Mann und ich haben noch nie eine »Diskussion« miteinander gehabt‹, erzählte sie mir. Nein, es ist offensichtlich, daß die beiden sich wunderbar verstehen.«

»Wir werden es nachher auf den ›Trois-Mathildes‹ schon sehen, ob einer von den beiden den Bruder und die Schwester trifft.«

Monsieur d'Imbreval war die Treppe hinuntergegangen, während seine Frau an die Balustrade der Terrasse gelehnt zurückblieb. Sie hatte eine hübsche, feine und schlanke Gestalt. Ihr Profil war klar und wurde von dem ein wenig vorstehenden Kinn noch betont. Wenn ihr Gesicht sich entspannte und sie nicht lachte, trat ein Ausdruck von Traurigkeit und Leid in ihre Züge.

»Jacques, hast du etwas verloren?« rief sie ihrem Mann zu, der mit den Augen den Boden absuchte.

»Ja, den Schlüssel«, erwiderte er, »er ist mir aus der Hand gerutscht.«

Sie lief zu ihm hin und begann ebenfalls zu suchen. Sie hatten sich nach rechts gewandt, waren unten an der Böschung stehengeblieben und zwei oder drei Minuten lang aus Hortenses und Rénines Blickfeld verschwunden. Ein lauter Streit zwischen den Bridgespielern, etwas weiter entfernt, übertönte ihre Stimme.

Fast gleichzeitig richteten sie sich wieder auf. Madame d'Imbreval stieg langsam mehrere Treppenstufen hinauf und blieb dann dem Meer zugewandt stehen. Er hatte sich seine Jacke über die Schultern geworfen und ging zu dem alleinstehenden Häuschen. Unterwegs baten ihn die Bridgespieler jedoch um seine Meinung, indem sie ihm ihre auf dem Tisch ausgebreiteten Karten zeigten. Er winkte jedoch mit der Hand ab und ging weiter; er legte die vierzig Schritte zurück, die ihn von seinem Häuschen trennten, öffnete die Tür und trat ein.

Thérèse d'Imbreval erreichte die Terrasse und blieb dort zehn Minuten lang auf einer Bank sitzen. Dann verließ sie das Kasino. Als Hortense sich vorbeugte, sah sie, wie Thérèse eine der kleinen Villen betrat, die sich an das Hotel Hauville anschlossen, und einen Augenblick später auf dem Balkon dieser Villa erschien.

»Elf Uhr«, sagte Rénine. »Ob nun sie es ist oder er oder einer der Spieler oder eine der Begleiterinnen dieser Spieler oder irgend jemand anderes, es wird nicht mehr lange dauern, bis einer zum Rendezvous geht.«

Und doch vergingen zwanzig, fünfundzwanzig Minuten, und niemand machte Anstalten fortzugehen.

»Madame d'Imbreval ist vielleicht fortgegangen«, drängte Hortense, die allmählich nervös wurde. »Sie ist nicht mehr auf dem Balkon.«

»Wenn Sie auf den ›Trois-Mathildes‹ ist, werden wir sie dort überraschen«, erwiderte Rénine.

Er stand gerade auf, als ein neuer Streit die Gemüter der Spieler erregte und einer von ihnen ausrief:

»Wir wollen d'Imbreval nach seiner Meinung fragen.«

»Gut«, sagte ein anderer. »Ich bin einverstanden. Wenn er den Schiedsrichter machen will! Vorhin war er schlecht gelaunt.«

Man rief: »D'Imbreval! D'Imbreval!«

Da bemerkten sie, daß d'Imbreval die Tür wieder hinter sich zugezogen haben mußte, so daß er im Halbdunkel blieb, denn diese Häuschen hatten keine Fenster.

»Er schläft!« rief man. »Wir wollen ihn wecken.«

»D'Imbreval! D'Imbreval!«

Sie begaben sich alle vier zu dem Häuschen, riefen ihn, und

da sie keine Antwort erhielten, klopften sie an die Tür. – »Hallo, d'Imbreval, schlafen Sie?«

Auf der Terrasse war Serge Rénine plötzlich mit so beunruhigter Miene aufgesprungen, daß Hortense überrascht war. Er brummte undeutlich:

»Hoffentlich ist es nicht zu spät!«

Als Hortense ihn weiter ausfragen wollte, sprang er schon die Treppe hinunter und rannte zu dem Häuschen. Er kam gerade dort an, als die Bridgespieler versuchten, die Tür einzuschlagen. »Halt!« befahl er. »Das muß ordnungsgemäß ausgeführt werden.«

»Was?« fragte man ihn.

Er untersuchte die Jalousien an den Türflügeln. Als er feststellte, daß eine der oberen Lamellen halb zerbrochen war, klammerte er sich an das Hausdach, zog sich, so gut es ging, hoch und warf einen Blick in das Innere.

Von allen Seiten wurde er mit Fragen bestürmt.

»Was ist los? Können Sie etwas sehen?«

Er drehte sich um und sagte zu den vier Männern:

»Ich habe mir gleich gedacht, daß, wenn Monsieur d'Imbreval nicht antwortet, ihn ein ernster Umstand davon abhielt.«

»Ein ernster Umstand?«

»Ja, es sieht so aus, als ob Monsieur d'Imbreval verwundet ist... oder tot.«

»Wie, tot?« rief man. »Er ist doch gerade an uns vorbeigegangen.«

Rénine zog sein Messer heraus, machte sich am Schloß zu schaffen und öffnete die beiden Türflügel.

Die Männer stießen Entsetzensschreie aus. Monsieur d'Imbreval lag vornüber gefallen auf dem Boden, seine Hände krampften sich um seine Jacke und die Zeitung. Blut floß von seinem Rücken und färbte sein Hemd.

»Oh, er hat sich getötet«, sagte jemand.

»Wie soll er sich getötet haben?« fragte Rénine. »Die

Wunde befindet sich mitten auf dem Rücken, an einer Stelle, die seine Hand nicht erreichen kann. Und außerdem gibt es hier keine Waffe.«

Die Spieler widersprachen.

»Ein Verbrechen also? Aber das ist doch nicht möglich. Es ist niemand gekommen. Wir hätten es doch gesehen... Niemand hätte an uns vorbeigehen können, ohne daß wir ihn gesehen hätten.«

Auch die anderen Männer, Frauen und die Kinder, die am Wasser gespielt hatten, waren herbeigelaufen. Rénine verbot jedem, sich dem Häuschen zu nähern. Nur ein Arzt durfte es betreten. Aber er konnte nur noch den Tod von Monsieur d'Imbreval feststellen, der durch einen Dolchstich erfolgt war.

In diesem Augenblick kamen der Bürgermeister und die Feldpolizei mit Bewohnern der Gegend hinzu. Es wurden die in solchen Fällen üblichen Feststellungen getroffen, dann brachte man die Leiche fort.

Einige der Leute waren zu Thérèse d'Imbreval geeilt, die wieder auf dem Balkon zu sehen war, um sie zu benachrichtigen. So war das Drama geschehen, ohne den geringsten Hinweis darauf, wie ein Mann, der in einem Häuschen eingeschlossen und durch eine verschlossene Tür, deren Schloß in Ordnung war, geschützt wurde, in einem Zeitraum von wenigen Minuten und vor zwanzig Zeugen, vielmehr zwanzig Zuschauern, hatte ermordet werden können. Niemand hatte das Häuschen betreten. Niemand war herausgekommen. Und den Dolch, mit dem Monsieur d'Imbreval zwischen den Schulterblättern verwundet worden war, konnte man nirgends finden. Das Ganze hätte der Taschenspielertrick eines geschickten Zauberers sein können, wenn es sich nicht um ein entsetzliches Verbrechen gehandelt hätte, das unter den geheimnisvollsten Umständen ausgeführt worden war.

Hortense konnte der kleinen Menschengruppe, die sich zu

Madame d'Imbreval begab, nicht folgen, wie Rénine es gern gehabt hätte. Die Erregung lähmte sie. Es war das erstemal, daß ihre Abenteuer mit Rénine sie mitten in das Geschehen führten, so daß sie sich, anstatt nur die Folgen eines Verbrechens zu sehen oder an der Verfolgung der Schuldigen beteiligt zu sein, dem Verbrechen selbst gegenüber befand.

Es lief ihr kalt über den Rücken, und sie stammelte:

»Wie entsetzlich!... Der Ärmste!... Oh, Rénine, haben Sie diesen Mann nicht retten können!... Gerade das erschüttert mich vor allem, daß wir es gekonnt hätten... daß wir ihn hätten retten müssen, denn wir wußten von dem Anschlag...«

Rénine hielt ihr ein Fläschchen Riechsalz hin. Als sie sich wieder beruhigt hatte, fragte er sie, indem er sie aufmerksam beobachtete:

»Sie glauben also, daß dieser Mord und der Anschlag, den wir vereiteln wollten, das gleiche sind?«

»Natürlich«, sagte sie, erstaunt über diese Frage.

»Da also dieser Anschlag von einem Mann gegen seine Frau oder von einer Frau gegen ihren Mann angezettelt worden war und da der Mann getötet wurde, folgt daraus, daß Madame d'Imbreval...?«

»Oh, nein, unmöglich«, rief sie. »Erstens hat Madame d'Imbreval ihre Wohnung nicht verlassen... und außerdem kann ich niemals glauben, daß diese entzückende Frau fähig wäre... nein... nein... es muß offensichtlich noch etwas anderes vorliegen...«

»Was denn?«

»Ich weiß es nicht. Vielleicht ist das Gespräch zwischen dem Bruder und der Schwester falsch verstanden worden. Sie sehen ja, daß das Verbrechen unter ganz anderen Umständen stattgefunden hat... zu einer anderen Stunde, an einer anderen Stelle...«

»Und folglich«, schloß Rénine, »stehen die beiden Geschichten in keinerlei Zusammenhang?«

»Ach, ich verstehe überhaupt nichts mehr! Es ist alles so eigenartig.«

»Meine Schülerin macht mir heute keine Ehre«, meinte Rénine leicht ironisch.

»Worin denn?«

»Wie? Vor Ihren Augen hat sich doch eine ganz einfache Geschichte abgespielt, die Sie wie eine Filmszene haben abrollen sehen, und trotzdem bleibt für Sie alles so geheimnisvoll, als hätte man Ihnen von etwas berichtet, das sich dreißig Meilen entfernt in einem Keller abgespielt hat!«

Hortense war verwirrt.

»Was sagen Sie? Was? Haben Sie es begriffen? Und wodurch?«

Er sah auf seine Uhr.

»Ich habe nicht alles begriffen«, sagte er. »Das Verbrechen als solches in seiner ganzen Brutalität, ja. Aber die Hauptsache, das heißt, der psychologische Hintergrund dieses Verbrechens, ist völlig unklar. Jetzt ist es Mittag. Der Bruder und die Schwester werden feststellen, daß niemand zum Rendezvous zu den ›Trois-Mathildes‹ kommt, und zum Strand herunterklettern. Glauben Sie nicht, daß wir dann etwas über den Komplicen erfahren, den zu haben ich sie anklage, und über den Zusammenhang zwischen diesen beiden Affären?«

Sie erreichten den Platz, den die Ferienhäuser von Hauville umgeben und auf dem die Fischer mit Schiffswinden ihre Boote an Land ziehen. Vor einer der Türen dieser Häuser drängten sich viele Neugierige. Zwei Wachen verwehrten den Eintritt.

Der Bürgermeister schob die Menge heftig auseinander. Er kam gerade von der Post, wo er mit Le Havre telefoniert hatte. Im Gericht hatte man ihm geantwortet, daß der Staatsanwalt und ein Untersuchungsrichter im Laufe des Nachmittags nach Etretat kommen würden.

»Dann haben wir noch genug Zeit zum Essen«, sagte

Rénine. »Die Tragödie wird sich frühestens in zwei oder drei Stunden abspielen. Ich glaube, daß es dabei hart hergehen wird.«

Trotzdem beeilten sie sich. Hortense, die durch die Ermüdung und den Wunsch, alles zu erfahren, überreizt war, horchte Rénine ununterbrochen aus, er aber antwortete ausweichend, sein Blick war auf den Vorplatz gerichtet, den man durch die Fenster des Speisesaals überblicken konnte.

»Sie suchen nach den beiden?« fragte sie.

»Ja, nach dem Bruder und der Schwester.«

»Sind Sie sicher, daß sie es wagen...?«

»Achtung, da sind sie!« Er trat eilig hinaus.

Am Ende der Hauptstraße kamen ein Herr und eine Dame mit unentschlossenen Schritten näher, so, als kennten sie den Ort nicht. Der Bruder war ein kleiner, schmächtiger Mann von grünlicher Gesichtsfarbe und mit einer Automütze auf dem Kopf. Auch die Schwester war klein, aber ziemlich stark gebaut, sie trug einen weiten Mantel und erschien ihnen trotz eines gewissen Alters noch hübsch unter dem leichten Schleier, der ihr Gesicht verdeckte.

Sie bemerkten die herumstehenden Menschen und traten näher. Ihr Gang verriet Unruhe und Zögern.

Die Schwester erkundigte sich schließlich bei einem Matrosen. Nach den ersten Worten, zweifellos als ihr der Tod von Monsieur d'Imbreval verkündet wurde, stieß sie einen Schrei aus und versuchte, sich einen Durchgang zu verschaffen. Als der Bruder sich gleichfalls nach den Geschehnissen erkundigt hatte, verschaffte er sich mit den Ellbogen Platz und stieß zu den Wachtposten gewandt hervor:

»Ich bin ein Freund der d'Imbrevals!... Hier ist meine Karte, Frédéric Astaing... Meine Schwester, Germaine Astaing, ist eine gute Freundin von Madame d'Imbreval!... Sie erwarteten uns... Wir hatten uns verabredet!...«

Man ließ ihn vorbei. Wortlos folgte ihnen Rénine, der sich

hinter ihnen einen Weg gebahnt hatte, von Hortense begleitet, ins Haus.

In der zweiten Etage bewohnten die d'Imbrevals vier Zimmer und einen Salon. Die Schwester stürzte in eines der Zimmer und warf sich vor dem Bett, auf das man den Toten gelegt hatte, auf die Knie. Thérèse d'Imbreval befand sich im Salon und weinte inmitten einiger schweigender Leute. Der Bruder setzte sich neben sie, ergriff heftig ihre Hände und sagte mit zitternder Stimme:

»Meine arme Freundin... meine arme Freundin...«

Rénine und Hortense beobachteten lange dieses Paar, bis Hortense flüsterte:

»Sollte sie für diesen Menschen getötet haben? Unmöglich!«

»Und doch kennen sie sich«, bemerkte Rénine, »und wir wissen, daß Frédéric Astaing und seine Schwester eine dritte Person zu ihrem Komplicen haben. So daß...«

»Unmöglich!« wiederholte Hortense.

Trotz aller Mutmaßungen empfand sie für die junge Frau soviel Sympathie, daß sie sich, als Frédéric Astaing aufstand, neben Madame d'Imbreval setzte und sie sanft tröstete. Die Tränen der Unglücklichen verwirrten sie zutiefst.

Rénine hängte sich von Anfang an dem Bruder und der Schwester an die Fersen, als wäre das von größter Wichtigkeit; er ließ Frédéric Astaing nicht aus den Augen, der mit gleichgültigem Gesicht eine sorgfältige Untersuchung der Wohnung begann, den Salon besichtigte, in alle Zimmer trat, sich unter die Menschen mengte und Fragen stellte über die Art, wie das Verbrechen begangen worden war. Zweimal sprach seine Schwester mit ihm. Dann kehrte er zu Madame d'Imbreval zurück und setzte sich wieder voll Mitgefühl und Ergebenheit an ihre Seite. Schließlich hatte er noch eine lange Unterredung mit seiner Schwester in der Vorhalle. Dann trennten sie sich wie Menschen, die alles Weitere miteinander abgesprochen haben. Frédéric verließ das Haus. Diese

Vorgänge hatten gut dreißig bis vierzig Minuten gedauert.

In diesem Augenblick erschien das Auto, das den Untersuchungsrichter und den Staatsanwalt zum Ort des Verbrechens brachte. Rénine, der ihre Ankunft erst später erwartet hatte, wandte sich an Hortense:

»Wir müssen uns beeilen. Verlassen Sie auf keinen Fall Madame d'Imbreval.«

Man ließ den Personen, deren Zeugenaussagen von einiger Bedeutung sein konnte, bestellen, daß sie sich am Strand zu versammeln hätten, da der Untersuchungsrichter die Voruntersuchung beginnen wolle. Anschließend würde er mit Madame d'Imbreval sprechen. Alle anwesenden Personen verließen daraufhin das Haus. Nur die beiden Wachtposten und Germaine Astaing blieben.

Germaine kniete ein letztes Mal vor dem Toten nieder, beugte sich über ihn, hielt seinen Kopf in ihren Händen und betete lange. Dann stand sie auf und öffnete die Tür zur Treppe, als Rénine auf sie zutrat.

»Ich habe mit Ihnen zu reden, Madame.«

Sie schien überrascht und erwiderte:

»Sprechen Sie, Monsieur, ich höre.«

»Nicht hier.«

»Wo denn, Monsieur?«

»Nebenan, im Salon.«

»Nein«, sagte sie schnell.

»Warum nicht? Auch wenn Sie ihr nicht einmal die Hand gegeben haben, nehme ich doch an, daß Madame d'Imbreval Ihre Freundin ist?«

Er ließ ihr keine Zeit zu überlegen, zog sie in das andere Zimmer, schloß die Tür hinter sich und stürzte im gleichen Augenblick zu Madame d'Imbreval, die hinausgehen und in ihr Zimmer verschwinden wollte.

»Nein, Madame«, sagte er, »hören Sie zu, ich flehe Sie an. Madame Astaings Anwesenheit darf Sie nicht in die Flucht schlagen. Wir müssen über sehr ernste Dinge miteinander sprechen, und zwar auf der Stelle.«

Hoch aufgerichtet standen sich die beiden Frauen gegenüber und sahen sich mit demselben Ausdruck unversöhnlichen Hasses an, einem Ausdruck, in dem man bei allen beiden dieselbe Erschütterung und dieselbe verhaltene Wut erkannte. Hortense, die geglaubt hatte, sie wären Freundinnen, und die sie bis zu einem gewissen Punkt für Komplizinnen gehalten hatte, erschrak über den Zusammenstoß, den sie voraussah und der unausweichlich erfolgen mußte. Sie zwang Thérèse d'Imbreval, sich zu setzen, während Rénine in der Mitte des Raumes stand und mit fester Stimme sagte:

»Der Zufall, der mich auf die Wahrheit gebracht hat, wird es mir gestatten, Sie alle beide zu retten, wenn Sie mir durch eine offene Erklärung helfen wollen, die mich über einzelne Punkte aufklärt. Sie kennen die Gefahr, denn Sie wissen, was Sie beide getan haben. Aber der Haß reißt Sie hin, deswegen muß ich klar sehen und handeln. In einer halben Stunde wird der Untersuchungsrichter hier sein. Bis dahin müssen wir zu einer Einigung gekommen sein.«

Sie schraken beide zusammen, als hätte dieses Wort sie tief getroffen.

»Ja, eine Einigung«, wiederholte er bestimmt. »Ob freiwillig oder nicht, sie wird getroffen werden. Sie haben nicht allein mit der Sache zu tun. Denken Sie an Ihre beiden kleinen Mädchen, Madame d'Imbreval. Da mich die Umstände zu diesen beiden geführt haben, greife ich zu ihrer Verteidigung und für ihr Wohlergehen in diese Angelegenheit ein. Ein Irrtum oder ein Wort zuviel, und sie sind verloren. Das wird aber nicht geschehen.«

Bei der Erinnerung an ihre Kinder war Madame d'Imbreval zusammengebrochen und schluchzte. Germaine Astaing zuckte die Schultern und machte eine Bewegung zur Tür hin, der sich Rénine widersetzte.

»Wo wollen Sie hin?«

»Ich bin aufgefordert worden, zum Untersuchungsrichter zu kommen.«

»Nein.«

»Doch, genauso wie alle anderen, die etwas auszusagen haben.«

»Sie waren nicht dabei, Sie wissen nichts von dem, was geschehen ist. Niemand weiß etwas von diesem Verbrechen.«

»Ich weiß, wer es war.«

»Unmöglich!«

»Thérèse d'Imbreval!«

Die Anschuldigung wurde in einem Wutausbruch und mit einer zornigen und drohenden Gebärde hervorgestoßen.

»Scheusal!« rief Madame d'Imbreval und stürzte sich auf sie. »Verschwinde! Verschwinde! Oh, was für ein Scheusal diese Frau ist.«

Hortense versuchte, sie zurückzuhalten, aber Rénine sagte leise:

»Lassen Sie sie, das habe ich gewollt... sie aufeinander loszulassen und so die ganze Wahrheit zu erfahren.«

Bei der Beleidigung war Madame Astaing zusammengefahren, sie wollte scherzend darauf antworten, verzerrte jedoch ihr Gesicht zur Grimasse; sie versuchte spöttisch zu sein.

»Scheusal? Warum? Weil ich dich anklage?«

»Nein, für alles, was du getan hast, für alles! Du bist ein Scheusal! Hörst du, Germaine, ein Scheusal!«

Thérèse d'Imbreval wiederholte die Beleidigung, als verschaffe sie ihr Erleichterung. Ihr Zorn ließ nach. Vielleicht hatte sie auch nicht mehr genug Kraft, um den Kampf weiter auszufechten; so setzte Madame Astaing mit geballten Fäusten und einem aufgelösten und um zwanzig Jahre gealterten Gesicht den Angriff fort.

»Du! Du wagst es, mich zu beleidigen! Du? Du! Nach deinem Verbrechen! Du wagst es, deinen Kopf zu heben, während der Mann, den du getötet hast, dort auf seinem Totenbett liegt! Oh! Wenn eine von uns beiden ein Scheusal ist, dann bist du es, Thérèse, das weißt du ganz genau! Du hast deinen Mann getötet! Du hast deinen Mann getötet!«

Sie stürzte, durch die entsetzlichen, von ihr hervorgestoßenen Worte noch mehr gereizt, vor und berührte mit ihren Fingernägeln schon fast das Gesicht ihrer Freundin.

»Behaupte nicht, daß du ihn nicht getötet hast!« schrie sie. »Behaupte nur das nicht, ich verbiete es dir. Behaupte es nicht! Der Dolch ist in deiner Tasche. Mein Bruder hat hineingefaßt, während er mit dir sprach, und seine Hand ist blutbefleckt wieder herausgekommen. Das Blut deines Mannes, Thérèse. Und auch wenn ich nichts entdeckt hätte, glaubst du, ich hätte es nicht von der ersten Minute an erraten? Von der ersten Minute an habe ich die Wahrheit gewußt, Thérèse. Als mir dort unten ein Matrose antwortete: ›Monsieur d'Imbreval? Er ist ermordet worden‹, da habe ich mir sofort gesagt: ›Das war sie, Thérèse, sie hat ihn getötet!‹«

Thérèse erwiderte nichts. Sie machte keine Bewegung des Widerspruchs. Hortense, die sie ängstlich beobachtete, glaubte in ihr die Erschöpfung derjenigen zu spüren, die sich verloren wissen. Ihre Wangen fielen ein, und ihr Gesicht drückte so viel Verzweiflung aus, daß Hortense sie voll Mitleid beschwor, sich zu verteidigen.

»Geben Sie doch eine Erklärung, ich flehe Sie an. Während des Verbrechens waren Sie auf dem Balkon... Aber der Dolch, wie haben Sie es tun können... Wie sollen wir es uns erklären...?«

»Erklärungen!« spottete Germaine Astaing. »Wäre es ihr möglich, Erklärungen zu geben? Was bedeutet der scheinbare Hergang des Verbrechens! Was bedeutet das, was man gesehen oder nicht gesehen hat! Die Hauptsache ist der Beweis... Die Tatsache, daß der Dolch dort in deiner Tasche ist, Thérèse. Ja, ja, du warst es!... Du hast ihn getötet! Du hast ihn endlich getötet! Oh, wie oft habe ich zu meinem Bruder gesagt: ›Sie wird ihn umbringen!‹ Frédéric versuchte, dich zu verteidigen, Frédéric hat schon immer eine Schwäche für dich gehabt. Aber im Grunde sah auch er das Verhängnis voraus... Und jetzt ist das Abscheuliche ausgeführt! Ein Dolchstoß in den Rücken. Feigling! Du Feigling! Und ich soll nichts sagen! Ich habe keine Sekunde gezögert!... Frédéric auch nicht! Wir haben sofort Beweise gesucht... Und dich werde ich mit meinem ganzen Verstand und allem Willen verraten... Es ist aus, Thérèse. Du bist verloren. Nichts kann dich mehr retten. Der Dolch steckt in der Tasche, um die sich deine Hand verkrampft. Der Richter wird kommen und ihn dort, mit dem Blut deines Mannes befleckt, finden... Er wird auch seine Brieftasche dort finden. Es ist alles da. Man wird alles finden...«

Sie war so außer sich vor Wut, daß sie nicht mehr weitersprechen konnte und mit vorgestreckten Armen und nervös zuckendem Kinn vor ihr stehen blieb.

Rénine griff vorsichtig nach Thérèse d'Imbrevals Tasche. Die junge Frau klammerte sich daran fest. Aber er gab nicht auf und sagte zu ihr:

»Lassen Sie mich machen, Madame. Ihre Freundin Germaine hat recht. Der Untersuchungsrichter wird kommen, und die Tatsache, daß sich der Dolch in Ihren Händen befindet, wird Ihre sofortige Verhaftung zur Folge haben. Das aber darf nicht sein. Lassen Sie mich machen.«

Seine eindringliche Stimme brach Thérèses Widerstand. Ihre Finger lösten sich einer nach dem anderen von der Tasche. Er nahm sie, öffnete sie und zog einen kleinen Dolch mit einem schwarzen Ebenholzgriff und eine Brieftasche aus grauem Saffianleder heraus und steckte beide Dinge ruhig in die Innentasche seiner Jacke.

Germaine Astaing sah ihn voll Verblüffung an.

»Sie sind verrückt, Monsieur! Mit welchem Recht...?«

»Das sind Dinge, die man nicht herumliegen lassen sollte. Jetzt bin ich beruhigt. Der Richter wird sie in meiner Tasche nicht suchen.«

»Ich werde Sie anzeigen, Monsieur!« sagte sie aufgebracht. »Das Gericht wird das erfahren.«

»Aber nein, aber nein«, erwiderte er lachend. »Sie werden nichts sagen. Das Gericht hat damit nichts zu tun. Der Streit muß zwischen Ihnen beiden geschlichtet werden. Was für ein Gedanke, das Gericht in alle Zwischenfälle des Lebens hineinzuziehen!«

Madame Astaing barst vor Wut.

»Sie haben überhaupt kein Recht, so zu reden, Monsieur! Wer sind Sie denn? Ein Freund dieser Frau?«

»Seit Sie sie angreifen, ja.«

»Aber wenn ich sie angreife, so deswegen, weil sie schuldig ist. Denn Sie können es nicht leugnen ... sie hat ihren Mann getötet ...«

»Ich leugne es nicht«, erklärte Rénine mit ruhigem Gesicht. »Wir sind uns über diesen Punkt alle einig. Jacques d'Imbreval wurde von seiner Frau ermordet. Aber ich wiederhole, daß das Gericht die Wahrheit nicht erfahren darf.«

»Es wird sie durch mich erfahren, Monsieur, das schwöre ich Ihnen. Diese Frau muß bestraft werden ... sie hat getötet.«

Rénine trat auf sie zu und legte seine Hand auf ihre Schulter: »Sie fragten mich vorhin, mit welchem Recht ich eingreife. Und Sie, Madame?«

»Ich war die Freundin von Jacques d'Imbreval.«

»Nur die Freundin?«

Sie war ein wenig aus der Fassung gebracht, beherrschte sich jedoch sofort und fuhr fort:

»Ich war seine Freundin, und meine Pflicht ist, ihn zu rächen.«

»Sie werden schweigen, so wie er geschwiegen hat.«

»Er hat es nicht gewußt, bevor er starb.«

»Da täuschen Sie sich. Er hätte seine Frau anklagen können, er hatte Zeit genug, sie anzuklagen, und er hat nichts gesagt.«

»Warum nicht?«

»Wegen seiner Kinder.«

Madame Astaing gab nicht auf, ihre Haltung drückte den gleichen Wunsch nach Rache und denselben Abscheu aus. Und doch unterlag sie langsam Rénines Einfluß. In dem kleinen verschlossenen Raum, in dem so viel Haß aufeinanderprallte, wurde er allmählich Herr der Lage, und Germaine Astaing erkannte, daß Madame d'Imbreval den ganzen Trost dieser unerwarteten Hilfe verspürte, die sich ihr am Rande des Abgrunds bot.

»Ich danke Ihnen, Monsieur«, sagte Thérèse. »Da Sie alles so deutlich erkannt haben, wissen Sie auch, daß ich mich nur meinen Kindern zuliebe nicht dem Gericht gestellt habe. Ohne sie hätte ich aufgegeben!...«

So wechselte die Szene, und die Dinge erschienen unter einem anderen Aspekt. Durch wenige in den Streit geworfene Worte geschah es, daß die Schuldige ihren Kopf wieder hob und sich beruhigte, während die Anklägerin zögerte und beunruhigt schien. Rénine hatte erreicht, daß sie nicht mehr zu sprechen wagte und daß die andere bei dem Punkt angelangt war, an dem man das Bedürfnis hat, sein Schweigen aufzugeben, um ganz klar das erleichternde Geständnis abzulegen.

»Jetzt glaube ich«, sagte Rénine ebenso sanft, »daß Sie sich erklären können und müssen.«

»Ja... ja... ich glaube auch. Ich muß dieser Frau antworten... Die ganze schlichte Wahrheit, nicht wahr?«

Entkräftet in ihren Sessel zurückgesunken, begann sie wieder zu weinen, auch ihr Gesicht war gealtert und durch den Schmerz aufgelöst, leise, ohne Zorn, in kleinen abgehackten Sätzen erzählte sie:

»Seit vier Jahren ist sie seine Mätresse. Wie ich gelitten habe... Sie hat mir selbst ihre Liaison verraten... aus Bosheit. Sie verabscheute mich noch mehr, als sie Jacques liebte... und jeden Tag brachte sie mir neue Wunden bei...

Telefongespräche, bei denen sie mir von ihren Rendezvous erzählte... Dadurch, daß sie mich quälte, hoffte sie, ich würde mich töten... Ich habe manchmal daran gedacht, aber ich habe ausgehalten, für die Kinder... Jacques jedoch wurde schwach. Sie verlangte von ihm die Scheidung... und er ließ sich nach und nach von ihr überzeugen... in ihrer und ihres Bruders Gewalt, der tückischer und ebenso gefährlich ist wie sie. Ich fühlte das alles... Jacques wurde hart zu mir... Er hatte nicht den Mut fortzugehen, aber ich war das Hindernis, und das verzieh er mir nicht... Mein Gott, was für eine Qual!«

»Du hättest ihm seine Freiheit geben müssen«, rief Germaine Astaing. »Man tötet nicht einen Mann, weil er sich scheiden lassen will.«

Thérèse schüttelte den Kopf und antwortete:

»Nicht weil er sich scheiden lassen wollte, habe ich ihn getötet. Wenn er es wirklich gewollt hätte, wäre er fortgegangen, und was hätte ich dagegen machen können? Deine Pläne hatten sich geändert, Germaine, die Scheidung genügte dir nicht mehr, du verlangtest etwas anderes von ihm, dein Bruder und du, ihr hattet etwas sehr viel Schwerwiegenderes vor... worin er eingewilligt hat... aus Feigheit... gegen sein Gewissen...«

»Was willst du damit sagen?« stammelte Germaine. »Was ist das andere?«

»Meinen Tod.«

»Du lügst!« schrie Madame Astaing.

Thérèse erhob nicht die Stimme. Sie machte keine Bewegung des Hasses oder Unwillens, sie wiederholte einfach:

»Meinen Tod, Germaine. Ich habe deine letzten Briefe gelesen, sechs Briefe von dir, die er aus Dummheit in seiner Brieftasche vergaß, sechs Briefe, in denen das schreckliche Wort zwar nicht geschrieben steht, in denen aber jede Zeile es durchblicken läßt. Ich habe es zitternd gelesen! So weit war Jacques also gekommen! Und doch ist mir keine Sekunde lang der Gedanke gekommen, ihn zu erschlagen. Eine Frau wie ich, Germaine, tötet nicht freiwillig... Wenn ich den Kopf verlor... dann später... durch deine Schuld...«

Sie wandte den Kopf zu Rénine, als wollte sie ihn fragen, ob ihr dadurch, daß sie spräche und die Wahrheit aufdeckte, keine Gefahr erwüchse.

»Seien Sie unbesorgt«, sagte er. »Ich übernehme für alles die Verantwortung.«

Sie fuhr sich mit der Hand über die Stirn. Die schreckliche Szene war ihr wieder gegenwärtig und quälte sie... Germaine Astaing rührte sich nicht, sie hatte die Arme verschränkt, ihre Augen drückten Bestürzung aus, während Hortense Daniel außer sich vor Entsetzen auf das Geständnis des Verbrechens und die Erklärung für das unbegreifliche Geheimnis wartete.

»Erst später«, fuhr Thérèse fort, »und durch deine Schuld, Germaine. Ich hatte die Brieftasche in die Schublade zurückgelegt, wo er sie versteckt hatte, und heute morgen habe ich nichts zu Jacques gesagt... Ich wollte ihm nicht sagen, daß ich wußte... Es war zu furchtbar!... Und doch mußte ich mich beeilen... deine Briefe kündigten deine heimliche Ankunft für heute an... Zuerst dachte ich daran zu flüchten, in den Zug zu springen... Mechanisch hatte ich den Dolch an mich genommen, um mich zu verteidigen... Aber als Jacques und ich am Strand ankamen, hatte ich resigniert... Ja, ich willigte ein zu sterben... Soll ich doch sterben, dachte ich, dann hört der Alpdruck endlich auf! Wegen meiner Kinder wollte ich nur, daß mein Tod wie ein Unfall aussah und daß Jacques nicht angeklagt würde. Deswegen war ich mit deinem Plan, einen Spaziergang auf den Klippen zu machen, einverstanden... Ein Sturz von einer Klippe erscheint ganz natürlich... Jacques verließ mich dann, um in unser Häuschen zu gehen, er sollte dich später auf den ›Trois-Mathildes‹ treffen. Auf dem Weg zum Häuschen unter der Terrasse ließ er den Schlüssel fallen. Ich ging zu ihm, und wir suchten zusammen... Und dort... durch deine Schuld... ja, Germaine, durch deine Schuld... Jacques' Brieftasche war, ohne daß er es bemerkte, aus seiner Westentasche geglitten, und gleichzeitig mit der Brieftasche eine Fotografie, die ich sofort wiedererkannte... eine Fotografie aus diesem Jahr, die mich mit meinen beiden Kindern zeigte. Ich hob sie auf... und ich sah... du weißt genau, was ich sah, Germaine. Statt meiner warst du auf dem Bild... Du hattest mich herausgekratzt und mich durch dich ersetzt, Germaine! Es war dein Gesicht! Dein einer Arm umschlang meine älteste Tochter, und die andere saß auf deinen Knien... Du warst es, Germaine, die Frau meines Mannes... du, die zukünftige Mutter meiner Kinder... du, die sie erziehen würde... du... du!... Da habe ich den Kopf verloren. Ich hatte den Dolch... Jacques hatte sich heruntergebeugt... Ich habe zugestoßen...«

Es gab kein einziges Wort in ihrer Beichte, das nicht absolut wahr gewesen wäre. Die, die ihr zuhörten, empfanden es zutiefst, Hortense und Rénine hatten nie etwas Ergreifenderes und Tragischeres erlebt.

Thérèse hatte sich, am Ende ihrer Kräfte, wieder gesetzt. Und doch fuhr sie fort, unverständliche Worte zu murmeln, die man erst nach und nach und über sie gebeugt verstehen konnte:

»Ich glaubte, man würde um uns herum schreien und mich verhaften. Nichts. Es war derart und unter solchen Umständen geschehen, daß niemand etwas bemerkt hatte. Außerdem hatte sich Jacques zur gleichen Zeit wie ich erhoben, er fiel nicht! Nein, er fiel nicht! Er, den ich erdolcht hatte, blieb aufrecht stehen! Von der Terrasse aus, wohin ich gegangen war, beobachtete ich ihn. Er hatte sich seine Jacke über die Schultern geworfen, offensichtlich, um seine Wunde zu verbergen, er entfernte sich, ohne zu wanken... oder so wenig, daß nur ich allein es erkennen konnte. Er unterhielt sich sogar noch mit Freunden, die Karten spielten, dann ging er zu dem Häuschen und verschwand. Nach einer kleinen Weile ging ich ins Haus. Ich war überzeugt, daß das alles nur ein schlechter Traum war... daß ich nicht getötet hatte... oder wenigstens, daß die Wunde leicht sei. Jacques würde wieder herauskommen... Davon war ich überzeugt. Von meinem Balkon aus überwachte ich seine Tür... Wenn ich nur eine Sekunde lang geahnt hätte, daß er Hilfe brauchte, wäre ich zu ihm gelaufen... Aber ich habe es wirklich nicht gewußt... ich habe es nicht erraten... Man spricht von einer Vorahnung... das ist falsch. Ich war absolut ruhig, genauso wie man es nach einem Alptraum ist, an den die Erinnerung verlischt. Nein, ich schwöre euch, ich habe nicht gewußt... bis zu dem Augenblick...«

Sie unterbrach sich. Ihr Schluchzen drohte sie zu ersticken.

Rénine beendete den Satz: »Bis zu dem Augenblick, als man Sie benachrichtigte, nicht wahr?«

Thérèse stammelte: »Ja... erst da wurde mir meine Tat bewußt... und ich fühlte, daß ich verrückt würde und daß ich allen Leuten zuschreien würde: ›Ich war es doch! Sucht nicht. Hier ist der Dolch. Ich bin die Schuldige!‹ Ja, das wollte ich schreien, als ich ihn plötzlich sah, meinen armen Jacques... Man brachte ihn... Sein Gesicht war sehr friedlich... sehr sanft... Und vor ihm erkannte ich meine Pflicht... wie er seine erkannt hatte... Für die Kinder hatte er geschwiegen. Ich würde auch schweigen. Alle beide schuldig des Mordes, dessen Opfer er war, mußten wir beide alles tun, damit das Verbrechen nicht auf sie zurückfällt. In seinem Todeskampf hat er das ganz deutlich erkannt... Er hatte den unglaublichen Mut zu gehen, denen zu antworten, die ihn fragten, und sich einzuschließen, um zu sterben. Das hat er getan, mit einem Schlag löschte er dadurch seine ganze Schuld und gab mir seine Verzeihung, denn er verriet mich nicht, und dadurch befahl er mir zu schweigen... und mich zu verteidigen … gegen alle … gegen dich, vor allem, Germaine.«

Sie sprach diese letzten Worte mit mehr Festigkeit aus. Durch die unbewußte Tat, die sie begangen hatte, als sie ihren Mann tötete, zunächst erschüttert, fand sie jetzt ein wenig Kraft, wenn sie daran dachte, was er getan hatte, und sie gewann ihre Energie zurück. Sie stand der Intrigantin, deren Haß sie alle beide bis zum Tod, bis zum Verbrechen geführt hatte, mit geballten Fäusten gegenüber, zum Kampf bereit, nur noch von diesem Wunsch beseelt.

Germaine Astaing rührte sich nicht. Sie hatte wortlos zugehört, mit unversöhnlichem Gesicht, dessen Ausdruck in dem Maße härter wie das Geständnis von Thérèse präziser wurde. Sie schien keine Rührung zu verspüren, keine Gewissensbisse. Im Gegenteil, am Schluß der Beichte kräuselten sich ihre dünnen Lippen unter einem hämischen Lächeln, als wäre sie erfreut darüber, wie die Dinge sich gewendet hatten. Sie hatte ihre Beute.

Langsam setzte sie ihren Hut vor dem Spiegel auf und puderte sich. Dann ging sie zur Tür. Thérèse stürzte vor.

»Wohin gehst du?«

»Wohin es mir gefällt.«

»Zum Untersuchungsrichter?«

»Wahrscheinlich.«

»Hier kommst du nicht vorbei!«

»Gut, dann warte ich eben hier auf ihn.«

»Und du erzählst ihm …?«

»Teufel! Alles, was du erzählt hast, alles, wozu dich deine Naivität getrieben hat, mir zu sagen. Wie sollte er mir nicht glauben. Du hast mir alle Erklärungen gegeben.«

Thérèse packte sie an den Schultern.

»Ja, aber ich werde ihm gleichzeitig noch weitere geben, Germaine, die dich betreffen, ja dich. Wenn ich verloren bin, dann bist du es mit mir.«

»Du kannst mir nichts anhaben.«

»Ich kann dich anzeigen, die Briefe vorweisen.«
»Was für Briefe?«
»In denen mein Tod beschlossen wurde.«
»Lüge, Thérèse! Du weißt genau, daß dieser berühmte Anschlag nur in deiner Vorstellung existiert. Weder Jacques noch ich wollten deinen Tod.«
»Du wolltest ihn, du. Deine Briefe verurteilen dich.«
»Lüge! Es waren Briefe einer Freundin an einen Freund.«
»Briefe einer Mätresse und Komplizin.«
»Beweise es.«
»Sie sind in Jacques' Brieftasche.«
»Nein.«
»Was behauptest du?«
»Ich behaupte, daß diese Briefe mir gehören. Ich habe sie an mich genommen... oder vielmehr hat mein Bruder sie genommen.«
»Du hast sie gestohlen, du Scheusal! Und du wirst sie mir wiedergeben!« rief Thérèse und schüttelte sie.
»Ich habe sie nicht mehr. Mein Bruder hat sie behalten. Er hat sie mitgenommen.«
»Er wird sie mir zurückgeben.«
»Er ist abgefahren.«
»Man wird ihn wiederfinden.«
»Ihn wird man sicher wiederfinden, aber nicht die Briefe. Solche Briefe lassen sich zerreißen.«
Thérèse wankte und streckte Rénine mit einer verzweifelten Gebärde die Hände hin.
»Sie sagt die Wahrheit«, erklärte Rénine. »Ich habe den Bruder beobachtet, als er in Ihrer Tasche wühlte. Er hat die Brieftasche herausgenommen, sie vor seiner Schwester durchsucht, sie dann auf ihren Platz zurückgelegt und ist mit den Briefen fortgegangen.«
Er machte eine Pause und fuhr dann fort:
»Oder wenigstens mit fünf Briefen.«
Der Satz war lässig hingeworfen, aber alle erkannten seine

Bedeutung. Die beiden Frauen traten auf ihn zu. Was wollte er damit sagen? Wenn Frédéric Astaing nur fünf Briefe mitgenommen hatte, wo war dann der sechste?

»Ich vermute«, sagte Rénine, »daß dieser Brief, als die Brieftasche in den Sand fiel, zusammen mit der Fotografie herausgerutscht ist und daß Monsieur d'Imbreval ihn aufgehoben hat.«

»Was wissen Sie davon? Was wissen Sie davon?« fragte Madame Astaing heftig.

»Ich habe ihn in der Tasche seiner Flanellweste gefunden, die neben dem Bett hing. Hier ist er. Er ist mit Germaine Astaing unterschrieben und genügt vollkommen, die Absichten der Absenderin und die Ratschläge für den Mord, die sie ihrem Geliebten gab, nachzuweisen. Ich bin sogar verblüfft, daß eine derartige Unklugheit von einer so geschickten Frau begangen werden konnte.«

Madame Astaing war leichenblaß und so aus der Fassung gebracht, daß sie nicht versuchte, sich zu verteidigen. Rénine fuhr zu ihr gewendet fort:

»Für mich sind Sie, Madame, für alles Geschehene verantwortlich. Zweifellos ruiniert und ohne Geldquellen, wollten Sie die Leidenschaft ausnutzen, die Sie Monsieur d'Imbreval einflößten, um ihn trotz aller Hindernisse zu heiraten und sein Vermögen an sich zu reißen. Für diese Gewinnsucht und die erbärmlichen Berechnungen habe ich den Beweis und kann ihn liefern. Wenige Minuten nach mir haben Sie in der Tasche der Flanellweste herumgewühlt. Ich hatte zwar den sechsten Brief an mich genommen, aber ein Stück Papier zurückgelassen, das Sie eifrig suchten und das ebenfalls aus der Brieftasche gefallen sein muß. Es war ein Inhaberscheck über hunderttausend Francs, der von Monsieur d'Imbreval unterschrieben und auf Ihren Bruder ausgestellt war... Ein einfaches Hochzeitsgeschenk... man könnte es auch ein Honorar nennen. Auf Ihren Rat hin ist Ihr Bruder mit dem Auto nach Le Havre gefahren und zweifellos vor vier Uhr bei der Bank erschienen, in der diese Summe hinterlegt worden war. Nebenbei muß ich Ihnen sagen, daß er das Geld nicht bekommen wird, denn ich habe diese Bank anrufen lassen, um ihr den Mord an Monsieur d'Imbreval mitzuteilen, wodurch jede Auszahlung ausgesetzt wird. Aus alledem geht hervor, daß die Justiz alle nötigen Beweise gegen Sie und Ihren Bruder in Händen haben wird, wenn Sie auf Ihren Racheplänen bestehen. Ich könnte hier noch als stützende Aussage die Wiedergabe des Telefongesprächs anführen, das man zwischen Ihnen und Ihrem Bruder in der letzten Woche mitgehört hat, eine Unterhaltung, die halb in Spanisch, halb in Javanisch geführt wurde. Aber ich bin sicher, daß Sie mich nicht zu diesen äußersten Maßnahmen zwingen werden und daß wir uns einig sind, nicht wahr?«

Rénine hatte mit eindrucksvoller Ruhe und der Sicherheit eines Mannes gesprochen, der weiß, daß niemand den geringsten Einspruch gegen seine Worte erheben wird. Er schien wirklich unfehlbar zu sein. Er beschwor die Ereignisse, wo und wie sie geschehen waren, und zog aus ihnen die unumstößlichen logischen Schlüsse. Man konnte sich ihm nur unterwerfen. Madame Astaing erkannte es. Wesen wie sie, heftig und erbittert, solange der Kampf möglich ist und ein wenig Aussicht auf Erfolg bleibt, lassen sich bei der Niederlage leicht beherrschen. Germaine war zu intelligent, um nicht zu erkennen, daß der kleinste Versuch der Auflehnung von einem solchen Gegner zunichte gemacht würde. Sie war in seinen Händen. In solchen Fällen fügt man sich.

Sie spielte keine Komödie und erlaubte sich keine Erregung oder Drohungen, keinen Wutausbruch oder Nervenzusammenbruch. Sie fügte sich.

»Wir sind uns einig«, sagte sie. »Was verlangen Sie?«

»Gehen Sie.«

»Und wenn man mich als Zeugin vorlädt?«

»Man wird Sie nicht vorladen.«

»Vielleicht...«

»Antworten Sie, daß Sie nichts wissen.«

Sie ging. Auf der Türschwelle zögerte sie und preßte zwischen den Zähnen hervor:

»Der Scheck?«

Rénine sah Madame d'Imbreval an, die erklärte:

»Soll sie ihn behalten. Ich will nichts von diesem Geld.«

Rénine gab Thérèse d'Imbreval genaue Anweisungen über die Art, wie sie sich verhalten und auf die ihr gestellten Fragen antworten sollte; dann verließ er von Hortense Daniel begleitet das Haus.

Unten am Strand setzten der Untersuchungsrichter und der Staatsanwalt ihre Erhebungen fort, ergriffen Maßnahmen, verhörten die Zeugen und verabredeten sich untereinander.

»Wenn ich daran denke«, sagte Hortense, »daß Sie den Dolch und die Brieftasche von Monsieur d'Imbreval bei sich haben.«

»Und das erscheint Ihnen unendlich gefährlich?« fragte er lachend. »Mir erscheint das unendlich komisch.«

»Haben Sie keine Angst?«

»Wovor?«

»Daß man etwas ahnt?«

»Herrgott, man ahnt überhaupt nichts! Wir werden diesen braven Leuten erzählen, was wir gesehen haben, eine Zeugenaussage, die ihre Verwirrung nur noch erhöhen wird, denn wir haben absolut nichts gesehen. Vorsichtshalber bleiben wir noch einen oder zwei Tage, um die Lage zu beobachten. Aber die Angelegenheit ist in Ordnung gebracht. Sie werden nichts herausfinden.«

»Und doch haben Sie alles erraten, von der ersten Minute an. Wie war das möglich?«

»Weil ich, statt mir ein X für ein U vormachen zu lassen, wie man es für gewöhnlich tut, immer die Frage so stelle, wie sie gestellt werden muß, und die Lösung erscheint ganz von selbst. Ein Herr geht in ein Häuschen und schließt sich ein.

Man findet ihn eine halbe Stunde später tot dort vor. Niemand hat das Häuschen betreten. Was ist geschehen? Für mich lag die Antwort sofort auf der Hand. Ich brauchte nicht einmal zu überlegen. Da das Verbrechen nicht in dem Häuschen begangen wurde, war es vorher geschehen, und der Herr hatte den tödlichen Stich schon erhalten, als er das Häuschen betrat. Und sofort habe ich die Wahrheit erkannt. Madame d'Imbreval, die heute abend getötet werden sollte, war dem zuvorgekommen, während ihr Mann sich bückte, hat sie ihn in einer Sekunde der Geistesverwirrung getötet. Man brauchte nur noch die Gründe für ihre Handlung zu suchen. Als ich sie kannte, habe ich mich für sie eingesetzt. Das ist die ganze Geschichte.«

Es begann Abend zu werden. Das Blau des Himmels wurde tiefer, das Meer noch ruhiger.

»Woran denken Sie?« fragte Rénine nach einer Weile.

»Ich denke daran«, erwiderte sie, »daß, wenn ich meinerseits das Opfer irgendwelcher Machenschaften wäre, ich zu Ihnen Vertrauen hätte, was auch geschehen würde – Vertrauen gegen alle. So wie ich weiß, daß ich lebe, weiß ich auch, daß Sie mich retten würden, wie groß die Hindernisse auch sein mögen. Ihrem Willen sind keine Grenzen gesetzt.«

Sehr leise sagte er: »Meinem Wunsch, Ihnen zu gefallen, ebenfalls nicht.«

Der verräterische Film

»Sehen Sie sich doch den Mann an, der den Oberkellner spielt«, sagte Rénine.

»Was ist Besonderes an ihm?« fragte Hortense.

Sie saßen in der Nachmittagsvorstellung eines Boulevardkinos, in das die junge Frau Rénine geschleppt hatte, um eine Schauspielerin zu bewundern, die ihr nahestand. Rose-Andrée, die die Plakate als Hauptdarstellerin angekündigt hatten, war ihre Halbschwester aus der zweiten Ehe ihres Vaters. Sie lebten seit einigen Jahren in Streit und schrieben sich nicht einmal mehr. Nachdem Rose-Andrée, ein schönes Mädchen mit weichen Bewegungen und strahlendem Gesicht, ohne viel Erfolg Theater gespielt hatte, begann sie sich jetzt auf der Leinwand zu einer Schauspielerin mit großer Zukunft zu entwickeln. An jenem Nachmittag belebte sie mit ihrer Munterkeit und feurigen Schönheit einen ansonsten ziemlich mittelmäßigen Film: »Die glückliche Prinzessin.«

Ohne direkt zu antworten, fuhr Rénine während einer Pause fort:

»Ich tröste mich in schlechten Filmen damit, die Nebendarsteller zu beobachten. Wie sollten diese armen Teufel, die man zehn- oder zwanzigmal einige Szenen wiederholen läßt, nicht oft bei der endgültigen Aufnahme an etwas andres denken als an das, was sie spielen? Das sind die kleinen Abschweifungen, bei denen ein wenig von ihrer Seele oder ihrem Instinkt durchdringt, die im übrigen amüsant zu beobachten sind. So zum Beispiel dieser Oberkellner ...«

Die Leinwand zeigte jetzt einen reich gedeckten Tisch, an dem die glückliche Prinzessin, umgeben von all ihren Liebhabern, der Mittelpunkt war. Ein halbes Dutzend Kellner eilte auf und ab, sie wurden von dem Oberkellner, einem großen Burschen mit einem dicken Kopf und gewöhnlichem Gesicht, in dem sich die buschigen Brauen in einer einzigen Linie trafen, dirigiert.

»Ein ungeschlachter Kerl«, sagte Hortense. »Was sehen Sie Besonderes an ihm?«

»Beobachten Sie die Art, wie er Ihre Schwester ansieht, und ob er sie nicht öfter anblickt, als er dürfte...«

»Mein Gott, bis jetzt ist mir das nicht aufgefallen«, warf Hortense ein.

»Aber ja«, versicherte Prinz Rénine, »es ist offensichtlich, daß er im privaten Leben persönliche Gefühle für Rose-Andrée hegt, die in keinem Zusammenhang mit seiner Rolle als unbekannter Oberkellner stehen. Vielleicht ahnt es in der Wirklichkeit niemand, aber auf der Leinwand, wenn er sein Tun nicht überwacht, oder wenn er glaubt, daß seine Gefährten ihn nicht sehen können, dann verrät er sein Geheimnis. Da, sehen Sie...«

Der Mann rührte sich nicht mehr. Das Ende der Mahlzeit war gekommen. Die Prinzessin trank ein Glas Champagner, und er beobachtete sie mit leuchtenden Augen, die durch seine schweren Lider halb verdeckt waren.

Noch zweimal ertappten sie ihn bei diesem eigenartigen Ausdruck der Augen, den Rénine als leidenschaftlich interpretierte, was Hortense jedoch bezweifelte.

»Das ist einfach der Blick des Mannes«, sagte sie.

Die Episode ging zu Ende. Es folgte eine zweite. Ein Zwischentext verkündete, daß ein Jahr vergangen sei und daß die glückliche Prinzessin in einer hübschen, von Kletterpflanzen überwucherten Hütte in der Normandie mit dem wenig vermögenden Musiker zusammenlebte, den sie sich zum Mann erwählt hatte.

Übrigens immer noch glücklich – das konnte man auf der Leinwand feststellen –, war die Prinzessin noch genauso verführerisch und immer noch von den verschiedensten

Bewerbern belagert. Bürger und Adlige, Finanzmänner und Bauern, alle verfielen ihr, mehr aber als alle anderen ein einsamer Bauernlümmel, ein zottiger und halbwilder Holzfäller, dem sie auf allen ihren Spaziergängen begegnete. Mit seiner Axt bewaffnet, fürchterlich und tückisch, umkreiste er die Hütte, und man fühlte mit Entsetzen, daß die glückliche Prinzessin eine Gefahr bedrohte.

»Ach nein«, flüsterte Rénine, »wissen Sie, wer dieser Orang-Utan ist?«

»Nein.«

»Der Oberkellner. Man hat denselben Darsteller für die beiden Rollen genommen.«

Tatsächlich, trotz der Veränderung der Gestalt, dem schweren Schritt und den gebeugten Schultern des Holzfällers, erkannte man die Haltung und die Bewegungen des Oberkellners wieder, genauso wie man unter dem ungepflegten Bart und den langen, dichten Haaren das rasierte Gesicht von vorher, das häßliche Tiergesicht und die buschigen Augenbrauen erkannte.

Die Prinzessin verließ die Hütte. Der Mann versteckte sich hinter einem dichten Gebüsch. Von Zeit zu Zeit zeigte die Leinwand in Großaufnahme seine wilden Augen oder seine mörderischen Hände mit den riesigen Fingern.

»Er macht mir Angst«, sagte Hortense, »er wirkt entsetzlich echt.«

»Weil er seine eigenen Regungen spielt«, erwiderte Rénine. »Sie werden verstehen, daß seine Liebe in dem Zeitraum von drei oder vier Monaten, die offensichtlich zwischen den Drehterminen der beiden Filme liegen, gewachsen ist. Für ihn ist es nicht die Prinzessin, die dort kommt, sondern Rose-Andrée«.

Der Mann kauerte sich zusammen. Das Opfer näherte sich fröhlich und ohne Mißtrauen. Sie ging vorüber, hörte ein Geräusch, blieb stehen und blickte zuerst lächelnd, dann aufmerksam, dann unruhig und schließlich immer angstvoller um sich. Der Holzfäller hatte die Zweige auseinandergezerrt und kam durch das Gebüsch.

So standen sie voreinander. Er öffnete seine Arme, als wolle er sie greifen. Sie wollte schreien, um Hilfe rufen, aber das Entsetzen schnürte ihr die Kehle zu, und die Arme umschlangen sie, ohne daß sie den geringsten Widerstand leisten konnte. Dann lud er sie sich auf die Schulter und begann zu laufen.

»Sind Sie jetzt überzeugt?« fragte Rénine leise. »Glauben Sie, daß dieser zweitrangige Schauspieler soviel Kraft und Energie gehabt hätte, wenn es sich um eine andere Frau als Rose-Andrée gehandelt hätte?«

Der Holzfäller hatte inzwischen das Ufer eines großen Flusses erreicht, er blieb bei einem alten, auf den Schlamm gezogenen Boot stehen, legte Rose-Andrées reglosen Körper hinein, löste die Riemen und begann flußabwärts zu rudern.

Später sah man, wie er an Land ging, eine Lichtung überquerte und zwischen großen Bäumen und über Felsgestein davonlief. Dann legte er die Prinzessin zu Boden und machte den Eingang zu einer Höhle frei, in die durch einen schrägen Spalt Licht drang.

Eine Reihe Szenen zeigte die Aufregung des Ehemannes, die Suche und die Entdeckung kleiner von der glücklichen Prinzessin abgebrochener Zweige, die den eingeschlagenen Weg wiesen. Dann folgte die Entscheidung, der schreckliche Kampf zwischen dem Mann und der Frau, und in dem Augenblick, da die Frau besiegt und am Ende ihrer Kräfte überwältigt wird, das plötzliche Auftauchen des Ehemannes und der Schuß, der die wilde Bestie zu Boden streckt...

Als sie aus dem Kino kamen, war es vier Uhr. Rénine, dessen Auto wartete, gab dem Fahrer ein Zeichen, ihnen zu folgen. Sie gingen über die Boulevards und die Rue de la Paix. Schließlich fragte Rénine nach langem Schweigen, das die junge Frau gegen ihren Willen beunruhigte:

»Haben Sie Ihre Schwester gern?«

»Ja, sehr.«

»Und trotzdem sind Sie böse miteinander?«

»Ich war es, als ich noch mit meinem Mann zusammenlebte. Rose ist eine Frau, die ziemlich kokett mit den Männern umspringt. Ich war eifersüchtig, wirklich ohne Grund. Aber was soll diese Frage?«

»Ich weiß nicht... dieser Film verfolgt mich, und der Ausdruck des Mannes war so eigenartig.«

Sie ergriff seinen Arm und fragte schnell:

»So sprechen Sie doch! Was vermuten Sie?«

»Was ich vermute? Alles und nichts. Aber ich glaube, daß Ihre Schwester in Gefahr ist.«

»Nichts als eine Vermutung?«

»Ja, aber eine Vermutung, die auf Tatsachen beruht, die mich beeindrucken. Meiner Meinung nach ist die Entführungsszene nicht der Übergriff des Orang-Utans auf die glückliche Prinzessin, sondern ein heftiger und rasender Überfall eines Darstellers auf die Frau, die er begehrt. Sicher ist das alles in den durch die Rolle vorgeschriebenen Grenzen geschehen, und niemand hat etwas bemerkt – niemand, außer vielleicht Rose-Andrée. Aber ich habe so leidenschaftliche Blicke registriert, die keinen Zweifel lassen, Blicke, in denen Lust und sogar der Wunsch zum Mord lag, verkrampfte Hände, bereit zu erwürgen, zwanzig Einzelheiten schließlich, die mir beweisen, daß zu jenem Zeitpunkt der Instinkt dieses Mannes ihn dazu trieb, diese Frau zu töten, die ihm nicht gehören konnte.«

»Meinetwegen, zu jenem Zeitpunkt vielleicht«, sagte Hortense. »Aber die Bedrohung ist abgewendet, denn Monate sind seitdem vergangen.«

»Natürlich... natürlich... aber trotzdem, ich will mich erkundigen.«

»Bei wem?«

»Bei der Gesellschaft, die den Film gedreht hat. Ihre Büros

sind nicht weit. Wollen Sie ins Auto steigen und einige Minuten warten?«

Er rief Clément, seinen Chauffeur, und entfernte sich.

Eigentlich blieb Hortense skeptisch. Alle jene Liebesbeweise, deren Feuer und Wildheit sie nicht leugnete, waren für sie das gekonnte Spiel eines guten Schauspielers. Sie hatte nichts von dem fürchterlichen Hintergrund erfaßt, den Rénine erraten zu haben behauptete, und sie fragte sich, ob nicht seine Einbildungskraft mit ihm durchgegangen sei.

»Na«, meinte sie leicht ironisch, als er zurückkehrte, »was haben Sie erfahren? Garderobengeheimnisse? Theaterklatsch?«

»Jedenfalls genug«, erwiderte er mit besorgtem Gesicht.

Sie war sofort beunruhigt.

»Was sagen Sie?«

Er berichtete, ohne zu zögern: »Jener Schauspieler heißt Dalbrèque. Er ist ein ziemlich eigenartiger Mensch, verschlossen und schweigsam, der sich immer abseits seiner Kollegen hält. Man hat nie bemerkt, daß er für Ihre Schwester besondere Gefühle hegte. Seine Darstellung am Ende der zweiten Episode schien jedoch so bemerkenswert, daß man ihn für einen neuen Film verpflichtete. Er drehte also in der letzten Zeit, und zwar in der Umgebung von Paris. Man war mit ihm zufrieden, bis plötzlich ein unerwarteter Vorfall eintrat. Am Freitag, dem 18. September, brach er morgens die Garage der Filmgesellschaft auf und verschwand in einer herrlichen Limousine, wobei er noch die Summe von fünfundzwanzigtausend Francs mitgehen ließ. Man reichte Klage ein. Die Limousine wurde am Sonntag in der Umgebung von Dreux wiedergefunden.«

Hortense, die, immer blasser geworden, zugehört hatte, warf ein:

»Bis jetzt... kein Zusammenhang...«

»Doch. Ich habe mich erkundigt, was aus Rose-Andrée geworden ist. Ihre Schwester war in diesem Sommer auf

Reisen, sie blieb etwa vierzehn Tage im Departement Eure, wo sie ein Häuschen besitzt, und zwar ausgerechnet die Hütte, in der die ›Glückliche Prinzessin‹ gedreht wurde. Durch ein Engagement nach Amerika verpflichtet, kehrte sie nach Paris zurück, ließ ihr Gepäck im Bahnhof Saint-Lazare aufgeben und fuhr am Freitag, dem 18. September, ab, in der Absicht, in Le Havre zu übernachten und am Samstag das Schiff zu nehmen.«

»Am Freitag, dem 18....«, stammelte Hortense, »am selben Tag wie jener Mann... Er hat sie entführt.«

»Wir werden sehen«, meinte Rénine. »Clément, zur Transatlantik-Gesellschaft.«

Dieses Mal begleitete Hortense ihn in das Büro und erkundigte sich selbst bei der Direktion.

Die Nachforschungen waren schnell erledigt.

Rose-Andrée hatte eine Kabine auf dem Postschiff »La Provence« bestellt. Aber das Schiff stach in See, ohne daß die Reisende aufgetaucht wäre. Erst am nächsten Morgen erhielt man in Le Havre ein mit Rose-Andrée signiertes Telegramm, in dem sie eine Verzögerung ihrer Pläne mitteilte und darum bat, ihr Gepäck aufzubewahren. Das Telegramm war in Dreux aufgegeben worden.

Hortense verließ wie betäubt das Gebäude. Unmöglich ließen sich diese gleichzeitigen Ereignisse anders als durch einen Anschlag erklären. Sie reihten sich so aneinander, wie Rénine es vermutet hatte.

Im Auto zusammengekauert hörte sie, wie er dem Chauffeur die Polizeipräfektur als Fahrtziel angab. Sie fuhren durch Paris. Dann blieb sie einige Minuten lang auf einem Quai allein.

»Kommen Sie«, sagte Rénine und öffnete die Wagentür.

»Etwas Neues? Hat man Sie empfangen?« fragte sie angstvoll.

»Ich habe nicht versucht, empfangen zu werden. Ich wollte mich nur mit Inspektor Morisseau, der mir damals im Fall

Dutreuil geschickt wurde, in Verbindung setzen. Falls man etwas weiß, werden wir es von ihm erfahren.«

»Und?«

»Er sitzt gerade in einem kleinen Café auf dem Platz dort drüben.«

Sie traten in das Café und setzten sich an einen abseits stehenden Tisch, an dem der Oberinspektor seine Zeitung las. Er erkannte sie sofort. Rénine schüttelte ihm die Hand und begann ohne lange Vorrede:

»Ich bringe Ihnen einen interessanten Fall, Oberinspektor, durch den Sie sich auszeichnen können. Übrigens, vielleicht sind Sie schon auf dem laufenden?«

»Was für ein Fall?«

»Dalbrèque.«

Morisseau schien überrascht. Er zögerte und antwortete dann vorsichtig:

»Ja, ich weiß... Die Zeitungen haben darüber geschrieben... Autodiebstahl... Fünfundzwanzigtausend Francs... Morgen werden die Zeitungen über eine Entdeckung berichten, die unsere Sicherheitspolizei gemacht hat, daß nämlich Dalbrèque der Anstifter zu einem Mord ist, der letztes Jahr großes Aufsehen erregte, dem Mord an dem Juwelier Bourguet.«

»Es handelt sich um etwas anderes«, versicherte Rénine.

»Worum denn?«

»Um eine Entführung am Samstag, dem 19. September.«

»Oh, das wissen Sie?«

»Ja.«

»In diesem Fall«, erklärte der Inspektor, der sich entschlossen hatte zu sprechen, »also folgendes: Am Samstag, dem 19. September, wurde tatsächlich auf offener Straße und am hellichten Tag eine Dame, die Einkäufe machte, von drei Banditen entführt, die mit hoher Geschwindigkeit im Auto entkamen. Die Zeitungen berichteten über den Zwischenfall, ohne jedoch den Namen des Opfers noch die der Banditen zu nennen, aus dem einfachen Grund, weil man sie nicht wußte. Erst gestern, als ich mit einigen Männern nach Le Havre geschickt wurde, ist es mir gelungen, einen der Banditen zu identifizieren. Der Diebstahl der fünfundzwanzigtausend Francs, der Diebstahl des Autos, die Entführung der jungen Frau führten alle zu demselben Mann hin. Ein einziger Schuldiger: Dalbrèque. Was die junge Frau betrifft, so wissen wir nichts von ihr. Alle unsere Nachforschungen waren vergeblich.«

Hortense hatte den Bericht des Inspektors mit keinem Wort unterbrochen. Sie war verzweifelt. Als er schwieg, stöhnte sie:

»Es ist schrecklich... die Unglückliche ist verloren... es gibt keine Hoffnung...«

Sich an Morisseau wendend, erklärte Rénine: »Das Opfer ist die Schwester oder genauer gesagt die Halbschwester von Madame... Sie ist eine sehr bekannte Filmschauspielerin... Rose-Andrée.«

In wenigen Worten erzählte er von seinem Verdacht, der ihm gekommen war, nachdem er den Film »Die Glückliche Prinzessin« gesehen, und durch die Erkundigungen, die er persönlich eingezogen hatte.

Darauf herrschte langes Schweigen an dem kleinen Tisch. Der Oberinspektor, wieder einmal durch Rénines Scharfsinn verblüfft, wartete auf seine Vorschläge. Hortense flehte ihn mit den Augen an, als könne er sofort auf die Spur des Geheimnisses kommen.

Er fragte Morisseau: »Drei Männer befanden sich in dem Auto?«

»Ja.«

»Und auch in Dreux?«

»Nein. In Dreux hat man nur Spuren von zwei Männern gefunden.«

»Die von Dalbrèque?«

»Nein. Keine der Beschreibungen paßt auf ihn.«

Er überlegte noch eine Weile und breitete dann eine große Landkarte auf dem Tisch aus.

Neuerliches Schweigen. Schließlich sagte er zu dem Inspektor: »Haben Sie Ihre Kollegen in Le Havre gelassen?«

»Ja, zwei Inspektoren.«

»Können Sie sie heute abend anrufen?«

»Ja.«

»Und zwei weitere Inspektoren von der Sicherheitspolizei anfordern?«

»Ja.«

»Gut! Wir treffen uns morgen mittag.«

»Wo?«

»Hier.«

Mit dem Finger wies er auf einen Punkt auf der Karte, der mit dem Namen »Die Eichenhöhle« bezeichnet war und sich mitten im Wald von Brotonne im Departement Eure befand.

»Hier«, behauptete er. »Hier hat Dalbrèque am Abend der Entführung Unterschlupf gesucht. Bis morgen, Monsieur Morisseau, seien Sie pünktlich beim Rendezvous. Fünf Männer sind nicht zuviel, um eine Bestie dieser Größe zu fangen.«

Der Oberinspektor hatte nicht widersprochen. Dieser Teufelskerl verblüffte ihn. Er bezahlte seine Rechnung, erhob sich, salutierte mechanisch und verließ das Café, während er vor sich hinbrummte:

»Wir werden pünktlich sein, Monsieur.«

Am nächsten Morgen verließen Hortense und Rénine um acht Uhr in einer großen Limousine Paris. Clément chauffierte. Die Fahrt verlief schweigsam. Hortense hatte, obschon sie an Rénines außergewöhnliche Fähigkeiten glaubte, eine schlechte Nacht verbracht und überlegte voller Angst, wie das Abenteuer wohl ausgehen würde.

Sie näherten sich dem verabredeten Platz. Da fragte sie ihn:

»Warum glauben Sie, daß er sie in diesen Wald gebracht hat?«

Wieder breitete er die Landkarte auf seinen Knien aus und

zeigte Hortense, daß, wenn man eine Linie von Le Havre oder vielmehr von Quillebeuf, wo man die Seine überquert, bis nach Dreux, wo das Auto wiedergefunden wurde, zog, diese Linie den westlichen Saum des Waldes von Brotonne berührte.

»Nach dem, was man mir bei der Filmgesellschaft erzählt hat«, fügte er hinzu, »wurde die ›Glückliche Prinzessin‹ im Wald von Brotonne gedreht. Die Frage ist nun die: Hat Dalbrèque, als er Rose-Andrée entführt hatte und am Samstag in der Nähe des Waldes vorbeikam, den Gedanken gehabt, seine Beute dort zu verstecken, während die beiden Komplicen nach Dreux weiterfuhren, um dann nach Paris zurückzukehren? Die Grotte liegt ganz in der Nähe. Warum sollte er nicht dorthin gehen? War er nicht schon einmal, einige Monate vorher, zu dieser Grotte gelaufen und hatte die Frau in den Armen gehalten und an sich gepreßt, sie mit den Lippen fast berührt, die Frau, die er liebte und die er gerade erobert hatte? Logisch und unausweichlich beginnt das Abenteuer für ihn von neuem. Dieses Mal allerdings in voller Wirklichkeit... Rose-Andrée ist gefangen. Keine Hilfe für sie. Der Wald ist groß und einsam. In dieser Nacht oder in einer der nächsten muß sich Rose-Andrée ergeben...«

Hortense fröstelte: »Oder sterben. Oh, Rénine, wir kommen zu spät!«

»Wieso?«

»Bedenken Sie doch! Drei Wochen... Sie nehmen doch wohl nicht an, daß er sie so lange dort gefangenhält.«

»Natürlich nicht, die Höhle liegt an einer Straßenkreuzung, der Schlupfwinkel ist nicht sicher. Aber wir finden dort bestimmt irgendeinen Hinweis.«

Kurz vor Mittag machten sie einen Streckenhalt, um zu essen, und drangen dann in den Hochwald von Brotonne, einen alten, sich lang hinstreckenden Wald voller Erinnerungen aus der Römerzeit und Spuren aus dem Mittelalter. Rénine, der ihn oft durchstreift hatte, lenkte das Auto zu einer Eiche, die weitherum berühmt war und deren weit verzweigte Äste ein riesiges Gewölbe bildeten. Das Auto hielt an der letzten Ecke des Waldweges, sie gingen zu Fuß bis zu dem Baum. Morisseau erwartete sie mit vier strammen Burschen.

»Kommen Sie«, sagte Rénine, »die Grotte liegt neben dem Baum in dem Dickicht.«

Sie fanden sie sofort. Riesige Felsen überdachten einen niedrigen Eingang, zu dem man auf einem engen Pfad durch dichtes Gestrüpp gelangte.

Rénine betrat die Grotte und untersuchte mit der Taschenlampe die Winkel einer kleinen Höhle, deren Wände mit Namenszügen und Zeichnungen bedeckt waren.

»Dort drinnen ist nichts«, meinte er zu Hortense und Morisseau. »Aber hier ist der Beweis, den ich suchte. Wenn die Erinnerung an den Film Dalbrèque wirklich zu der Grotte der ›Glücklichen Prinzessin‹ geführt hat, können wir annehmen, daß es mit Rose-Andrée nicht anders war. Nun hatte die Prinzessin in dem Film während der Wanderung Zweige abgebrochen. Hier, rechts neben dem Eingang, liegen Zweige, die erst kürzlich abgebrochen wurden.«

»Schön«, meinte Hortense. »Ich gebe zu, das ist ein möglicher Beweis, daß sie hier gewesen ist, aber das war vor drei Wochen und seitdem...«

»Seitdem ist Ihre Schwester in irgendeinem noch einsameren Loch gefangen...«

»Oder tot und unter einem Laubhaufen begraben.«

»Nein, nein«, Rénine stampfte mit dem Fuß auf, »es ist nicht denkbar, daß der Mann alles nur deswegen tat, um schließlich einen blödsinnigen Mord zu begehen. Er wird sich geduldet haben. Er wird sein Opfer durch Drohungen, durch Hunger gefügig machen wollen...«

»Und jetzt...«

»Suchen wir.«

»Wo?«

»Um aus diesem Labyrinth zu finden, haben wir einen Faden, der uns hinausführen wird, nämlich die Geschichte der ›Glücklichen Prinzessin‹. Folgen wir ihr, indem wir allmählich bis zum Anfang zurückgehen. In dem Drama hat der Orang-Utan, um die Prinzessin hierher zu bringen, den Wald durchdrungen, nachdem er auf dem Fluß entlang gerudert ist. Die Seine ist einen Kilometer von hier entfernt. Gehen wir zur Seine.«

Sie zogen los. Ohne zu zögern, mit lauerndem Blick wie ein guter Jagdhund, den sein Spürsinn sicher führt, schritt Rénine voran. Das Auto folgte in einiger Entfernung. So gelangten sie zu einer Reihe von Häusern am Flußufer. Rénine ging geradewegs auf das Haus des Fährmanns zu und horchte ihn aus.

Ein kurzes Gespräch. Vor drei Wochen, an einem Montagmorgen, hatte der Fährmann das Verschwinden eines seiner Boote festgestellt. Er fand es eine halbe Meile weiter unten im Schlamm wieder.

»Nicht weit von einer Hütte entfernt, in der man in diesem Sommer gefilmt hat?« fragte Rénine.

»Ja.«

»Und hier, an dieser Stelle, hatte man eine entführte Frau aus einem Boot an Land geschleppt?«

»Ja, die glückliche Prinzessin oder vielmehr Madame Rose-Andrée, der das, wie wir es nennen, ›Clos-Joli‹ gehört.«

»Steht das Haus augenblicklich offen?«

»Nein. Die Dame ist vor einem Monat abgereist und hat alles verschlossen.«

»Kein Verwalter?«

»Niemand.«

Rénine drehte sich um und sagte zu Hortense:

»Es besteht kein Zweifel. Das ist das Gefängnis.«

Wieder begann die Jagd. Sie folgten dem Pfad längs der Seine. Sie gingen geräuschlos auf dem Rasen neben dem Weg.

Der Pfad mündete in die Landstraße, und als sie aus dem Unterholz heraustraten, sahen sie von einer Anhöhe aus das mit Hecken umgebene »Clos-Joli«. Hortense und Rénine erkannten die Hütte der glücklichen Prinzessin wieder. Die Fensterläden waren geschlossen und die Wege mit Unkraut bewachsen.

Dort blieben sie, im Gestrüpp kauernd, über eine Stunde. Der Oberinspektor wurde unruhig; die junge Frau hatte das Vertrauen verloren und glaubte nicht, daß das »Clos-Joli« das Gefängnis ihrer Schwester sein könnte. Aber Rénine blieb eisern.

»Sie ist dort, sage ich Ihnen. Das steht unumstößlich fest. Es ist undenkbar, daß Dalbrèque die Gefangene nicht hierher gebracht hat. Indem er sie an einem Ort festhält, den sie kennt, hofft er, sie gefügiger zu machen.«

Endlich hörten sie gegenüber, auf der anderen Seite des »Clos-Joli«, einen langsamen, schwerfälligen Schritt. Eine Gestalt tauchte auf. Man konnte das Gesicht auf diese Entfernung nicht erkennen. Aber der schwerfällige Gang, die Haltung waren die des Mannes, den Rénine und Hortense in dem Film gesehen hatten.

So gelangte Serge Rénine innert vierundzwanzig Stunden, auf vage Anzeichen hin, die er der Haltung eines Schauspielers entnommen hatte, und durch eine rein psychologische Überlegung mitten hinein in das Drama. Was ihm der Film eingegeben hatte, hatte er auch Dalbrèque suggeriert. Dalbrèque hatte im wirklichen Leben genauso gehandelt wie in dem imaginären Leben des Kinos, und Rénine war dadurch, daß er Schritt für Schritt den Weg nachging, den Dalbrèque unter dem Einfluß des Films zurückgelegt hatte, an den Ort gelangt, an dem der Orang-Utan die glückliche Prinzessin gefangen hielt.

Dalbrèque war wie ein Landstreicher mit geflickten Kleidern und Lumpen angezogen. Er trug einen Bettelsack, aus dem der Hals einer Flasche und das Ende einer Baguette herausragten, auf der Schulter eine Holzfälleraxt.

Er fand das Vorlegeschloß des Schutzgatters offen, ging in den Obstgarten und verschwand bald hinter Sträuchern, die sich bis auf die andere Seite des Hauses hinstreckten.

Rénine packte den vorstürzenden Morisseau am Arm.

»Aber warum denn?« fragte Hortense. »Wir dürfen diesen Lumpen nicht ins Haus lassen, sonst...«

»Und wenn er Komplizen hat? Wenn Lärm geschlagen wird?«

»Dann haben wir Pech gehabt. Wir müssen vor allen Dingen meine Schwester retten.«

»Und wenn wir zu spät kämen, um sie zu verteidigen? In seiner Wut kann er sie mit einem Schlag seiner Axt töten.«

Sie warteten. Eine Stunde verfloß. Die Untätigkeit rieb sie auf. Von Zeit zu Zeit weinte Hortense leise vor sich hin. Aber Rénine blieb unerbittlich, und niemand wagte, ihm zuwider zu handeln.

Der Abend kam. Schon hüllte die Dämmerung die Apfelbäume ein, als plötzlich die Haustür zu ihrer Seite hin aufgestoßen wurde, entsetzliches und triumphales Geschrei ertönte und ein Paar herausstürzte; ein engumschlungenes Paar. Sie sahen nur die Beine des Mannes und den Körper der Frau, die er an seine Brust gepreßt in den Armen hielt.

»Er!... er und Rose!...«, stammelte Hortense außer sich. »Oh, Rénine, retten Sie sie...«

Dalbrèque tanzte wie ein Verrückter lachend und schreiend zwischen den Bäumen herum. Trotz seiner Last machte er riesige Sprünge, was ihm das Aussehen eines phantastischen Tieres verlieh, das trunken ist vor Freude und Blutrausch. Seine eine freie Hand schwang die Axt, die im Abendlicht blitzte. Rose schrie vor Entsetzen. Er durchraste den Obstgarten nach allen Richtungen, galoppierte an der Hecke entlang, bremste plötzlich vor einem Brunnen, straffte die Arme und beugte den Körper vor, als wollte er die Frau in den Abgrund stürzen.

Die Minute war atembeklemmend. Würde er sich zu der schrecklichen Tat hinreißen lassen? Aber es schien nur eine Drohung, die die junge Frau zu Gehorsam zwingen sollte, denn mit einem Satz begann er wieder herumzutollen, kehrte geradewegs zur Haupttür zurück und verschwand in der Vorhalle. Das Geräusch eines vorgeschobenen Riegels. Die Tür wurde verschlossen.

Unerklärlicherweise hatte sich Rénine nicht von der Stelle gerührt. Mit ausgebreiteten Armen versperrte er den Inspektoren den Weg, während Hortense sich an ihn klammerte und flehte: »Retten Sie sie... Er ist verrückt... er wird sie töten... bitte.« In diesem Augenblick zeigte sich der Mann erneut mit seinem Opfer. Er erschien an einer Fensterluke des Giebels, zwischen dem mit Stroh bedeckten Dachfirst, und begann von neuem mit seinem wilden Manöver, indem er Rose-Andrée aus dem Loch streckte und sie wie eine Beute, die man in die Tiefe stürzen will, hin und her schwang. Konnte er sich nicht entschließen? Oder wollte er wirklich nur drohen? Glaubte er Rose genügend gezähmt? Er verschwand wieder im Haus.

Dieses Mal hatte Hortense gewonnenes Spiel. Ihre eiskalten Hände umklammerten Rénines Hand, und er fühlte, wie sie vor Verzweiflung zitterte.

»Oh, ich flehe Sie an... ich flehe Sie an... Worauf warten Sie noch?«

Er gab nach: »Gut, gehen wir. Aber nichts übereilen. Wir müssen alles genau überlegen.«

»Überlegen! Aber Rose... Rose, die er töten wird!... Haben Sie die Axt gesehen?... Er ist verrückt... Er wird sie töten.«

»Wir haben Zeit«, versicherte er. »Ich übernehme für alles die Verantwortung.«

Hortense mußte sich auf ihn stützen, sie hatte nicht mehr

die Kraft, allein zu gehen. Sie kletterten die Anhöhe hinunter. Rénine wählte eine von Laub geschützte Stelle und half der jungen Frau, über die Hecke zu steigen. Außerdem verhinderte die zunehmende Dunkelheit, daß sie gesehen wurden.

Schweigend gingen sie durch den Obstgarten und kamen hinter das Haus. Dort war Dalbrèque beim erstenmal verschwunden. Tatsächlich bemerkten sie eine kleine Hintertreppe, die zur Küche führen mußte.

»Ein kräftiger Druck mit der Schulter«, sagte Rénine zu den Inspektoren, »und Sie können hinein, wenn der Zeitpunkt gekommen ist.«

»Der Zeitpunkt ist gekommen«, brummte Morisseau, der jede Verzögerung bedauerte.

»Noch nicht. Ich will mich erst davon überzeugen, wie es auf der anderen Seite aussieht. Wenn ich pfeife, schlagen Sie die Bretter ein und halten den Mann mit dem Revolver in Schach. Aber nicht vorher, nicht wahr? Sonst spielen wir ein zu gewagtes Spiel.«

»Und wenn er sich verteidigt? Er ist eine rasende Bestie.«

»Zielen Sie auf seine Beine. Hauptsache, wir fangen ihn lebend. Ihr seid zu fünft, mehr könnt ihr nicht verlangen.«

Er zog Hortense mit sich, mit wenigen Worten munterte er sie wieder auf:

»Schnell! Es ist höchste Zeit zu handeln. Haben Sie volles Vertrauen zu mir.«

»Ich verstehe nicht... ich verstehe nicht«, seufzte sie.

»Ich auch nicht«, erwiderte Rénine. »Irgend etwas an der Sache irritiert mich, aber mir ist klar, daß etwas Nichtwiedergutzumachendes geschehen kann.«

»Das Nichtwiedergutzumachende ist der Mord an Rose!«

»Nein«, erklärte er, »es ist das Eingreifen der Justiz. Und deswegen will ich dem zuvorkommen.«

Sie schlugen sich durch das dichte Gebüsch und gingen um das Haus herum. Dann blieb Rénine vor einem der Fenster im Erdgeschoß stehen.

»Hören Sie, da wird gesprochen... Es kommt aus dem Zimmer dort.«

Es war anzunehmen, daß sich die Sprechenden Licht gemacht hatten. Rénine suchte, bog die Pflanzen, deren Auswüchse die verschlossenen Läden verbargen, zur Seite, und sah durch zwei schlecht geschlossene Läden einen Schimmer dringen.

Er steckte sein Messer in den Spalt, schob vorsichtig die Klinge höher und hob den inneren Riegel an. Die Flügel öffneten sich. Vor dem Fenster hingen schwere Stoffvorhänge, die oben einen Spalt frei ließen.

»Wollen Sie auf das Sims steigen?« flüsterte Hortense.

»Ja, und eine Scheibe herausschneiden. Wenn es nötig ist, lege ich meinen Revolver auf den Mann an, und Sie pfeifen, damit der Angriff von der anderen Seite aus beginnt. Hier ist die Pfeife.«

Er kletterte sehr vorsichtig hinauf und zog sich langsam an dem Fenster bis zu der offenen Stelle der Vorhänge hoch. Mit der einen Hand steckte er den Revolver in den Ausschnitt seiner Weste. Mit der anderen hielt er einen Diamantschneider.

»Sehen Sie sie?« wisperte Hortense.

Er legte seine Stirn an die Scheibe; unvermittelt entfuhr ihm ein unterdrückter Ausruf. »Oh, ist das möglich?«

»Schießen Sie! So schießen Sie doch!« forderte Hortense.

»Aber nein...«

»Soll ich pfeifen?«

»Nein... nein... im Gegenteil...«

Zitternd vor Aufregung setzte sie ein Knie auf das Sims, Rénine zog sie zu sich empor und hielt sie an seiner Seite fest, so daß sie ebenfalls hineinsehen konnte.

»Schauen Sie sich das an!«

Sie starrte durch die Scheibe.

»Oh!« war das einzige, was sie vor Verblüffung herausbrachte. »Na, was sagen Sie dazu? Ich ahnte schon etwas, aber das denn doch nicht.«

Zwei schirmlose Lampen und an die zwanzig Kerzen erleuchteten einen reich ausgestatteten Salon mit Diwanen und orientalischen Teppichen. Auf einem Diwan lag Rose-Andrée halb aufgerichtet in einem Kleid aus goldenem und silbernem Stoff, das sie schon in dem Film »Die glückliche Prinzessin« getragen hatte, ihre schönen Schultern waren nackt, ihr Haar mit Schmuck und Perlen besetzt.

Dalbrèque kniete auf einem Kissen zu ihren Füßen. Er trug eine Jagdhose und einen Pullover und betrachtete sie voll Verzückung. Rose lächelte glücklich und strich dem Mann liebevoll über das Haar. Zweimal beugte sie sich zu ihm vor und küßte ihn zuerst auf die Stirn, dann lange auf den Mund, während ihre Augen vor Hingabe glühten.

Eine Szene voll Leidenschaft! Durch den Blick, den Mund, ihre zitternden Hände, ihr noch junges Verlangen miteinander vereint, liebten sich diese Wesen, offensichtlich in einer ausschließlichen, heftigen Liebe. Man fühlte, daß für sie in der Einsamkeit und dem Frieden dieser kleinen Hütte nichts mehr zählte als ihre Küsse und Liebkosungen.

Hortense konnte ihre Augen nicht von diesem unvermuteten Schauspiel abwenden. Waren das der Mann und die Frau, von denen der eine noch vor wenigen Minuten den anderen in einem makabren Tanz herumgeschleppt hatte, der mit dem Tod zu spielen schien? War das wirklich ihre Schwester? Sie erkannte sie nicht wieder. Sie sah eine andere Frau, von einer neuen Schönheit belebt und verändert durch ein Gefühl, dessen Gewalt und Innigkeit Hortense erschüttert erriet.

»Mein Gott«, murmelte sie, »wie sie ihn liebt! Einen solchen Mann – ist das möglich?«

»Wir müssen sie warnen«, sagte Rénine, »wir müssen uns mit ihr verständigen ...«

»Ja, ja, sie darf auf keinen Fall in den Skandal und die

Verhaftung verwickelt werden... Sie soll fortgehen! Man soll nichts von alledem erfahren...«

Unglücklicherweise befand sich Hortense in einem Zustand derartiger Überreiztheit, daß sie zu hastig handelte. Anstatt leise an die Scheibe zu klopfen, stieß sie heftig an das Fenster und schlug mit der Faust an den Rahmen. Erschrokken richteten sich die beiden Liebenden auf, sahen sich um und horchten. Rénine wollte eine Scheibe herausschneiden, um ihnen einige erklärende Worte zuzurufen. Aber er hatte keine Zeit mehr. Rose-Andrée, die ihren Geliebten zweifellos in Gefahr und von der Polizei gesucht wußte, stieß ihn mit verzweifelter Anstrengung zur Tür.

Dalbrèque gehorchte. Offensichtlich war es Roses Absicht, ihn zur Flucht durch den Ausgang der Küche zu bewegen. Sie verschwanden.

Rénine sah deutlich voraus, was geschehen würde. Der Flüchtende würde in den Hinterhalt gehen, den er selbst vorbereitet hatte. Es würde einen Kampf geben, vielleicht einen Toten...

Er sprang zu Boden und rannte um das Haus. Aber der Weg war lang, dunkel und voller Hindernisse. Außerdem erfolgten die Ereignisse schneller, als er gedacht hatte. Als er auf die andere Seite des Hauses kam, ertönte ein Schuß, dem ein Schmerzensschrei folgte.

Auf der Schwelle zur Küche fand Rénine im Schein zweier Taschenlampen Dalbréque auf dem Boden liegen, stöhnend und von drei Polizisten festgehalten. Sein Bein war angeschossen. Im Zimmer taumelte Rose-Andrée, ihre Hände waren vorgestreckt, das Gesicht vor Schrecken verzerrt, sie stammelte unverständliche Worte. Hortense zog sie an sich und flüsterte ihr ins Ohr:

»Ich bin es... deine Schwester... ich wollte dich retten... Erkennst du mich?«

Rose schien nicht zu begreifen. Sie blickte wild um sich. Zögernd trat sie zu den Inspektoren und sagte:

»Das ist abscheulich... Dieser Mann hat nichts getan, das...« Rénine verlor keine Sekunde. Er nahm sie wie eine Kranke, die den Verstand verloren hat, in seine Arme; Hortense folgte ihnen und schloß die Türen. Rénine führte Rose-Andrée in den Salon.

Sie schlug wild um sich, protestierte mit keuchender Stimme:

»Das ist ein Verbrechen... Man hat nicht das Recht... Warum soll er verhaftet werden? Ja, ich habe gelesen... der Mord an dem Juwelier Bourguet... das habe ich heute morgen in der Zeitung gelesen, aber es ist nicht wahr. Er kann es beweisen.«

Rénine legte sie auf den Diwan und sagte mit Bestimmtheit:

»Ich bitte Sie, bleiben Sie doch ruhig. Sagen Sie nichts, was Sie kompromittieren könnte... Was wollen Sie! Der Mann hat immerhin gestohlen... das Auto... und dann die fünfundzwanzigtausend Francs...«

»Meine Reise nach Amerika hat ihn um den Verstand gebracht. Aber das Auto wurde wiedergefunden... Das Geld wird zurückgegeben... er hat es nicht angerührt. Nein, nein, man hat nicht das Recht... Ich bin aus freien Stücken hierher gekommen. Ich liebe ihn... ich liebe ihn mehr als alles... wie man nur einmal in seinem Leben liebt... Ich liebe ihn... ich liebe ihn.«

Die Unglückliche hatte keine Kraft mehr. Sie sprach wie im Traum, versicherte ihre Liebe mit verlöschender Stimme. Schließlich bäumte sie sich vollständig erschöpft noch einmal auf und sank zurück. Sie war ohnmächtig.

Eine Stunde später lag Dalbrèque mit gefesselten Händen in einem der Zimmer auf einem Bett. Wütend starrte er um sich. Ein Arzt, den Rénine in seinem Auto aus der Umgebung hatte herbeiholen lassen, verband das Bein und verordnete vollständige Ruhe bis zum Morgen. Morisseau und seine Männer hielten Wache.

Rénine ging, die Hände auf dem Rücken verschränkt, im Zimmer auf und ab. Er sah sehr fröhlich aus. Von Zeit zu Zeit beobachtete er lächelnd die beiden Schwestern, als fände er das Bild faszinierend, das sie seinen Künstleraugen boten.

»Was haben Sie nur?« fragte ihn Hortense, als sie sich halb zu ihm drehte und seine ungewöhnliche Fröhlichkeit bemerkte. Er rieb sich die Hände und erwiderte:

»Es ist komisch.«

»Was finden Sie komisch?« fragte sie vorwurfsvoll.

»Oh, mein Gott, die Situation. Frei gibt sich Rose-Andrée der bedingungslosen Liebe hin, und wem? – Mein Gott – dem Orang-Utan, einem unterwürfigen Orang-Utan, geschminkt und in einen Pullover gezwängt, den sie auf Teufel komm 'raus auf den Mund küßt... während wir sie in einer Grotte oder einem Grab suchen... Oh, sicher hat sie die Schrecken der Gefangenschaft kennengelernt, und ich bin überzeugt, daß sie in der ersten Nacht halbtot in die Höhle gesperrt wurde. Nur war sie am nächsten Morgen wieder aufgelebt! Eine einzige Nacht hatte ausgereicht, sie zu zähmen, zu bändigen, so daß Dalbrèque ihr so schön wie der herrlichste Prinz erschien. Eine einzige Nacht!... die beide zu der Überzeugung bringt, daß sie füreinander geschaffen sind, und sie entschließen sich, einander nicht mehr zu verlassen. Gemeinsam suchen sie einen Unterschlupf gegen die Welt. Wo? Hier, zum Teufel! Wer würde Rose-Andrée schon im ›Clos-Joli‹ vermuten? Aber das reicht noch nicht. Die Liebenden brauchen mehr. Einen Honigmond für einige Wochen? Nein! Sie weihen ihr ganzes Leben dem anderen. Wie? Indem sie den abenteuerlichen Flimmerweg weitergehen, den sie schon eingeschlagen haben, das heißt, indem sie neue Szenen ›drehen‹. Hat Dalbrèque nicht in der ›Glücklichen Prinzessin‹ über alles Erwarten gut gespielt? Da liegt die Zukunft. Hollywood! Die Vereinigten Staaten! Reichtum und Freiheit!... Keine Minute dürfen sie verlieren. Sofort an die Arbeit! Und so haben wir als entsetzte Zuschauer sie überrascht, als sie vorhin ein Drama des Irrsinns und Mordes probten. Wenn ich ehrlich sein will, muß ich Ihnen gestehen, daß ich in jenem Augenblick der Szene mißtraute. Eine Filmepisode, habe ich mir gesagt. Aber dahinter die große Liebe des ›Clos-Joli‹ zu vermuten, nein, bei Gott, davon war ich weit entfernt. Was wollen Sie! Auf der Leinwand wie im Theater widerstehen die glücklichen Prinzessinnen oder töten sich. Wie sollte ich ahnen, daß diese hier die Entehrung dem Tod vorgezogen hat?«

Die abenteuerliche Geschichte amüsierte Rénine offensichtlich. Er fuhr fort:

»Nein, nein, Teufel, so entwickeln sich die Dinge in den Filmen nicht! Und deswegen bin ich auf den falschen Weg geraten. Von Anfang an rollte ich den Film der glücklichen Prinzessin ab, ich kam voran, indem ich den vorhandenen Spuren nachging. Die glückliche Prinzessin hatte so gehandelt. Der Orang-Utan hatte sich so benommen... Also folgen wir ihnen, da alles doch immer wieder von vorn anfängt. Aber keineswegs! Im Widerspruch zu allen Regeln geht Rose-Andrée den weniger edlen Weg, und innerhalb von wenigen Stunden verändert sich das Opfer in die verliebteste Prinzessin. Oh, du verdammter Dalbrèque, du hast uns schön an der Nase herumgeführt. Denn wenn man uns im Kino eine Bestie, einen Wilden mit langen Haaren und Gorillagesicht zeigt, haben wir schließlich das Recht, uns vorzustellen, daß er im Leben ebenfalls eine abscheuliche Bestie ist. Meinen wir! Statt dessen ist er ein Don Juan. Witzbold, der!«

Wieder rieb sich Rénine die Hände. Aber er setzte seine Rede nicht fort, da er bemerkte, daß Hortense ihm nicht mehr zuhörte. Rose erwachte aus ihrer Betäubung. Die junge Frau umschlang sie und murmelte:

»Rose... Rose... ich bin es... Fürchte nichts mehr.«

Sie sprach leise auf sie ein und wiegte sie liebevoll in den Armen. Aber Rose nahm allmählich, während sie den Worten lauschte, ihr leidendes Gesicht wieder an, und blieb unbewegt und abwesend auf dem Diwan sitzen, mit steif aufgerichtetem Körper und zusammengepreßten Lippen.

Rénine fühlte, daß man diesen Schmerz nicht verletzen durfte und daß man mit Vernunftsgründen an Rose-Andrées Entschluß nichts würde ändern können.

Er trat auf sie zu und sagte sanft:

»Ich verstehe Sie, Madame. Ihre Pflicht ist es, was immer auch geschieht, den zu verteidigen, den Sie lieben, und seine Unschuld zu beweisen. Aber nichts eilt, und ich glaube, daß es in seinem Interesse besser ist, einige Stunden verstreichen zu lassen und ihn glauben zu machen, daß Sie sein Opfer waren. Morgen früh werde ich Ihnen raten, was Sie tun können, wenn Sie Ihre Meinung nicht geändert haben. Bis dahin gehen Sie mit Ihrer Schwester auf Ihr Zimmer, bereiten Sie Ihre Abreise vor, ordnen Sie Ihre Papiere, damit die Untersuchung nichts gegen Sie vorbringen kann. Glauben Sie mir ... haben Sie Vertrauen.«

Rénine redete noch lange auf sie ein, und es gelang ihm, die junge Frau zu überzeugen. Sie versprach ihm, abzuwarten.

Man richtete sich also für die Nacht im »Clos-Joli« ein. Es gab genügend Vorräte. Einer der Inspektoren bereitete das Essen. Am Abend bezog Hortense das Zimmer von Rose. Rénine, Morisseau und zwei Inspektoren schliefen auf den Diwanen im Salon, während die beiden anderen Inspektoren den Verwundeten bewachten.

Die Nacht verlief ohne Zwischenfall.

Am frühen Morgen erschienen die Polizisten, die Clément am Abend vorher benachrichtigt hatte. Es wurde beschlossen, daß Dalbrèque ins Gefängniskrankenhaus des Departements gebracht werden sollte. Rénine stellte sein Auto zur Verfügung, Clément fuhr es vor die Hütte.

Durch das Kommen und Gehen im Haus geweckt, erschienen die beiden Schwestern. Rose-Andrée trat mit dem harten Ausdruck ins Zimmer, der darauf schließen ließ, daß sie bereit war zu handeln. Hortense betrachtete sie angstvoll und beobachtete Rénines ruhiges Gesicht.

Als alles vorbereitet war, brauchten nur noch Dalbrèque und seine Wächter geholt zu werden.

Morisseau ging selbst zu ihnen. Die beiden Männer schliefen fest, das Bett aber war leer. Dalbrèque war entkommen.

Im ersten Augenblick rief dieser Schlag bei den Kriminalbeamten und Polizisten keine große Bestürzung hervor, sie waren zu sicher, daß der Geflüchtete mit seinem zerschossenen Bein bald wieder eingefangen würde. Daß diese Flucht erfolgt war, ohne daß die Wächter irgend etwas gehört hatten, irritierte niemanden. Dalbrèque konnte sich nur im Obstgarten versteckt halten.

Sofort begann die Treibjagd. Das Ergebnis schien von vornherein so unvermeidlich, daß sich Rose-Andrée, von neuem erschüttert, an den Oberinspektor wenden wollte.

»Schweigen Sie«, murmelte Serge Rénine, der sie nicht aus den Augen ließ.

Sie stammelte: »Man wird ihn finden… und mit einem Schuß zu Boden strecken…«

»Man wird ihn nicht finden«, versicherte Rénine.

»Was wissen Sie denn?«

»Ich habe ihm heute nacht zusammen mit meinem Chauffeur zur Flucht verholfen. Etwas Schlafpulver in den Kaffee der Inspektoren, und sie haben nichts gehört.«

Sie war überrascht, warf dann aber ein:

»Aber er ist verwundet, er liegt in irgendeinem Winkel im Sterben.«

»Nein.«

Hortense hörte zu. Zwar verstand sie nicht allzuviel, aber sie war doch beruhigt und vertraute Rénine.

Mit leiser Stimme fuhr er fort: »Schwören Sie mir, Madame, daß Sie in zwei Monaten, wenn er geheilt ist und Sie das Gericht über ihn aufgeklärt haben, mit ihm nach Amerika fahren.«

»Ich schwöre es Ihnen.«

»Und daß Sie ihn heiraten werden?«

»Ich schwöre es Ihnen.«

»Dann kommen Sie jetzt, und kein Wort, keine Bewegung der Überraschung. Eine Sekunde des Sichvergessens, und Sie können alles verlieren.«

Er rief Morisseau, der allmählich verzweifelte, und sagte zu ihm:

»Herr Oberinspektor, wir müssen Madame nach Paris bringen und ihr die nötige Pflege zuteil werden lassen. Seien Sie auf jeden Fall sicher, wie auch das Ergebnis Ihrer Suche lauten mag – und ich bezweifle nicht, daß Sie sie zu einem guten Ende führen –, daß Sie wegen dieser Affäre keinen Ärger haben werden. Ich werde noch heute abend zur Präfektur gehen, wo ich gute Beziehungen habe.«

Er bot Rose-Andrée den Arm und führte sie zum Auto. Beim Gehen merkte er, wie sie wankte und sich an ihn klammerte.

»Oh, mein Gott, er ist gerettet ... ich sehe ihn«, stammelte sie. Auf dem Fahrersitz hatte sie an Cléments Platz, sehr würdig in seiner Chauffeurskleidung, mit heruntergeklapptem Schirm und die Augen hinter einer dicken Brille versteckt, ihren Geliebten wiedererkannt.

»Steigen Sie ein«, befahl Rénine.

Sie setzte sich neben Dalbrèque. Rénine und Hortense nahmen im Fond Platz. Der Oberinspektor stand diensteifrig und beflissen, mit gezogenem Hut neben dem Auto.

Sie fuhren los. Aber zwei Kilometer weiter mußten sie im Wald halten. Dalbrèque, der mit übermenschlicher Anstrengung seine Schmerzen beherrscht hatte, erlitt einen Schwächeanfall. Sie betteten ihn auf die Sitze. Rénine setzte sich ans Steuer, Hortense an seine Seite. Vor Louviers neuerlicher Halt: man las den Chauffeur Clément, der mit Dalbrèques

Plunder auf dem Leib vorausgegangen war, auf dem Weg auf.

Dann folgten Stunden des Schweigens. Das Auto fuhr schnell. Hortense sagte nichts und kam nicht einmal auf den Gedanken, Rénine über die Ereignisse der vergangenen Nacht auszufragen. Wie unwichtig waren die Einzelheiten der Flucht und die genaue Art und Weise seines Vorgehens, um Dalbrèque herauszuholen! Das beunruhigte sie nicht. Sie dachte nur an ihre Schwester, sie war von soviel Liebe und leidenschaftlichem Feuer gerührt.

Als sie sich Paris näherten, sagte Rénine schlicht:

»Ich habe letzte Nacht mit Dalbrèque gesprochen. Er ist an dem Mord des Juweliers bestimmt unschuldig. Er ist ein braver und ehrlicher Mann und vollkommen anders, als er zu sein scheint; er ist zärtlich und ergeben und bereit, für Rose-Andrée alles zu tun.« Und Rénine fügte noch hinzu:

»Er hat recht. Für die, die man liebt, muß man alles tun. Man muß sich für sie aufopfern, ihr alles bieten, was es Schönes auf der Welt gibt, Freude, Glück... und wenn sie sich langweilt, schöne Abenteuer, die sie zerstreuen, sie erregen, sie zum Lachen bringen... oder auch zum Weinen.«

Hortense erbebte, ihre Augen wurden feucht. Zum erstenmal spielte er auf das sentimentale Abenteuer an, das sie nur lose bisher aneinanderband, ein Band, welches aber bei jedem Unternehmen, das sie zusammen angstvoll und mit fieberhafter Faszination durchstanden, kräftiger und widerstandsfähiger wurde. Schon fühlte sie sich schwach und unruhig neben diesem außergewöhnlichen Mann, der die Ereignisse seinem Willen unterwarf, und der mit dem Schicksal aller zu spielen schien, gleich, ob er sie bekämpfte oder sie beschützte. Er machte ihr Angst und zog sie gleichzeitig an. Sie dachte an ihn wie an ihren Herrn, manchmal wie an einen Feind, gegen den sie sich verteidigen mußte, aber meistens wie an einen verwirrenden Freund voller Charme und Zauber...

Der Fall Jean-Louis

Es verlief wie ein ganz banales Geschehen und mit solcher Schnelligkeit, daß Hortense mehr als bestürzt war. Während eines Spaziergangs kamen sie über eine Seine-Brücke, plötzlich kletterte eine Frau über das Brückengeländer und stürzte sich in die Tiefe. Von allen Seiten erschollen Rufe und Schreie, Hortense umklammerte Rénines Arm.

»Was? Sie wollen doch nicht hinterher springen!... Ich verbiete Ihnen...«

Ihr blieb nur die Jacke ihres Begleiters in den Händen. Rénine sprang mit einem Satz, und dann... und dann sah sie nichts mehr. Drei Minuten später fand sie sich, von den herbeieilenden Neugierigen mitgerissen, am Ufer des Flusses. Rénine kletterte die Stufen einer Treppe hinauf, er trug eine junge Frau, deren schwarze Haare an einem leichenblassen Gesicht klebten, im Arm.

»Sie ist nicht tot«, versicherte er... »Zum Arzt, schnell, eine Sauerstoffbehandlung... keine Gefahr...«

Er übergab die junge Frau zwei Polizisten, schob die Maulaffen und die sogenannten Journalisten, die ihn nach seinem Namen fragten, beiseite und stieß die vor Erregung fiebernde Hortense in ein Taxi.

»Uff!« rief er nach einer Weile. »Ausgerechnet ein Bad! Was wollen Sie, liebe Freundin, das ist stärker als ich. Wenn ich einen meiner Mitmenschen ins Wasser tauchen sehe, muß ich hinterher. Bestimmt habe ich unter meinen Vorfahren einen Neufundländer.«

Sie fuhren zu ihm nach Hause, und er kleidete sich um. Hortense wartete im Auto auf ihn. Dem Chauffeur befahl er:

»Rue de Tilsitt.«

»Wohin fahren wir?« fragte Hortense.

»Wir erkundigen uns nach dem Befinden der jungen Frau.«

»Sie haben also ihre Adresse?«

»Ja, ich hatte noch Zeit genug, sie auf ihrem Armband zu lesen, ihren Namen übrigens auch, Geneviève Aymard. Jetzt fahre ich zu ihr. Oh, nicht um die dem Neufundländer zustehende Belohnung abzuholen! Nein, einfache Neugier. Eine absurde Neugier übrigens. Ich habe etwa ein Dutzend Ertrinkender gerettet. Immer dasselbe Motiv: Liebeskummer und immer eine ganz gewöhnliche Geschichte. Sie werden sehen, liebe Freundin.«

Als sie vor dem Haus in der Rue de Tilsitt hielten, kam der Arzt gerade aus der Wohnung, die Mademoiselle Aymard mit ihrem Vater bewohnte. Der Diener versicherte ihnen, daß sich das junge Mädchen den Umständen entsprechend wohlauf befände und schliefe. Rénine stellte sich als der Retter Geneviève Aymards vor und ließ seine Karte dem Vater überreichen, der mit ausgestreckten Händen und Tränen in den Augen herbeieilte.

Er war alt und schwach und begann sofort, ohne irgendeine Frage abzuwarten, in einem Ton voll mitleiderregender Angst zu sprechen:

»Das ist jetzt das zweitemal! In der letzten Woche wollte sich das unglückliche Kind vergiften. Ich würde mein Blut für sie hingeben! Ich will nicht mehr leben! Ich will nicht mehr leben! Das ist alles, was sie erwidert. Oh, ich habe solche Angst, daß sie es wieder versucht. Wie entsetzlich! Sich zu töten, meine arme Geneviève! Und warum, mein Gott?...«

»Ja, warum?« hakte Rénine ein. »Eine aufgelöste Verlobung zweifellos?«

»Eine aufgelöste Verlobung, in der Tat! Das liebe Kind ist so sensibel...«

Rénine unterbrach ihn. Von dem Augenblick an, als der gute Mann mit vertraulichen Mitteilungen herausrücken wollte, hatte er keine Lust mehr, mit unnützen Worten Zeit zu verlieren. Und deutlich, mit seiner ganzen Autorität, forderte er:

»Gehen wir systematisch vor, Monsieur, wollen Sie, ja? Mademoiselle Geneviève war verlobt?«

Monsieur Aymard entzog sich der Frage nicht und erwiderte:

»Ja.«

»Seit wann?«

»Seit dem Frühjahr. Wir haben Jean-Louis d'Ormival während der Osterferien in Nizza kennengelernt. Nach unserer Rückkehr nach Paris richtete sich der junge Mann, der vorher auf dem Land bei seiner Mutter und seiner Tante lebte, in unserem Viertel ein, und die beiden Verlobten sahen sich täglich. Ich muß Ihnen gestehen, daß mir Jean-Louis Vaubois nicht sehr sympathisch war.«

»Pardon«, bemerkte Rénine, »Sie nannten ihn vorhin Jean-Louis d'Ormival.«

»Auch das ist sein Name.«

»Er hat also zwei?«

»Ich weiß es nicht. Das ist ein Rätsel.«

»Unter welchem Namen hat er sich Ihnen vorgestellt?«

»Jean-Louis d'Ormival.«

»Aber Jean-Louis Vaubois?«

»So wurde er meiner Tochter von einem Herrn, der ihn kannte, vorgestellt. Vaubois oder d'Ormival, das ist außerdem unwichtig. Meine Tochter vergötterte ihn, und er schien sie leidenschaftlich zu lieben. In diesem Sommer, am Meer, wich er keinen Schritt von ihrer Seite. Und dann erhielt meine Tochter letzten Monat, nachdem Jean-Louis nach Hause zurückgekehrt war, um sich mit seiner Mutter und seiner Tante zu besprechen, diesen Brief:

›Geneviève, zuviele Hindernisse liegen unserem Glück im Weg. Ich verzichte, erfüllt von wahnsinniger Verzweiflung. Ich liebe Sie mehr denn je. Adieu! Verzeihen Sie mir.‹

Einige Tage später machte meine Tochter den ersten Selbstmordversuch.«

»Und warum dieser Bruch? Eine andere Liebschaft? Eine frühere Bindung?«

»Nein, das glaube ich nicht. Aber in Jean-Louis' Leben – das ist Genevièves feste Überzeugung – gibt es ein Geheimnis, oder vielmehr eine Reihe von Geheimnissen, die ihn beklemmen und verfolgen. Sein Gesicht war immer so gequält, so etwas habe ich noch nie gesehen; von der ersten Stunde an waren Schmerz und Traurigkeit in ihm zu spüren, die er nicht ablegen konnte, nicht einmal in den Augenblicken, in denen er sich voller Innigkeit seiner Liebe hingab.«

»Ihr Eindruck wurde aber durch kleine Einzelheiten oder Dinge noch bestätigt, deren Ungewöhnlichkeit Sie verblüfft hat? Wie zum Beispiel dieser Doppelname ... haben Sie ihn nicht darüber ausgefragt?«

»Doch, zweimal. Beim erstenmal erwiderte er mir, daß seine Tante Vaubois hieße und seine Mutter d'Ormival.«

»Und das zweitemal?«

»Genau das Gegenteil. Er erzählte von seiner Mutter als Madame Vaubois und von seiner Tante als Madame d'Ormival. Ich habe ihn darauf hingewiesen. Er wurde rot. Da bin ich nicht weiter in ihn gedrungen.«

»Wohnt er weit von Paris entfernt?«

»In der Bretagne ... auf dem Sitz d'Elseven, acht Kilometer von Carhaix entfernt.«

Rénine überlegte einige Minuten lang. Dann hatte er sich entschlossen und sagte zu dem Greis:

»Ich will Mademoiselle Geneviève nicht stören, aber wiederholen Sie ihr genau das Folgende: ›Geneviève, der Herr, der dich gerettet hat, verpflichtet sich auf seine Ehre, dir deinen Verlobten in drei Tagen zurückzubringen. Schreib Jean-Louis ein Paar Zeilen, die der Herr ihm übergeben wird.‹«

Der Greis schien überrascht. Er stammelte:

»Könnten Sie das?... Meine arme Tochter soll dem Tod entkommen? Sie soll glücklich werden?...«

Und mit kaum verständlicher Stimme und einer verschämten Gebärde fügte er hinzu:

»Oh, Monsieur, beeilen Sie sich, denn das Verhalten meiner Tochter läßt mich vermuten, daß sie ihre Pflicht vergessen hat und nicht in Unehre weiterleben will... die bald bekannt würde.«

»Schweigen Sie«, befahl Rénine. »Es gibt Dinge, die man nicht aussprechen sollte.«

Noch am selben Abend bestieg Rénine mit Hortense den Zug in die Bretagne.

Um zehn Uhr morgens kamen sie in Carhaix an, um halb eins stiegen sie, nachdem sie gegessen hatten, in ein von einem angesehenen Bürger des Ortes geliehenes Auto.

»Sie sind etwas blaß, liebe Freundin«, meinte Rénine lachend, als sie vor dem Garten d'Elseven ausstiegen.

»Ich muß gestehen, daß mich diese Geschichte ziemlich aufregt. Ein junges Mädchen, das zweimal dem Tod ins Gesicht sieht... Wieviel Mut sie haben muß... Nun habe ich Angst...«

»Angst wovor?«

»Daß Sie keinen Erfolg haben könnten. Sind sie nicht unruhig?«

»Liebe Freundin«, erwiderte er, »ich werde Sie sicher unendlich in Erstaunen setzen, wenn ich behaupte, daß ich eher fröhlich bin.«

»Warum denn?«

»Ich weiß es nicht. Die Geschichte, die Sie mit Recht aufregt, scheint mir einen gewissen komischen Hintergrund zu haben. D'Ormival... Vaubois... das riecht nach altem, halb verschimmeltem Parfüm... Glauben Sie mir, liebe Freundin, und gewinnen Sie Ihre Kaltblütigkeit zurück. Kommen Sie?«

Er ging durch das Gittertor. An jeder Seite waren zwei mit Namen versehene kleine Pforten, die eine lautete auf den Namen Madame d'Ormival, die andere auf Madame Vaubois. Jede dieser beiden Türen ging auf einen Pfad, die zwischen Buchsbaumhecken nach links und rechts von dem Hauptweg abzweigten.

Der Hauptweg führte sie zu einem langen, flachen und malerischen Landsitz, der jedoch von zwei unharmonischen, schweren und verschiedenartigen Flügeln flankiert wurde. Vor ihnen endeten die beiden Nebenpfade. Links wohnte offensichtlich Madame d'Ormival, rechts Madame Vaubois.

Das Geräusch von Stimmen veranlaßte Hortense und Rénine stehenzubleiben. Sie lauschten. Es waren scharfe, sich überschlagende Stimmen, die miteinander keiften. Sie hörten sie durch eines der Fenster im Erdgeschoß, das zu ebener Erde lag und in seiner ganzen Länge mit rotem Wein und weißen Rosen umrankt war.

»Wir können nicht weitergehen«, sagte Hortense. »Das wäre indiskret.«

»Ein Grund mehr«, brummte Rénine, »die Indiskretion ist in diesem Fall eine Pflicht, da wir hergekommen sind, um etwas zu erfahren. Wenn wir geradeaus gehen, können wir von den Leuten, sie sich dort streiten, nicht gesehen werden.«

Tatsächlich wurde das Gekeife nicht leiser; als sie an das offene Fenster neben der Eingangstür kamen, brauchten sie nur zu schauen und zu lauschen, um durch die Rosen und Blätter zwei alte Frauen zu sehen und zu hören, die sich aus vollem Halse anschrien und sich mit den Fäusten bedrohten.

Sie befanden sich vorne in einem großen Eßzimmer. Der Tisch war noch gedeckt, und hinter diesem Tisch saß ein junger Mann – sicher Jean-Louis – rauchte seine Pfeife und las in einer Zeitung, ohne sich um die beiden Megären zu kümmern.

Die eine war mager und groß und trug ein Kleid aus

pflaumenfarbener Seide. Ihre Locken waren zu blond für das verwelkte Gesicht, um das sie aufgeregt auf und ab tanzten. Die andere war noch magerer, aber ganz klein, sie flatterte aufgeregt in einem Morgenrock aus geblümter Baumwolle herum, mit einem roten und geschminkten Gesicht, das die Wut noch mehr zum Glühen brachte.

»Eine Motte sind Sie!« keifte sie. »Bösartig wie keine andere, und obendrein noch eine Diebin.«

»Ich eine Diebin!« heulte die andere.

»Und das Ding mit den Enten zu zehn Francs das Stück, das ist kein Diebstahl, was?«

»Halten Sie doch den Mund, Sie gemeines Weib! Wer hat denn die Fünfzigfrancnote von meinem Frisiertisch geklaut? Oh, Herr im Himmel, mit so einem Schwein leben zu müssen!«

Die andere stürzte bei dieser Beleidigung vor und schrie, indem sie den jungen Mann anfuhr:

»Jean, du läßt also zu, daß sie mich beleidigt, dieses unverschämte Stück, deine d'Ormival?«

Und die große fuhr wütend fort:

»Unverschämtes Stück! Hörst du, Louis? Ausgerechnet deine Vaubois! Sie sieht ja aus wie eine alte Kokotte! Nun bring sie doch endlich zum Schweigen!«

Plötzlich schlug Jean-Louis mit der Faust auf den Tisch, daß die Teller hochsprangen, und schnauzte:

»Laßt mich jetzt alle beide in Ruhe, ihr seid wohl beide verrückt!«

Mit einem Schlag wandten sie sich gegen ihn und überhäuften ihn mit Schmähungen.

»Feigling!... Heuchler!... Lügner!... Schlechter Sohn! Hundesohn, und selbst ein Hund!...«

Die Beleidigungen prasselten auf ihn nieder. Er stopfte sich die Ohren zu und gebärdete sich vor dem Tisch wie ein Mann, der am Ende seiner Geduld ist und der sich zurückzieht, um nicht blindlings auf seinen Gegner loszustürzen.

Leise sagte Rénine: »Was habe ich Ihnen gesagt? In Paris das Drama. Hier die Komödie. Wir wollen hineingehen.«

»Doch nicht zu diesen wütenden Weibern!« protestierte die junge Frau.

»Allerdings!«

»Aber...«

»Liebe Freundin, wir sind nicht hergekommen, um zu spionieren, sondern um zu handeln! Ohne Masken erkennt man sie besser.«

Und mit entschlossenen Schritten ging er zur Tür, öffnete und trat, von Hortense gefolgt, in den Raum.

Sein Erscheinen rief Verblüffung hervor. Die beiden Frauen hielten, rot und zitternd vor Wut, inne. Jean-Louis stand, sehr blaß, auf.

Rénine nutzte das allgemeine Erschrecken und sagte schnell:

»Erlauben Sie mir, daß ich mich vorstelle: Prinz Rénine... Madame Daniel... Wir sind Freunde von Mademoiselle Geneviève Aymard, wir kommen in ihrem Namen. Hier ist ein Brief von ihr für Sie, Monsieur.«

Jean-Louis, der schon durch das plötzliche Auftauchen der Fremden erstaunt war, verlor vollständig die Fassung, als er den Namen von Geneviève hörte. Ohne genau zu wissen, was er sagte, und um Rénines höflichem Benehmen zu entsprechen, wollte er seinerseits die Anwesenden vorstellen, und stotternd brachte er zu Rénines Überraschung hervor:

»Madame d'Ormival, meine Mutter... Madame Vaubois, meine Mutter...«

Es folgte ein ziemlich langes Schweigen. Rénine verbeugte sich. Hortense wußte nicht, wem sie zuerst die Hand geben sollte, der Mutter Madame d'Ormival oder der Mutter Madame Vaubois. Aber Madame d'Ormival und Madame Vaubois versuchten beide gleichzeitig, nach dem Brief zu greifen, den Rénine Jean-Louis hinhielt, und beide brummten:

»Mademoiselle Aymard! ... Sie ist ja ganz schön frech! ... und kühn!«

Da ergriff Jean-Louis, der seine Kaltblütigkeit etwas zurückgewonnen hatte, seine Mutter d'Ormival am Handgelenk und zog sie zum linken Ausgang, dann drängte er seine Mutter Vaubois zum rechten Ausgang. Er kehrte zu den beiden Besuchern zurück, öffnete den Umschlag und las halblaut:

»Jean-Louis, ich bitte Sie, den Überbringer dieses Briefes zu empfangen. Haben Sie Vertrauen zu ihm. Ich liebe Sie. Geneviève.«

Er war ein Mann von etwas schwerfälligem Äußeren, sein Gesicht war sehr dunkel, mager und knochig, und von jenem Ausdruck von Melancholie und Not geprägt, den der Vater Genevièves beschrieben hatte. Tatsächlich sah man ihm das Leiden in jedem der unruhigen Züge an, wie auch in den traurigen und flackernden Augen.

Er wiederholte mehrmals Genevièves Namen, während er zerstreut um sich blickte. Mühsam versuchte er, Haltung zu gewinnen. Man hatte den Eindruck, daß er Erklärungen geben wollte. Aber er fand keine. Dieses Eingreifen hatte ihn aus dem Konzept gebracht wie ein unvorhergesehener Angriff, den er nicht zu parieren wußte.

Rénine fühlte, daß der Gegner bei der ersten Aufforderung kapitulieren würde. Er hatte seit einigen Monaten so sehr gekämpft und so unter der Zurückgezogenheit und dem hartnäckigen Schweigen, in das er sich geflüchtet hatte, gelitten, daß er nicht daran dachte, sich zu verteidigen. Konnte er es jetzt überhaupt noch, da man in die innerste Sphäre seiner höchst ungewöhnlichen Existenz eingedrungen war?

Rénine griff ihn plötzlich an.

»Monsieur«, sagte er, »schon zweimal nach dem Bruch wollte sich Geneviève Aymard töten. Ich bin gekommen, Sie zu fragen, ob ihr unausweichlicher und naher Tod die Lösung Ihrer Liebe sein soll?«

Jean-Louis hockte vornübergebeugt auf einem Stuhl und verbarg sein Gesicht mit den Händen.

»Oh, sie wollte sich töten«, sagte er. »Oh, ist das möglich!...«

Rénine ließ ihm keine Zeit zum Nachdenken. Er klopfte ihm auf die Schulter und beugte sich zu ihm nieder:

»Seien Sie überzeugt, Monsieur, daß Sie sich uns getrost anvertrauen können. Wir sind Geneviève Aymards Freunde. Wir haben ihr unsere Hilfe versprochen. Zögern Sie nicht, bitte...«

Der junge Mann hob den Kopf.

»Kann ich zögern«, fragte er müde, »nach dem, was Sie mir erzählt haben? Kann ich es, nach dem, was Sie vorhin hier gehört haben? Mein Leben können Sie sich vorstellen. Was soll ich Ihnen noch erzählen, damit Sie es ganz und gar kennenlernen und damit Sie das Geheimnis an Geneviève weitergeben... dieses lächerliche und furchtbare Geheimnis, das ihr verständlich machen wird, warum ich nicht zu ihr zurückgekehrt bin... und warum ich nicht das Recht habe, zu ihr zurückzukehren.«

Rénine warf Hortense einen Blick zu. Vierundzwanzig Stunden nach dem Geständnis von Genevièves Vater hörte er jetzt Jean-Louis' vertrauliche Mitteilungen – das ganze Abenteuer in den Berichten dieser beiden Männer.

Jean-Louis schob Hortense einen Sessel hin. Rénine und er setzten sich ebenfalls, und er begann, ohne daß sie ihn noch einmal darum bitten mußten, und so, als brächte das Sprechen ihm etwas Erleichterung:

»Sie dürfen nicht zu überrascht sein, Monsieur, wenn ich meine Geschichte mit einiger Ironie erzähle, denn in Wirklichkeit ist sie ziemlich komisch und wird Sie zum Lachen bringen. Das Schicksal macht sich oft einen Spaß daraus, verrückte Dinge zu drehen und ungeheure Farcen zu inszenieren, so daß man meinen könnte, sie wären dem Gehirn eines Irren oder eines Betrunkenen entsprungen. Beurteilen Sie es selbst.

Vor siebenundzwanzig Jahren wurde der Sitz d'Elseven, der zu jener Zeit aus einem einzigen Hauptgebäude bestand, von einem alten Arzt bewohnt, der von Zeit zu Zeit ein oder zwei Pensionsgäste aufnahm, um seine bescheidenen Einnahmen zu verbessern. So verbrachte in einem Jahr Madame d'Ormival hier den Sommer und Madame Vaubois den folgenden. Diese beiden Damen, die sich übrigens nicht kannten und von denen die eine mit dem bretonischen Kapitän eines Überseedampfers und die andere mit einem Handelsvertreter aus dem Departement der Vendée verheiratet war, verloren zur gleichen Zeit ihre Ehegatten, und zwar zu einem Zeitpunkt, als alle beide schwanger waren. Und da sie auf dem Land lebten, in weit abgelegenen Dörfern, schrieben sie an den Arzt, daß sie zu ihm kommen würden, um hier ihre Kinder zur Welt zu bringen.

Er nahm das Angebot an. Sie kamen fast gleichzeitig im Herbst an. Zwei kleine Zimmer hinter diesem Raum waren für sie vorbereitet. Der Arzt hatte eine Schwester eingestellt, die ebenfalls hier schlief. Alles verlief gut. Die Damen waren mit ihrer Kinderwäsche beschäftigt und verstanden sich bestens. Da sie entschlossen waren, nur Söhne zu bekommen, hatten sie jede einen Namen ausgesucht: Jean und Louis.

Nun, eines Abends fuhr der Arzt, der zu einem Patienten gerufen worden war, mit dem Diener im Cabriolet fort und sagte ihnen, daß er erst am nächsten Morgen wiederkommen könnte. Der Herr war abwesend, so ging das Mädchen, das als Bedienung im Haus war, zu ihrem Geliebten. Ein paar Zufälle, die das Schicksal mit teuflischer Bosheit ausnutzte. Gegen Mitternacht spürte Madame d'Ormival die ersten Wehen. Die Schwester, Mademoiselle Boussignol, die sich ein wenig auf den Beruf der Hebamme verstand, verlor nicht den Kopf. Aber eine Stunde später kam die Reihe an Madame Vaubois, und das Drama, oder nennen wir es besser die Tragikomödie, spielte sich ab unter dem Schreien und Stöhnen der beiden Patientinnen, in der erschreckten Aufregung der Schwester, die von einer zur anderen lief, laut klagte, das Fenster öffnete, um den Arzt zu rufen, oder sich auf die Knie warf, um die Vorsehung um Hilfe zu bitten.

Die erste, Madame Vaubois, schenkte einem Sohn das Leben, den Mademoiselle Boussignol eilig in diesen Raum brachte, wusch, ankleidete und in die für ihn vorgesehene Wiege legte.

Aber Madame d'Ormival schrie furchtbar vor Schmerzen, und die Wärterin mußte sich auch um sie kümmern, während das Neugeborene bis zur Erschöpfung schrie, als wollte man es schlachten, und die in ihrem Zimmer liegende Mutter vor Angst in Ohnmacht fiel.

Bedenken Sie dazu noch das ganze Übel eines völligen Durcheinanders und der Finsternis; eine einzige Lampe, in der kein Öl mehr war, die Kerzen, die verlöschten, das Pfeifen des Windes, das Schreien der Eulen, dann werden Sie verstehen, daß Mademoiselle Boussignol vor Entsetzen halb verrückt wurde. Schließlich brachte sie um fünf Uhr früh nach tragischen Zwischenfällen den kleinen d'Ormival, ebenfalls einen Jungen, hier in das Zimmer, kümmerte sich um ihn, wusch ihn, legte ihn in seine Wiege und lief, um Madame Vaubois zu helfen, die, wieder zu sich gekommen, im Bett nach ihr rief, dann zu Madame d'Ormival, die ihrerseits in Ohnmacht fiel.

Und als Mademoiselle Boussignol die beiden Mütter schließlich los war und todmüde und vollständig durcheinander zu den Neugeborenen zurückkehrte, bemerkte sie mit Schrecken, daß sie sie in gleiche Windeln gewickelt, ihnen Schuhe aus gleicher Wolle angezogen und sie Seite an Seite in dieselbe Wiege gelegt hatte! So daß man nicht mehr wissen konnte, wer Louis d'Ormival und wer Jean Vaubois war.

Außerdem stellte sie fest, als sie einen der beiden Kleinen hochnahm, daß er eiskalte Hände hatte und nicht mehr atmete. Er war tot. Wie hieß er? Und wie hieß der Überlebende?

Drei Stunden später fand der Arzt die beiden Frauen außer sich und fiebernd vor, und die Schwester fiel vor den Betten auf die Knie und bat ihn um Verzeihung. Nacheinander bot sie mich dann den Liebkosungen beider Frauen dar, mich, den Überlebenden. Und nacheinander umarmten sie mich und stießen mich zurück. Denn wer war ich schließlich? Der Sohn der Witwe d'Ormival und des Kapitäns, oder der Sohn der Witwe Vaubois und des Handelsvertreters? Es gab keinen Hinweis, der darüber hätte entscheiden können.

Der Arzt bat meine beiden Mütter, ihre Rechte wenigstens in gesetzlicher Hinsicht zu opfern, damit ich mich Louis d'Ormival oder Jean Vaubois nennen konnte. Sie weigerten sich energisch. ›Warum Jean Vaubois, wenn er ein d'Ormival ist?‹ protestierte die eine. ›Warum Louis d'Ormival, wenn er ein Jean Vaubois ist?‹ erwiderte die andere.

Ich wurde unter dem Namen Jean-Louis als Sohn unbekannter Eltern eingetragen.«

Prinz Rénine hatte ihm schweigend zugehört. Aber Hortense wurde, je näher die Lösung kam, von einer Heiterkeit gepackt, die sie nur mit Mühe bezähmen konnte und die der junge Mann bestimmt bemerkt hatte.

»Entschuldigen Sie«, stammelte sie mit Tränen in den Augen, »entschuldigen Sie bitte, das ist Nervosität.«

Er erwiderte leise und ohne Bitterkeit:

»Entschuldigen Sie sich nicht, Madame, ich habe Ihnen ja gesagt, meine Geschichte ist komisch und ich erkenne besser als irgend jemand sonst, wie albern und absurd sie ist. Ja, das alles ist lächerlich. Aber Sie müssen mir glauben, wenn ich Ihnen sage, daß es in der Wirklichkeit weder sehr komisch war noch ist. Die Situation scheint komisch und so, wie die

Dinge liegen, wird sie es bleiben, aber sie ist entsetzlich. Sie können es selbst beurteilen, nicht wahr? Die beiden Mütter, von denen keine sicher war, die Mutter zu sein, von denen aber auch keine sicher war, es nicht zu sein, klammerten sich an Jean-Louis. Er war vielleicht ein Fremder, vielleicht war er aber auch das Kind aus ihrem Fleisch und Blut. Sie liebten ihn über alle Maßen und stritten sich voll Wut um ihn. Und vor allen Dingen haßten sie einander schließlich tödlich. Vom Charakter und der Erziehung her waren sie ungleich, und doch mußten sie miteinander leben, da keine auf ihre mögliche Mutterschaft verzichten wollte; so lebten sie als Feindinnen, die nichts beschwichtigte.

Inmitten dieses Hasses wuchs ich auf, und diesen Haß lehrten mich beide. Wenn mein nach Zärtlichkeit hungerndes Kinderherz mich zu der einen von ihnen führte, dann flüsterte mir die andere die Verachtung und den Abscheu zu. In diesem Sitz, den sie nach dem Tod des alten Arztes kauften und an den sie zwei Flügel anbauten, wurde ich zu ihrem unfreiwilligen Quälgeist und ihrem täglichen Opfer. Eine qualvolle Kindheit, eine schreckliche Jugend, ich glaube nicht, daß ein Mensch mehr gelitten hat als ich.«

»Sie hätten sie verlassen müssen!« rief Hortense, die nicht mehr lachte.

»Man verläßt seine Mutter nicht«, erwiderte er, »und eine dieser beiden Frauen ist meine Mutter. Und man verläßt seinen Sohn nicht, und jede von ihnen kann glauben, daß ich ihr Sohn bin. Wir waren alle drei wie Galeerensklaven aneinander gefesselt durch den Schmerz und das Mitleid, durch den Zweifel und durch die Hoffnung auch, daß die Wahrheit vielleicht eines Tages ans Licht käme. Und noch heute beschimpfen wir uns gegenseitig und werfen uns unser verpfuschtes Leben vor. Oh, was für eine Hölle! Wie sollte ich ihr entkommen? Ich habe es mehrmals versucht... Vergeblich. Zerrissene Fesseln lassen sich wieder zusammenflicken. In diesem Sommer wollte ich, noch in dem Schwung meiner Liebe zu Geneviève, mich befreien, ich versuchte die beiden Frauen, die ich Mama nenne, zu überzeugen. Und dann ... dann stieß ich auf ihre Klagen, ihren sofortigen Haß gegen die Ehegattin ... gegen die Fremde, die ich ihnen aufzwingen wollte ... Da habe ich nachgegeben ... Was hätte Geneviève hier zwischen Madame d'Ormival und Madame Vaubois machen sollen? Hatte ich das Recht, sie zu opfern?«

Jean-Louis, der allmählich munterer geworden war, sprach diese letzten Worte mit fester Stimme aus, als wollte er, daß man sein Verhalten seinem Gewissen und seinem Pflichtgefühl zuschrieb. In Wirklichkeit – und darüber täuschten sich Rénine und Hortense nicht – war er ein Schwächling, unfähig, sich gegen eine absurde Situation aufzulehnen, unter der er seit seiner Kindheit gelitten und die sich ihm wie unabänderlich und endgültig auferlegt hatte. So trug er sie wie ein schweres Kreuz, das man glaubt nicht fortwerfen zu dürfen, und gleichzeitig schämte er sich deswegen. Geneviève gegenüber hatte er aus Angst vor der Lächerlichkeit geschwiegen, und nachdem er in sein Gefängnis zurückgekehrt war, blieb er dort aus Gewohnheit und Trägheit.

Er setzte sich an seinen Schreibtisch und schrieb schnell einen Brief, den er Rénine reichte.

»Würden Sie wohl diese wenigen Worte Mademoiselle Aymard geben«, fragte er, »und sie nochmals bitten, mir zu verzeihen?«

Rénine rührte sich nicht, und als der andere nicht abließ, nahm er den Brief und zerriß ihn.

»Was soll das bedeuten?« fragte der junge Mann.

»Das bedeutet, daß ich keine Botschaft übernehme.«

»Warum nicht?«

»Weil Sie mit uns kommen werden ...«

»Ich?«

»Damit Sie morgen bei Mademoiselle Aymard sind und sie um ihre Hand bitten.«

Jean-Louis sah Rénine mit einem Ausdruck der Verachtung an, als dächte er: Das ist ein Mann, der nichts von den Ereignissen begriffen hat, die ich ihm erzählte.

Hortense trat zu Rénine.

»Sagen Sie ihm, daß Geneviève versucht hat, sich zu töten, und daß sie sich unweigerlich töten wird...«

»Unnötig. Es wird so geschehen, wie ich es angeordnet habe. In einer oder zwei Stunden fahren wir alle drei. Der Heiratsantrag wird morgen gestellt.«

Der junge Mann zuckte die Schultern und spottete:

»Sie sprechen mit einer Sicherheit...«

»Ich habe dafür meine Gründe. Wir werden einen Grund nennen.«

»Was für einen Grund?«

»Ich werde Ihnen einen nennen, einen einzigen, der aber ausreicht, wenn Sie mir bei meinen Nachforschungen behilflich sein wollen.«

»Nachforschungen... Wozu?« fragte Jean-Louis.

»Um nachzuweisen, daß Ihre Geschichte nicht ganz richtig ist.«

Jean-Louis sträubte sich.

»Ich bitte Sie, zu glauben, daß jedes Wort meiner Erzählung der genauen Wahrheit entspricht.«

»Ich habe mich unklar ausgedrückt«, fuhr Rénine sehr sanft fort. »Sie haben bestimmt kein Wort gesagt, das nicht dem entspricht, was Sie als genaue Wahrheit ansehen. Aber diese Wahrheit ist und kann nicht das sein, was Sie glauben.«

Der junge Mann verschränkte die Arme. »Es besteht immerhin die Möglichkeit, daß ich sie besser kenne als Sie, Monsieur.«

»Warum besser? Was damals im Laufe jener tragischen Nacht geschehen ist, haben Sie gezwungenermaßen nur aus zweiter Hand erfahren. Beweise haben Sie keine. Madame d'Ormival und Madame Vaubois ebensowenig.«

»Keinen Beweis wofür?« rief Jean ungeduldig.

»Keinen Beweis für die Verwechslung.«

»Wie! Aber das ist eine absolute Gewißheit! Die beiden Kinder wurden in dieselbe Wiege gelegt, ohne daß auch nur irgend etwas sie voneinander unterschied. Die Schwester hat nicht wissen können...«

»So lautet wenigstens ihre Version«, unterbrach ihn Rénine.

»Was sagen Sie? Ihre Version? Damit beschuldigen Sie diese Frau.«

»Ich beschuldige sie nicht.«

»Aber ja, Sie beschuldigen sie der Lüge. Lügen? Und warum? Sie hatte keinerlei Interesse daran, und ihre Tränen, ihre Verzweiflung, so viele Beweise für ihren guten Willen. Denn schließlich lagen die beiden Mütter dort... sie haben die Frau weinen sehen... sie haben sie ausgefragt... und schließlich, ich wiederhole es, was für ein Interesse?...«

Jean-Louis war sehr aufgeregt. Neben ihm stammelten Madame d'Ormival und Madame Vaubois, die zweifellos hinter der Tür gelauscht hatten und heimlich eingetreten waren, bestürzt:

»Nein... nein... das ist unmöglich... Wir haben sie seitdem hundertmal gefragt. Warum sollte sie gelogen haben?«

»Sprechen Sie, so sprechen Sie doch, Monsieur«, befahl Jean-Louis, »erklären Sie uns doch... Nennen Sie uns die Gründe, warum Sie die sichere Wahrheit bezweifeln.«

»Weil diese Wahrheit nicht zulässig ist«, erklärte Rénine, der seine Stimme hob und seinerseits so in Erregung geriet, daß er seine Sätze mit Schlägen auf den Tisch begleitete. »Nein, so geschehen die Dinge nicht. Nein, das Schicksal kennt nicht diese grausamen Feinheiten, und die Zufälle reihen sich nicht mit solcher Übertriebenheit aneinander! Es ist schon ein unerhörter Zufall, daß in derselben Nacht, in der der Arzt, sein Diener und das Mädchen das Haus verlassen haben, die beiden Damen gerade zur selben Stunde die Wehen bekommen und zur gleichen Zeit einem Sohn das Leben schenken. Wir wollen dem nicht ein noch außergewöhnlicheres Ereignis hinzufügen! Genug Hexerei! Genug der verlöschenden Lampen und der Kerzen, die nicht brennen! Nein, tausendmal nein, es ist nicht zulässig, daß eine Hebamme sich in dem, was ihr Beruf ist, irrt. So durcheinander sie auch durch die unvorhergesehenen Umstände gewesen sein mag, so bleibt in ihr doch ein Rest von Instinkt, der wacht und bewirkt, daß jedes der beiden Kinder seinen Platz hat und sich von dem anderen unterscheidet. Selbst wenn sie nebeneinander liegen, so doch der eine auf der rechten und der andere auf der linken Seite. Selbst wenn sie in den gleichen Windeln stecken, gibt es eine kleine Einzelheit, die sie unterscheidet, ein Nichts, das das Gehirn registriert und es ohne Überlegung unausweichlich wiederfindet. Eine Verwechslung? Ich streite sie ab. Die Unmöglichkeit zu wissen? Lüge. In seinen Träumen, ja, da kann man sich alle die Phantastereien vorstellen und alle Widersprüche anhäufen. Aber in Wirklichkeit, mitten in der Wirklichkeit gibt es immer einen festen Punkt, einen soliden Kern, um den herum sich die Tatsachen von selbst nach einer logischen Ordnung gruppieren. Ich versichere also mit Gewißheit, daß die Schwester Boussignol die beiden Kinder nicht hat verwechseln können.«

Er sagte das so bestimmt, als hätte er die Ereignisse jener Nacht miterlebt, und seine Überzeugungskraft war so groß, daß er mit einem Schlag die Sicherheit ins Wanken brachte, die seit einem Vierteljahrhundert nicht bezweifelt worden war!

Die beiden Frauen drängten sich mit ihrem Sohn um ihn und fragten ihn in atemloser Angst:

»Dann müßte sie es nach Ihrer Meinung wissen?... Sie könnte es uns sagen?«

Er berichtigte: »Dazu kann ich keine Stellung nehmen. Ich

behaupte nur, daß in ihrem Verhalten in jenen Stunden etwas ist, das weder mit ihren Worten noch mit der Wirklichkeit übereinstimmt. Das große und schwerwiegende Geheimnis, das auf Ihnen drei lastet, entspringt nicht einer Minute der Unachtsamkeit, sondern einem Umstand, von dem wir nichts wissen, den sie aber kennt. Das ist alles, was ich behaupte.«

Jean-Louis wollte sich auflehnen. Er wollte sich dem Zwang dieses Mannes entziehen.

»Ja, was Sie behaupten«, sagte er.

»So ist es gewesen«, betonte Rénine heftig. »Man braucht einem Schauspiel nicht beizuwohnen, um es sich vorstellen zu können, noch Worte zu hören, um sie zu verstehen. Vernunft und Einfühlungsgabe geben uns genauso kräftige Beweise wie die Tatsachen selbst. Die Schwester Boussignol hält einen Teil der Wahrheit zurück, den wir nicht kennen.«

Mit schwerer Stimme sagte Jean-Louis:

»Sie lebt!... Sie wohnt in Carhaix! Man kann sie kommen lassen!«

Sofort rief eine der beiden Mütter:

»Ich laufe zu ihr, ich bringe sie her.«

»Nein«, erklärte Rénine. »Keiner von euch dreien.«

»Soll ich hingehen?« schlug Hortense vor. »Ich fahre mit dem Auto und bringe die Frau dazu, mich zu begleiten. Wo wohnt sie?«

»Im Zentrum von Carhaix«, erwiderte Jean-Louis, »in einem kleinen Kurzwarenladen... Fragen Sie nach ihr... Mademoiselle Boussignol... jeder kennt sie...«

»Vor allen Dingen sagen Sie ihr nichts, liebe Freundin«, fügte Rénine hinzu. »Wenn sie beunruhigt ist, um so besser. Aber sie darf nicht wissen, was man von ihr will, das ist unbedingt notwendig, wenn wir Erfolg haben wollen.«

Dreißig Minuten vergingen im tiefsten Schweigen. Rénine ging im Zimmer auf und ab, in dem schöne alte Möbel und Wandteppiche, Bücher und hübsche Nippsachen von Jean-Louis' Kunst- und Stilverständnis zeugten. Das Zimmer gehörte wirklich ihm. Durch die halboffenen Türen zu den anstoßenden Wohnungen hin konnte man den schlechten Geschmack der beiden Mütter feststellen. Rénine trat auf den jungen Mann zu und fragte leise:

»Sind die beiden reich?«

»Ja.«

»Und Sie selbst?«

»Sie wollten, daß dieser Sitz mit allen umliegenden Grundstücken mir gehört, was mir eine weitgehende Unabhängigkeit sichert.«

»Haben sie Angehörige?«

»Jede eine Schwester.«

»Bei denen sie wohnen könnten?«

»Ja, sie haben manchmal daran gedacht. Aber... Monsieur... davon kann keine Rede sein, ich fürchte, daß Ihr Eingreifen mit einem Mißerfolg enden wird. Noch einmal versichere ich Ihnen...«

Inzwischen war das Auto wieder vorgefahren. Die beiden Frauen standen hastig auf.

»Lassen Sie mich machen«, befahl Rénine, »und seien Sie über die Art meines Vorgehens nicht erstaunt. Wir dürfen ihr keine Fragen stellen, sondern müssen ihr Angst machen, sie betäuben. In ihrer Bedrängnis wird sie sprechen.«

Das Auto fuhr um den Rasen und hielt vor den Fenstern. Hortense sprang heraus und reichte einer alten Frau mit einer Stoffhaube, in einer Bluse aus schwarzem Samt und einem schweren Faltenrock die Hand.

Sie trat erschrocken in den Raum. Ihr Gesicht glich einem Wiesel, es war ganz spitz und endete wie eine Schnauze mit kleinen, hervorstehenden Zähnen.

»Was gibt's, Madame d'Ormival?« fragte sie und betrat zaghaft das Zimmer, aus dem der Arzt sie damals verjagt hatte. »Schönen guten Tag, Madame Vaubois.«

Die Damen antworteten nicht. Rénine trat einen Schritt vor und sagte ernst:

»Was es gibt, Mademoiselle Boussignol? Ich werde es Ihnen sagen. Und ich möchte Sie dringend bitten, sich jede meiner Fragen gründlich zu überlegen.«

Er sah aus wie ein Untersuchungsrichter, für den die Schuld der verhörten Person außer Zweifel stand.

Er begann: »Mademoiselle Boussignol, ich stehe hier als Vertreter der Pariser Polizei, um ein Drama aufzuklären, das vor siebenundzwanzig Jahren stattgefunden hat. Ich habe den Beweis, daß Sie bei diesem Vorgang, in dem Sie eine wichtige Rolle spielten, die Wahrheit entstellt haben und daß infolge Ihrer falschen Erklärungen der Personenstand eines der in jener Nacht geborenen Kinder nicht stimmt. Nach dem Gesetz sind in dieser Beziehung falsche Erklärungen Verbrechen, die das Gesetz ahndet. Ich bin also gezwungen, Sie nach Paris zu überführen, um Sie in Gegenwart Ihres Rechtsanwalts einem Verhör zu unterziehen.«

»Nach Paris? ... Mein Rechtsanwalt? ...« stöhnte Mademoiselle Boussignol.

»Es geht nicht anders, da ein Haftbefehl gegen Sie erlassen ist. Es sei denn, daß Sie schon jetzt bereit sind, ein Geständnis abzulegen, das die Folgen Ihrer Schuld bereinigen kann.«

Die Alte zitterte am ganzen Körper. Ihre Zähne klapperten. Sie war offensichtlich unfähig, Rénine auch nur den geringsten Widerstand entgegenzusetzen.

»Sind Sie bereit, alles zu gestehen?« fragte er.

»Ich habe nichts zu gestehen, denn ich habe nichts verbrochen«, versuchte sie noch.

»Dann fahren wir«, befahl er.

»Nein, nein«, flehte sie. »Oh, lieber Herr, ich flehe Sie an ...«

»Sind Sie bereit?«

»Ja«, sagte sie tonlos.

»Sofort, nicht wahr? Die Abfahrt des Zuges läßt mir nicht viel Zeit. Diese Affäre muß augenblicklich in Ordnung gebracht werden. Bei dem geringsten Zögern nehme ich Sie mit. Haben wir uns verstanden?«

»Ja.«

»Dann also los. Keine Ausflüchte. Keine Ausreden.«

Er wies auf Jean-Louis.

»Wessen Sohn ist der Herr? Der Sohn von Madame d'Ormival?«

»Nein.«

»Der von Madame Vaubois also?«

»Nein.«

Ein verblüfftes Schweigen folgte dieser doppelten Verneinung. »Erklären Sie das«, befahl Rénine und sah auf seine Uhr. Da fiel Mademoiselle Boussignol auf die Knie und erzählte so leise und mit so verängstigter Stimme, daß sie sich alle zu ihr hinunterbeugen mußten, um wenigstens den Sinn ihres Gestammels zu erfassen:

»Jemand kam an dem Abend... ein Herr, der in Decken gehüllt ein Neugeborenes brachte, das er dem Arzt anvertrauen wollte... Da der Arzt nicht da war, hat er die ganze Nacht hier auf ihn gewartet, und er war es, der alles einfädelte.«

»Was? Was hat er eingefädelt?« forderte Rénine. »Was ist geschehen?«

Er hatte die Alte bei den Händen gepackt und sah sie mit gebieterischem Blick an. Jean-Louis und die beiden Mütter standen schwer atmend und angstvoll über sie gebeugt. Ihr Leben hing von den wenigen Worten ab, die gleich folgen würden.

Und sie sprach diese Worte, indem sie die Hände faltete, in der Haltung, in der man ein Verbrechen beichtet:

»Also gut! Tatsache ist, daß nicht eines der Kinder, sondern alle beide tot waren, das der Madame d'Ormival und das der Madame Vaubois, alle beide in Krämpfen gestorben. Als der Herr das sah, sagte er zu mir ... Ich erinnere mich an alle seine Worte, den Ton seiner Stimme, an alles ... Er sagte zu mir:

›Die Umstände sind ein Fingerzeig für mich. Ich muß diese Gelegenheit ergreifen, damit mein eigener Sohn glücklich wird und es gut hat. Legen Sie ihn an den Platz der beiden toten Kinder.‹

Er bot mir eine große Summe mit der Erklärung, daß er so mit einem Schlag von den Kosten befreit wäre, die er jeden Monat für seinen Sohn zahlen müßte, und ich nahm an. Nur, an wessen Stelle sollte ich ihn legen? Sollte das Kind Louis d'Ormival oder Jean Vaubois werden? Er überlegte einen Augenblick und erwiderte dann: ›Weder der eine noch der andere.‹ Dann erklärte er mir, wie ich mich verhalten und was ich erzählen sollte, sobald er verschwunden wäre. Und während ich seinen Sohn in die gleichen Windeln und Wollsachen wie die des einen der kleinen Toten wickelte, hüllte er den anderen Kleinen in Decken und verschwand in der Dunkelheit.«

Mademoiselle Boussignol senkte den Kopf und weinte. Nach einem Augenblick sagte Rénine ein wenig wohlwollender zu ihr: »Ich verhehle Ihnen nicht, daß sich Ihre Aussage mit den Ergebnissen meiner Voruntersuchung deckt. Man wird es Ihnen zugute halten.«

»Ich muß nach Paris?«

»Nein.«

»Sie nehmen mich nicht mit? Ich darf wieder gehen?«

»Sie können gehen. Im Augenblick sind wir miteinander fertig.«

»Und man wird in der Gegend nicht darüber sprechen?«

»Nein. – Oh, ein Wort noch. Kennen Sie den Namen jenes Mannes?«

»Er hat ihn mir nicht gesagt.«

»Haben Sie ihn wiedergesehen?«

»Nie.«

»Sonst haben Sie nichts mehr zu sagen?«

»Nein.«

»Sind Sie bereit, die Niederschrift Ihres Geständnisses zu unterschreiben?«

»Ja.«

»Gut. In ein oder zwei Wochen wird man Sie vorladen. Bis dahin zu niemandem ein Wort.«

Sie erhob sich und machte das Zeichen des Kreuzes. Aber ihre Kräfte versagten, und sie mußte sich auf Rénine stützen. Er führte sie nach draußen und schloß die Tür hinter ihr.

Als er zurückkehrte, saß Jean-Louis zwischen den beiden alten Damen. Alle drei hielten sich an den Händen. Die Stimmung von Haß und Unglück, die zwischen ihnen stand, war mit einem Schlag zerrissen. Plötzlich, ohne daß sie darüber nachdachten oder sich dessen bewußt wurden, waren sie versöhnlich, ruhig, ernst und aufnahmebereit.

»Wir wollen die Dinge auf die Spitze treiben«, sagte Rénine zu Hortense. »Dies ist der entscheidende Augenblick der Schlacht. Wir müssen Jean-Louis mitnehmen.«

Hortense schien zerstreut zu sein. Sie murmelte:

»Warum haben Sie die Frau gehen lassen? Sind Sie mit ihrer Aussage zufrieden?«

»Nein, das nicht, aber sie hat erzählt, was geschehen ist. Was wollen Sie mehr?«

»Nichts ... Ich weiß nicht.«

»Wir werden noch darüber sprechen, liebe Freundin. Im Augenblick müssen wir Jean-Louis loseisen, und zwar sofort, sonst ...«

Und sich an den jungen Mann wendend, sagte er:

»Sie werden es wie ich für richtig halten, daß die Ereignisse für Sie wie auch für Madame Vaubois und Madame d'Ormival eine Trennung notwendig machen. Nur so haben Sie alle drei die Möglichkeit, alles noch einmal zu überdenken und einen freien Entschluß zu fassen. Kommen Sie mit uns,

Monsieur. Das Dringendste ist jetzt, Geneviève Aymard, Ihre Verlobte, zu retten.«

Jean-Louis war sprachlos. Rénine wandte sich an die beiden Frauen:

»Ich zweifle nicht, daß das auch Ihre Absicht ist, nicht wahr, Mesdames?«

Sie nickten.

»Sie sehen, Monsieur«, sagte er zu Jean-Louis, »wir sind uns alle einig. In großen Krisen braucht man die Trennung... Oh, natürlich nicht für lange, vielleicht ein paar Tage zur Besinnung, danach steht es Ihnen frei, Geneviève Aymard zu verlassen und Ihr altes Leben wiederaufzunehmen. Aber diese wenigen Tage sind unbedingt notwendig. Schnell, Monsieur.«

Und er ließ ihm keine Zeit mehr zum Überlegen, sondern drängte ihn in seine Räume.

Eine halbe Stunde später verließ Jean-Louis das Haus.

»Und er wird nur verheiratet dorthin zurückkehren«, sagte Rénine zu Hortense, als sie den Bahnhof von Guingamp erreichten, wohin das Auto sie gebracht hatte und wo Jean-Louis sein Gepäck aufgab. »Alles steht zum besten. Sind Sie zufrieden?«

»Ja, die arme Geneviève wird glücklich sein«, erwiderte sie zerstreut.

Nachdem sie sich im Abteil eingerichtet hatten, gingen sie beide in den Speisewagen. Nach dem Essen protestierte Rénine, da Hortense seine Fragen und Plaudereien nur einsilbig beantwortete.

»Was ist denn los, liebe Freundin? Sie machen ein so sorgenvolles Gesicht.«

»Ich? Aber nein.«

»Doch, doch, ich kenne Sie. Los, keine Ausflüchte.«

Sie lächelte. »Also gut, da Sie darauf bestehen zu erfahren, ob ich zufrieden bin, muß ich Ihnen sagen, daß ich es...

natürlich ... für Geneviève Aymard bin ... daß ich aber in anderer Beziehung ... im Hinblick auf die Geschichte selbst ... ein leichtes Unbehagen verspüre ...«

»Um ehrlich zu sein, habe ich Sie dieses Mal nicht verblüfft?«

»Nicht sehr.«

»Meine Rolle erscheint Ihnen nebensächlich? Denn worin besteht sie schließlich? Wir sind gekommen. Wir haben uns Jean-Louis' Klagen angehört. Wir haben eine frühere Hebamme holen lassen. Und das ist alles.«

»Genau, ich frage mich eben, ob das alles ist, und davon bin ich nicht überzeugt. Wirklich, unsere anderen Abenteuer haben in mir einen – wie soll ich das erklären – einen offeneren, klareren Eindruck hinterlassen.«

»Und dieses erscheint Ihnen noch dunkel?«

»Dunkel, ja, unvollständig.«

»Aber warum?«

»Ich weiß es nicht. Es liegt vielleicht an dem Geständnis der Frau ... Ja, sehr wahrscheinlich sogar. Es war so unvorhergesehen und so kurz!«

»Teufel!« rief Rénine lachend. »Können Sie sich nicht vorstellen, daß ich sie kurz abgefertigt habe? Sie durfte nicht zu viele Erklärungen geben.«

»Wieso?«

»Wenn sie zu genaue Erklärungen gegeben hätte, wäre man schließlich mißtrauisch geworden.«

»Mißtrauisch?«

»Verdammt, die ganze Geschichte ist ein bißchen an den Haaren herbeigezogen. Der Herr, der nachts mit einem lebenden Kind in der Tasche ankommt und mit einem toten fortgeht, hält kaum einer Untersuchung stand. Was wollen Sie, liebe Freundin, ich hatte nicht viel Zeit, der Unglücklichen ihre Rolle einzupauken.«

Hortense sah ihn verblüfft an.

»Was wollen Sie damit sagen?«

»Ja, ja, die Frauen vom Land haben einen dicken Schädel. Wir hatten es beide eilig, sie und ich. Da haben wir schnell ein Drehbuch zusammengebastelt... das sie übrigens nicht schlecht aufgesagt hat. Der Ton war richtig... Entsetzen... Tremolo... Tränen...«

»Ist das die Möglichkeit! Ist das die Möglichkeit!« murmelte Hortense. »Sie haben sie also vorher gesehen?«

»Das war nötig.«

»Aber wann?«

»Am Morgen unserer Ankunft. Während Sie sich im Hotel in Carhaix frisch machten, habe ich Erkundigungen eingezogen. Sie können sich vorstellen, daß das Drama d'Ormival-Vaubois in der Gegend bekannt ist. Man hat mich sofort an die frühere Hebamme, Mademoiselle Boussignol, verwiesen. Mit Mademoiselle Boussignol bin ich schnell ins reine gekommen. Drei Minuten, um die neue Version der Geschichte zu erfinden, und zehntausend Francs für ihre Einwilligung, vor den Leuten im Landhaus diese Version zu wiederholen... eine mehr oder weniger unwahrscheinliche Version.«

»Eine vollkommen unwahrscheinliche!«

»Nicht vollkommen unwahrscheinlich, liebe Freundin, denn Sie haben sie geglaubt und die anderen ebenfalls. Das war die Hauptsache. Ich mußte mit einem Streich eine seit siebenundzwanzig Jahren unumstößliche Tatsache zerstören, eine Tatsache, die unangreifbar war, da sie auf der Wahrheit beruhte. Deswegen habe ich mich mit aller Energie auf sie gestürzt und sie mit rhetorischen Kunststücken angegriffen. Die Unmöglichkeit, die beiden Kinder zu identifizieren? Ich leugne sie! Verwechslung? Lüge! Sie sind alle drei Opfer eines Hintergrunds, den ich nicht kenne, den Sie aber aufklären müssen. ›Nichts einfacher als das‹, rief Jean-Louis und reagierte wie gewünscht, ›lassen wir Mademoiselle Boussignol kommen. Lassen wir sie kommen!‹ Daraufhin erscheint Mademoiselle Boussignol und trägt leise die kleine Rede vor, die ich ihr eingepaukt habe. Ein Theatergag. Bluff. Ich nutze ihn aus, um den jungen Mann zu entführen.«

Hortense schüttelte den Kopf.

»Aber sie werden alle drei zu sich kommen. Sie werden nachdenken.«

»Niemals! Vielleicht haben sie Zweifel. Aber sie werden niemals darauf bestehen, Gewißheit zu erlangen. Niemals werden sie sich die Mühe machen nachzudenken! Wieso? Diese Leute habe ich aus einer Hölle befreit, in der sie sich seit einem Vierteljahrhundert aufreiben – und sie sollten dorthin zurück wollen? Diese Menschen hatten aus Schwäche, aus einem falschen Pflichtgefühl heraus nicht den Mut zu fliehen – und sie sollten sich nicht an die Freiheit klammern, die ich ihnen gebe? Was glauben Sie! Sie hätten noch unverdaulichere Brocken als die von Mademoiselle Boussignol geschluckt. Schließlich ist meine Version nicht dümmer als die Wahrheit. Im Gegenteil, und sie haben sich darauf gestürzt! Kurz vor unserer Abfahrt habe ich Madame d'Ormival und Madame Vaubois über ihren sofortigen Auszug sprechen hören. Und sie waren bereits ganz liebevoll zueinander bei dem Gedanken, sich nicht mehr sehen zu müssen.«

»Aber Jean-Louis?«

»Jean-Louis hatte von seinen beiden Müttern die Nase voll! Zum Donnerwetter, man hat nicht zwei Mütter im Leben! Eine schöne Situation für einen Mann! Wenn man schon wählen kann, ob man zwei Mütter oder lieber keine hat, dann zögert man nicht, verflixt noch mal! Und außerdem liebt Jean-Louis seine Geneviève. Und ich will glauben, daß er sie genügend liebt, um ihr nicht zwei Schwiegermütter zuzumuten! Sie können beruhigt sein. Das Glück des jungen Mädchens ist gesichert, und wollten nicht auch Sie nur das? Entscheidend ist immer das Ziel, das man erreicht, und nicht die mehr oder weniger seltsame Art der Mittel, die man anwendet. Und wenn es Abenteuer und Geheimnisse gibt, die man durch die Suche und Entdeckung von Zigarettenstummeln, Karaffen und feuerfangenden Hutschachteln aufklärt, so gibt es andere, die Psychologie erfordern und deren Lösung rein psychologisch ist.«

Hortense schwieg, erst nach einer Weile antwortete sie:

»Dann sind Sie also wirklich überzeugt, daß Jean-Louis...«

Rénine schien überrascht. »Wie, Sie denken noch immer an diese erbärmliche Geschichte. Aber sie ist doch zu Ende! Ich gestehe Ihnen, daß mich der Mann mit den zwei Müttern überhaupt nicht mehr interessiert.«

Er sagte das in einem so drolligen Ton und mit so amüsiertem Ernst, daß Hortense lachen mußte.

»Na, Gott sei Dank!« rief er. »Lachen Sie, liebe Freundin. Lachend sieht man die Dinge viel klarer als durch Tränen. Und außerdem gibt es noch einen anderen Grund, warum Sie die Pflicht haben, zu lachen, sooft sich die Gelegenheit bietet.«

»Welchen?«

»Sie haben hübsche Zähne.«

Die Dame mit dem Beil

Eines der undurchsichtigsten Geschehnisse aus der Zeit vor dem Krieg war sicherlich die sogenannte »Affäre der Dame mit dem Beil«. Die Hintergründe kannte man nicht, und sie wären auch nie aufgedeckt worden, wenn die Umstände nicht Prinz Rénine – oder sollten wir Arsène Lupin sagen? – unausweichlich gezwungen hätten, sich damit zu beschäftigen, und wenn wir nicht heute auf Grund seiner vertraulichen Mitteilungen einen authentischen Bericht davon geben könnten.

Erinnern wir an die Tatsachen. In einem Zeitraum von achtzehn Monaten verschwanden fünf Frauen; fünf Frauen aus verschiedenen Verhältnissen, zwischen zwanzig und dreißig Jahren, die in Paris selbst oder in der Umgebung von Paris wohnten.

Hier ihre Namen. Madame Ladoue, die Frau eines Arztes; Mademoiselle Ardant, die Tochter eines Bankiers; Mademoiselle Covereau, Wäscherin in Courbevoie; Mademoiselle Honorine Vernisset, eine Schneiderin, und Mademoiselle Grollinger, eine Malerin. Diese fünf Frauen verschwanden, ohne daß es möglich gewesen wäre, auch nur den geringsten Anhaltspunkt zu finden, warum sie von zu Hause fortgingen, warum sie nicht zurückkehrten, was sie fortgelockt hatte, wo und wie sie zurückgehalten wurden.

Acht Tage nach dem Verschwinden fand man ihre Leichen irgendwo westlich von Paris, und jedesmal war der Kopf mit einem Beil zerspalten worden. Die Frauen waren immer gefesselt, mit blutüberströmtem Gesicht und durch Hunger abgemagertem Körper, und neben ihnen entdeckte man Radspuren, die klar erwiesen, daß die Leichen in einem Wagen dorthin geschafft worden waren.

Die Ähnlichkeit der fünf Verbrechen war so eindeutig, daß nur eine Untersuchung erfolgte, die sich mit allen fünf Fällen befaßte, aber keine Ergebnisse brachte. Eine Frau verschwindet, genau acht Tage später wird ihre Leiche gefunden. Das war alles.

Die Fesseln waren gleich angebracht. Gleich auch die Radspuren, die der Wagen jeweils hinterlassen hatte. Gleich die Schläge mit dem Beil, die alle mitten auf dem Kopf bei der Stirn begannen und senkrecht verliefen.

Das Motiv? Die fünf Frauen waren ihrer Schmuckstücke, Portemonnaies und Wertgegenstände beraubt. Aber man konnte den Diebstahl ebensogut Leichenfledderern oder Landstreichern zuschreiben, denn die Leichen lagen an einsamen Plätzen. Man vermutete einen Racheplan, ebenso die Absicht, eine Reihe von Menschen mit gemeinsamen Interessen zu vernichten, zum Beispiel Anwärter auf eine zukünftige Erbschaft. Aber auch diese Fragen blieben ungewiß. Man stellte immer neue Hypothesen auf, die der Untersuchung nicht standhielten. Man verfolgte sofort jede geringste Spur.

Und plötzlich ein Blitz aus heiterem Himmel. Eine Straßenfegerin findet auf dem Gehweg ein kleines Notizbuch, das sie auf der nächsten Polizeiwache abgibt.

Alle Blätter in dem kleinen Notizbuch sind leer, außer einem, auf dem die Liste der ermordeten Frauen steht, eine Liste nach der chronologischen Reihenfolge, hinter jedem Namen stehen drei Zahlen. Ladoue, 132; Vernisset, 118, usw.

Man hätte diesen Zeilen sicherlich keinerlei Bedeutung beigemessen, denn da jeder die traurige Liste kannte, hätte der Erstbeste sie niederschreiben können. Aber anstatt fünf Namen enthielt sie sechs! Ja, unter dem Namen Grollinger, 128, stand: Williamson, 114. Ließ das auf einen sechsten Mord schließen?

Die offensichtlich englische Herkunft des Namens begrenzte den Umkreis der Nachforschungen, die tatsächlich schnell abgeschlossen waren. Man stellte fest, daß vor vierzehn Tagen eine Miß Herbette Williamson, Kindermädchen in einer Familie in Auteuil, ihre Stelle aufgegeben hatte, um nach England zurückzukehren, und daß ihre Schwestern, denen sie in einem Brief ihre baldige Heimkehr angekündigt hatte, seitdem nichts mehr von ihr gehört hatten.

Neuerliche Suchaktion. Ein Postangestellter fand die Leiche im Wald von Meudon. Miß Williamsons Kopf war in der Mitte zerspalten.

An die Erregung der Bevölkerung zu jener Zeit braucht man nicht zu erinnern. Beim Anblick jener Liste, die ohne Zweifel von der Hand des Mörders stammte, durchfuhr jeden ein furchtbarer Schrecken. Entsetzlicheres als eine derartige Buchführung ist kaum denkbar. Wie das Hauptkonto eines Geschäftsmannes auf den Tag genau geführt: »An diesem Tag habe ich jene getötet... an jenem eine andere...« Und als Ergebnis der Rechnung sechs Leichen.

Wider Erwarten gelangten die Sachverständigen und Graphologen alle zu dem gleichen Ergebnis und erklärten einstimmig, daß die Schrift einer »kultivierten Frau mit künstlerischem Geschmack, Vorstellungskraft und äußerster Sensibilität« gehörte. Die Dame mit dem Beil, wie die Zeitungen sie nannten, war offensichtlich nicht irgendeine beliebige Kriminelle. In Tausenden von Artikeln wurde ihr Fall studiert, ihre Psychologie dargelegt, sie alle verloren sich in lächerlichen Vermutungen.

Und doch war es der Autor eines dieser Artikel, ein junger Journalist, dessen Findigkeit das einzige Wahrheitselement und etwas Licht in das Dunkel brachte. Als er versuchte, in die auf der rechten Seite, neben den sechs Namen stehenden Zahlen einen Sinn zu bringen, hatte er sich schließlich überlegt, ob die Zahlen nicht ganz einfach die Anzahl der

Tage zwischen den einzelnen Morden bezeichneten. Er überprüfte die Daten.

Sofort war die Richtigkeit seiner Hypothese erwiesen. Die Entführung von Mademoiselle Vernisset hatte 132 Tage nach der von Madame Ladoue stattgefunden; die von Herminie Covereau 118 Tage nach der von Mademoiselle Vernisset, usw.

Daran gab es nichts zu rütteln, und das Gericht konnte diese Lösung ohne weiteres akzeptieren, da sie den Tatsachen genau entsprach: Die Ziffern bezeichneten die Zwischenräume. Die Buchführung der Dame mit dem Beil wies keinen Fehler auf.

Aber man stellte noch etwas anderes fest. Da Miß Williamson, das letzte Opfer, am 26. Juni entführt worden war und hinter ihrem Namen die Zahl 114 stand, mußte man annehmen, daß 114 Tage nach ihrer Entführung eine weitere geplant war, das hieß am 18. Oktober. Man mußte vermuten, daß sich die schreckliche Tat nach dem Willen des Mörders wiederholen sollte! Diese Folgerung war zwingend, wenn man den Zahlen, den letzten wie den ersten, den Wert eines Zeitpunktes zuwies.

An den Tagen vor dem 18. Oktober wurde diese Frage lebhaft diskutiert. Der Logik entsprechend mußte sich ein neuer Akt des scheußlichen Dramas abspielen. Und daher war es nur natürlich, daß Rénine und Hortense am Morgen jenes Tages, als sie sich telefonisch für den Abend verabredeten, auf die Zeitungen anspielten, die sie gerade gelesen hatten.

»Vorsicht!« mahnte Rénine lachend. »Wenn Sie der ›Dame mit dem Beil‹ begegnen, gehen Sie auf die andere Straßenseite.«

»Und wenn mich diese gute Dame entführt, was soll ich dann tun?« fragte Hortense.

»Streuen Sie kleine weiße Steine auf Ihren Weg, und wiederholen Sie bis zu der Sekunde, wenn das Eisen des Beils aufblitzt: ›Ich brauche keine Angst zu haben, er wird mich befreien.‹ Er, das bin ich ... ich küsse Ihre Hand. Bis heute abend, liebe Freundin.«

Am Nachmittag kümmerte sich Rénine um seine Geschäfte. Von vier bis sieben Uhr kaufte und las er die verschiedenen Ausgaben der Zeitungen. In keiner war eine Entführung erwähnt. Um neun Uhr ging er ins Lustspieltheater »Gymnase«, wo er eine Loge bestellt hatte.

Als Hortense um halb zehn noch nicht gekommen war, rief er sie – übrigens ohne irgendwelche beunruhigende Hintergedanken – in ihrer Wohnung an. Das Dienstmädchen erwiderte ihm, daß Madame noch nicht nach Hause gekommen sei.

Von plötzlichem Entsetzen gepackt, lief Rénine zu der möblierten Wohnung in der Nähe des Parks Monceau, die Hortense vorläufig bewohnte, und befragte das Mädchen, das er für sie eingestellt hatte und das ihm sehr ergeben war. Sie erzählte ihm, daß ihre Herrin um zwei Uhr mit einem frankierten Brief in der Hand das Haus verlassen habe mit den Worten, sie wolle zur Post gehen und dann zurückkommen, um sich umzuziehen. Seitdem habe sie nichts mehr von ihr gehört.

»An wen war der Brief adressiert?«

»An Sie. Ich habe die Adresse gelesen: Prinz Rénine.«

Er wartete bis Mitternacht. Vergeblich. Hortense kehrte nicht zurück, sie kam auch nicht am nächsten Morgen.

»Kein Wort darüber«, befahl Rénine dem Mädchen. »Sie sagen allen, daß Ihre Herrin auf dem Land ist und daß Sie ihr nachfahren werden.«

Doch gab es für ihn keinen Zweifel. Das Verschwinden von Hortense hing mit dem Datum des 18. Oktobers zusammen. Hortense war das siebte Opfer der »Dame mit dem Beil«.

Die Entführung, sagte sich Rénine, erfolgt acht Tage vor dem Schlag des Beils. Folglich habe ich jetzt noch sieben volle Tage Zeit. Sagen wir sechs, um jede Überraschung zu vermeiden. Heute haben wir Sonnabend: Hortense muß am Freitagmittag nächster Woche frei sein. Daher muß ich bis spätestens Donnerstagabend um neun Uhr ihr Gefängnis kennen.

In großen Buchstaben schrieb er: DONNERSTAGABEND NEUN UHR auf ein Blatt Papier, das er in seinem Arbeitszimmer über den Kamin nagelte. Am Sonntagmittag, dem Tag nach dem Verschwinden, schloß er sich in dieses Zimmer ein, nachdem er seinen Diener angewiesen hatte, ihn nur zu den Mahlzeiten oder wenn die Post kam, zu stören.

Dort blieb er vier Tage, fast ohne sich von der Stelle zu rühren. Er hatte sich eine Sammlung aller wichtigen Zeitungen besorgt, die ausführlich über die sechs ersten Verbrechen berichteten. Als er sie mehrmals gelesen hatte, schloß er die Fensterläden und Vorhänge, und ohne Licht, mit vorgeschobenem Riegel, auf seinem Diwan ausgestreckt, überlegte er.

Am Dienstagabend war er nicht weiter als in der ersten Stunde. Das Dunkel blieb genauso undurchdringlich. Er hatte nicht den geringsten Faden gefunden, der ihn hätte weiterführen können, noch den geringsten Anlaß gesehen, Hoffnung zu schöpfen. Manchmal zitterte er vor Angst, trotz seiner ungeheuren Fähigkeit, sich selbst unter Kontrolle zu haben, und seines unbegrenzten Vertrauens auf seine Fähigkeiten. Würde er rechtzeitig kommen? Er sah in den letzten Tagen nicht klarer als in den vergangenen. Das bedeutete unausweichlich den Mord an der jungen Frau.

Dieser Gedanke quälte ihn. Es band ihn an Hortense ein sehr viel innigeres und tieferes Gefühl, als der Anschein ihrer Beziehungen vermuten ließ. Aus Neugier zu Beginn, aus dem Wunsch und der Notwendigkeit, die junge Frau zu beschützen, sie zu zerstreuen und ihr Geschmack am Leben zu geben, war Liebe geworden. Keiner von ihnen gab sich darüber Rechenschaft, weil sie sich fast ausschließlich in Momenten der Spannung sahen, in denen das Abenteuer der anderen und nicht ihr eigenes sie beschäftigte. Aber bei der ersten Gefahr erkannte Rénine, welchen Platz Hortense in seinem Leben einnahm, und er verzweifelte bei dem Gedanken, daß sie gefangen und gemartert wurde und daß er nicht in der Lage war, sie zu retten.

Schlaflos und fiebernd verbrachte er die Nacht, beleuchtete die Fakten von allen Seiten. Der Mittwochmorgen wurde ebenfalls schrecklich. Er verlor die Fassung. Er verzichtete auf seine Zurückgezogenheit, öffnete die Fenster, ging in seiner Wohnung auf und ab, ging auf den Boulevard hinaus und kehrte in das Haus zurück, als fliehe er vor dem Gedanken, der ihn nicht losließ.

Hortense leidet... Hortense steht am Rand des Abgrunds... Sie sieht das Beil... sie ruft mich... Sie fleht mich um Hilfe an... Und ich kann nichts tun...

Um fünf Uhr nachmittags durchzuckte ihn, als er die Liste mit den sechs Namen studierte, plötzlich ein Einfall – wie ein Aufblitzen der gesuchten Wahrheit. Ihm ging ein Licht auf. Sicher nicht das ganz große Licht, in dem einem alle Punkte klar erscheinen, aber es reichte aus, um zu wissen, welche Richtung er einschlagen mußte.

Sein Plan stand sofort fest. Seinen Chauffeur Clément schickte er mit einer kleinen Notiz zu allen wichtigen Zeitungen. Diese Notiz sollte am nächsten Morgen in großen Buchstaben unter den Annoncen erscheinen. Clément wurde außerdem aufgetragen, in die Wäscherei von Courbevoie zu gehen, in der früher Mademoiselle Covereau, das zweite der sechs Opfer, gearbeitet hatte.

Am Donnerstag rührte sich Rénine nicht aus dem Haus. Am Nachmittag kamen mehrere Briefe auf seine Anzeige hin. Dann erhielt er zwei Telegramme. Aber es schien nicht so, als gäben diese Briefe und Telegramme eine Antwort auf das, was er erwartete. Endlich erhielt er um drei Uhr einen Rohrpostbrief aus dem Trocadero-Viertel, der ihn zu befriedigen schien. Er drehte ihn in seiner Hand hin und her, untersuchte die Handschrift, blätterte seine Zeitungssammlung durch und schloß halblaut:

»Ich glaube, diese Richtung kann ich einschlagen.«

Aus dem Pariser Adreßbuch notierte er sich folgende Adresse: Monsieur de Lourtier-Vaneau, Gouverneur der Kolonien a.D., Avenue-Kléber 47, zweiter Eingang... und lief zu seinem Auto.

»Clément, Avenue Kléber 47, zweiter Eingang.«

Dort wurde er in ein großes Arbeitszimmer mit einer herrlichen Bibliothek aus alten und kostbaren Büchern geführt. Monsieur de Lourtier-Vaneau war ein noch jugendlicher Mann mit einem graumelierten Bart. Durch sein freundliches Gebaren, seine echte Vornehmheit und seinen lächelnden Ernst flößte er Vertrauen und Sympathie ein.

»Herr Gouverneur«, begann Rénine, »ich wende mich an Sie, weil ich in den Zeitungen des vergangenen Jahres las, daß Sie eines der Opfer der ›Dame mit dem Beil‹, und zwar Honorine Vernisset, gekannt haben.«

»Und ob wir sie gekannt haben!« rief Monsieur de Lourtier. »Meine Frau beschäftigte sie tageweise als Schneiderin. Armes Kind!«

»Herr Gouverneur, eine Dame aus meinem Freundeskreis ist auf die gleiche Art und Weise verschwunden wie die sechs anderen Opfer.«

»Wie!« schrak Monsieur de Lourtier auf. »Aber ich lese aufmerksam die Zeitungen. Am 18. Oktober geschah nichts.«

»Doch, eine junge Frau, die ich liebe, Madame Daniel, wurde am 18. Oktober entführt.«

»Und heute haben wir den 24.«

»In der Tat, und übermorgen wird das Verbrechen begangen.«

»Das ist furchtbar! Man muß um jeden Preis verhindern, daß...«

»Vielleicht gelingt es mir mit Ihrer Hilfe, Herr Gouverneur.«

»Aber Sie haben doch eine Vermißtenanzeige aufgegeben?«

»Nein. Wir haben es mit einem so undurchsichtigen, dichten Geheimnis zu tun, in dem es keine Lücke gibt und in dem auch der schärfste Blick nichts erkennt. Daher kann man es nicht mit gewöhnlichen Mitteln aufdecken: Studien der Örtlichkeiten, Untersuchungen, Fußabdrücke usw. Wenn keine dieser Methoden die vorhergehenden Fälle geklärt hat, wäre es verlorene Zeit, wollte man sie für den siebten und gleichen Fall anwenden. Ein Feind, der so viel Geschicklichkeit und Scharfsinn beweist, hinterläßt keine jener deutlichen Spuren, in die ein Berufsdetektiv nur einzuhaken braucht.«

»Was haben Sie denn unternommen?«

»Bevor ich handelte, habe ich vier Tage lang nachgedacht.«

Monsieur de Lourtier-Vaneau sah seinen Gesprächspartner leicht ironisch an: »Und das Ergebnis dieser Meditation?«

»Zunächst einmal«, erwiderte Rénine, ohne sich aus der Fassung bringen zu lassen, »habe ich einen Gesamteindruck von allen diesen Fällen gewonnen, um den sich bis jetzt niemand bemüht hat. Das ermöglichte mir, die allgemeine Bedeutung zu entdecken, die störenden Hypothesen abzusondern und die Tat, da man sich über ihr Motiv nicht einig werden konnte, der einzigen Kategorie von Menschen zuzuschreiben, die fähig sind, sie auszuführen.«

»Das heißt?«

»Der Kategorie der Irren, Herr Gouverneur.«

Monsieur de Lourtier-Vaneau fuhr hoch.

»Der Irren? Was für ein Gedanke!«

»Herr Gouverneur, die Frau, die man als die ›Dame mit dem Beil‹ bezeichnet, ist eine Irre.«

»Sie wäre in einer Anstalt.«

»Wissen wir, ob sie es nicht ist? Wissen wir, ob sie nicht zu der Zahl der scheinbar harmlosen Halbirren gehört, die man so oberflächlich bewacht, daß sie jeden Spielraum haben, sich ihren kleinen Manien und Raubtierinstinkten hinzugeben? Es gibt nichts Falscheres als diese Menschen. Niemand ist heimtückischer, geduldiger, halsstarriger, gefährlicher, absurder und gleichzeitig logischer, zügelloser und methodischer. Alle diese Benennungen, Herr Gouverneur, kann man auf das Werk der ›Dame mit dem Beil‹ anwenden. Die Besessenheit von einem Gedanken und die Wiederholung einer Tat, das sind die charakteristischen Merkmale für einen Irren. Ich kenne noch nicht die Zwangsvorstellung, von der die ›Dame mit dem Beil‹ beherrscht wird, aber ich kenne die Tat, die aus ihr hervorgeht, sie ist immer dieselbe. Das Opfer ist mit den gleichen Stricken gefesselt. Es wird nach derselben Anzahl von Tagen getötet. Es wird mit dem gleichen Schlag, mit demselben Instrument, an derselben Stelle, mitten auf die Stirn und mit einem genau senkrechten Hieb getroffen. Ein x-beliebiger Mörder wechselt. Seine zitternde Hand weicht ab und irrt sich. Die ›Dame mit dem Beil‹ zittert nicht. Man könnte meinen, sie nähme Maß, denn die Schneide ihrer Waffe weicht keinen Millimeter breit ab. Muß ich Ihnen noch andere Beweise geben und mit Ihnen alle anderen Tatsachen durchgehen? Nein, nicht wahr? Sie kennen jetzt die Lösung des Rätsels, und Sie glauben wie ich, daß nur ein Irrer so handeln konnte, stumpfsinnig, wild, mechanisch wie eine Uhr, die schlägt, oder ein Fallbeil, das fällt...«

Monsieur de Lourtier-Vaneau nickte.

»Tatsächlich... tatsächlich... man könnte die ganze Sache unter diesem Gesichtspunkt betrachten... und ich glaube allmählich, daß man sie so betrachten muß. Aber wenn wir dieser Irren eine Art mathematisch genauer Logik zusprechen, sehe ich keinen Zusammenhang zwischen den Opfern. Sie hat auf gut Glück zugeschlagen. Warum diese eher als jene?«

»Oh, Herr Gouverneur«, rief Rénine, »Sie stellen mir die Frage, die ich mir von der ersten Minute an gestellt habe, die Frage, die das ganze Problem zusammenfaßt und die ich mit so viel Mühe gelöst habe! Warum Hortense Daniel eher als eine andere? Unter zwei Millionen Frauen, warum gerade Hortense? Warum die junge Vernisset? Warum Miß Williamson? Wenn der Fall so liegt, wie ich ihn mir in seiner Gesamtheit vorstelle, das heißt also auf der blinden und sonderbaren Logik einer Irren begründet, dann muß unausweichlich eine Wahl vorliegen. Worin besteht aber diese Auswahl? Welches ist die Qualität oder der Fehler oder das notwendige Zeichen, damit die ›Dame mit dem Beil‹ zuschlägt? Kurz, wenn sie auswählte – und das muß sie getan haben –, wonach richtete sie ihre Auswahl?«

»Haben Sie es gefunden?«

Rénine machte eine kurze Pause und fuhr dann fort:

»Ja, Herr Gouverneur, ich habe es gefunden, und ich hätte es in der ersten Minute schon finden können, denn ich brauchte nur aufmerksam die Liste der Opfer durchzugehen. Aber diese Geistesblitze kommen immer erst, wenn das Gehirn durch die Anstrengung und das Nachdenken überhitzt ist. Zwanzigmal habe ich die Liste durchgesehen, ohne daß diese kleine Einzelheit vor meinem Auge Gestalt annahm.«

»Ich verstehe nicht ganz«, meinte Monsieur de Lourtier-Vaneau.

»Herr Gouverneur, wir müssen beachten, daß, wenn mehrere Personen in eine Sache verwickelt sind – Verbrechen, öffentlicher Skandal usw. –, die Art, sie zu nennen, fast immer gleich ist. In diesem Fall haben die Zeitungen Madame Ladoue, Mademoiselle Ardant oder Mademoiselle Covereau immer nur mit ihrem Familiennamen genannt. Dagegen wurden Mademoiselle Vernisset und Miß Williamson gleichzeitig auch mit ihren Vornamen Honorine und Herbette genannt. Wenn man das bei allen sechs Opfern so gemacht hätte, wäre die ganze Sache kein Geheimnis gewesen.«

»Warum?«

»Weil man mit einem Schlag die Verbindung zwischen den

sechs Unglücklichen erkannt hätte, so wie sie mir plötzlich klar war, als ich die beiden Vornamen mit dem von Hortense Daniel in Verbindung brachte. Jetzt verstehen Sie, nicht wahr? Wie ich haben Sie drei Vornamen vor Augen...«

Monsieur de Lourtier-Vaneau schien verwirrt zu sein. Ein wenig blaß fragte er:

»Was sagen Sie?... Was sagen Sie?...«

»Ich sage«, fuhr Rénine mit klarer Stimme fort und sprach die einzelnen Silben abgehackt aus, »ich sage, daß Sie drei Vornamen vor Augen haben, die alle drei mit demselben Anfangsbuchstaben beginnen und die alle drei – ein bemerkenswertes Zusammentreffen – aus der gleichen Anzahl von Buchstaben bestehen, wie Sie ohne weiteres feststellen können. Wenn Sie sich dann noch bei der Wäscherei in Courbevoie, wo Mademoiselle Covereau angestellt war, erkundigen, werden Sie erfahren, daß sie Hilairie hieß. Auch da derselbe Anfangsbuchstabe und die gleiche Anzahl von Buchstaben. Es ist unnötig, noch weiter nachzuforschen. Wir sind sicher, nicht wahr, daß die Vornamen aller Opfer dieselbe Eigenart aufweisen. Und diese Feststellung führt uns einwandfrei zur Lösung unseres Problems. Das Auswahlprinzip der Irren ist erklärt. Wir kennen das Gemeinsame, was die Unglücklichen miteinander verband. Ein Irrtum ist ausgeschlossen. Das ist es und nichts anderes. Und was für eine Bestätigung meiner Hypothese diese Art des Vorgehens ist! Was für ein Beweis für den Irrsinn! Warum diese Frauen und nicht andere töten? Weil ihre Namen mit einem H beginnen und aus acht Buchstaben bestehen! Sie haben mich doch verstanden, Herr Gouverneur? Die Anzahl der Buchstaben ist acht. Der Anfangsbuchstabe ist der achte Buchstabe des Alphabets und das Wort ›Hackbeil‹, die Tatwaffe, beginnt mit einem H und zählt ebenfalls acht Buchstaben. Immer der Buchstabe H. Wollen Sie jetzt noch behaupten, daß die ›Dame mit dem Beil‹ keine Irre ist?«

Rénine schwieg und trat auf Monsieur de Lourtier-Vaneau

zu. »Was haben Sie denn, Herr Gouverneur? Es scheint Ihnen nicht wohl zu sein?«

»Doch... doch«, sagte Monsieur de Lourtier, dessen Stirn schweißbedeckt war, »doch... aber die ganze Geschichte ist so aufregend! Bedenken Sie doch, ich habe eines der Opfer gekannt... Und außerdem...«

Rénine nahm eine Karaffe und ein Glas vom Nipptisch, schenkte Wasser ein und reichte es Monsieur de Lourtier. Dieser trank einige Schlucke, nahm sich zusammen und sagte mit einer Stimme, die er zu beherrschen suchte:

»Gut. Nehmen wir Ihre Vermutung einmal an. Sie muß jedoch noch sichtbare Ergebnisse zeitigen. Was haben Sie in dieser Richtung unternommen?«

»Ich habe heute morgen in allen Zeitungen folgende Annonce veröffentlichen lassen: ›Ausgezeichnete Köchin sucht Betätigungsfeld. Angebote vor fünf Uhr zu richten an Herminie, Boulevard Haussmann...‹, usw. Sie können mir immer noch folgen, nicht wahr, Herr Gouverneur? Die mit einem H beginnenden und aus acht Buchstaben bestehenden Vornamen sind sehr selten und ein wenig altmodisch, Herminie, Hilairie, Herbette... Diese Vornamen aber sind aus mir noch unbekannten Gründen für die Irre unbedingt notwendig. Sie kann sie nicht entbehren. Um Frauen mit diesen Vornamen zu finden – und nur dafür –, nimmt sie ihren ganzen Rest an Vernunft, Begriffsfähigkeit, Überlegung und Intelligenz zusammen. Sie sucht, sie erkundigt sich. Sie ist auf der Lauer. Sie liest die Zeitungen, die sie kaum versteht, aber in denen sich ihr Blick an gewisse Einzelheiten klammert, an bestimmte Großbuchstaben. Und deswegen habe ich keine Sekunde lang bezweifelt, daß der in großen Buchstaben gedruckte Name Herminie ihr auffallen und sie noch heute in die Falle, die ich ihr mit der Annonce gestellt habe, gehen würde...«

»Sie hat geschrieben?« fragte Monsieur de Lourtier-Vaneau angstvoll.

»Um der sogenannten Herminie ihre Vorschläge zu unterbreiten«, fuhr Rénine fort, »haben mehrere Damen die in solchen Fällen üblichen Briefe geschrieben. Aber ich habe auch einen Rohrpostbrief bekommen, dem ich einige Bedeutung beimesse.«

»Von wem?«

»Lesen Sie selbst, Herr Gouverneur.«

Monsieur de Lourtier-Vaneau riß Rénine den Briefbogen aus den Händen und warf einen Blick auf die Unterschrift. Im ersten Augenblick war seine Reaktion voller Erstaunen, als hätte er etwas anderes erwartet. Dann brach er in lautes Lachen aus, das froh und erleichtert klang.

»Warum lachen Sie, Herr Gouverneur? Sie sehen so zufrieden aus.«

»Zufrieden, nein. Aber dieser Brief trägt die Unterschrift meiner Frau.«

»Und Sie hatten etwas anderes befürchtet?«

»Oh, nein, aber in dem Augenblick, wo es sich um meine Frau handelt...«

Er sprach den Satz nicht zu Ende, sondern sagte:

»Pardon, Monsieur, aber Sie erzählten mir von mehreren Antworten. Warum haben Sie gedacht, daß ausgerechnet dieser Brief hier Ihnen unter allen anderen einen Hinweis geben könnte?«

»Weil er mit ›Madame de Lourtier-Vaneau‹ unterschrieben ist und weil Madame de Lourtier-Vaneau eines der Opfer, Honorine Vernisset, bei sich als Schneiderin angestellt hatte.«

»Woher wußten Sie das?«

»Aus den Zeitungen von damals.«

»Und Ihre Auswahl wurde von keinem weiteren Grund bestimmt?«

»Von keinem. Aber seit ich hier bin, habe ich den Eindruck, Herr Gouverneur, daß ich mich in der Richtung nicht geirrt habe.«

»Woher dieser Eindruck?«

»Ich weiß es nicht genau... Bestimmte Anzeichen... Gewisse Einzelheiten... Kann ich Madame de Lourtier sehen?«

»Ich wollte es Ihnen gerade vorschlagen. Wenn Sie mir folgen wollen.«

Er führte ihn über einen Flur in einen kleinen Salon, in dem eine blonde Frau mit einem sanften und glücklichen Gesicht zwischen drei Kindern saß, mit denen sie spielte.

Sie erhob sich. Monsieur de Lourtier stellte sie einander kurz vor und wandte sich dann an seine Frau:

»Suzanne, kommt dieser Rohrpostbrief von dir?«

»An Mademoiselle Herminie, Boulevard Haussmann?« fragte sie. »Ja, er kommt von mir. Du weißt doch, daß unser Dienstmädchen geht und ich jemand neuen suche.«

Rénine unterbrach sie: »Entschuldigen Sie, Madame, nur eine Frage: Woher haben Sie die Adresse dieser Frau?«

Sie wurde rot. Ihr Mann bestand auf der Antwort:

»Antworte, Suzanne. Wer hat dir die Adresse gegeben?«

»Man hat mich angerufen.«

»Wer?«

Nach kurzem Zögern sagte sie: »Deine alte Amme...«

»Félicienne?«

»Ja.«

Monsieur de Lourtier machte der Unterredung brüsk ein Ende und führte Rénine, ohne ihm noch Gelegenheit zu weiteren Fragen zu geben, in sein Arbeitszimmer zurück.

»Sie sehen, Monsieur, dieser Rohrpostbrief hat eine ganz natürliche Herkunft. Félicienne, meine alte Amme, der ich eine Rente zahle und die in der Umgebung von Paris lebt, hat Ihre Annonce gelesen und Madame de Lourtier darauf aufmerksam gemacht. Denn schließlich«, fügte er mit einem gezwungenen Lachen hinzu, »nehme ich doch nicht an, daß Sie meine Frau verdächtigen, die ›Dame mit dem Beil‹ zu sein?«

»Nein.«

»So, der Vorfall ist abgeschlossen... wenigstens von meiner Seite aus... Ich habe getan, was ich konnte... ich bin Ihren Ausführungen gefolgt, und ich bedaure außerordentlich, Ihnen nicht behilflich sein zu können...«

Er hatte es eilig, diesen zudringlichen Besucher hinauszuführen, er machte einige Schritte, um ihn zur Tür zu bringen, aber plötzlich schien ihm schwindlig zu werden, er trank ein zweites Glas Wasser und setzte sich wieder. Sein Gesicht war entstellt.

Rénine betrachtete ihn einige Sekunden lang, wie man einen ohnmächtigen Gegner ansieht, dem man nur noch den Gnadenstoß zu versetzen braucht. Er ließ sich neben ihm nieder und ergriff ihn heftig am Arm.

»Herr Gouverneur, wenn Sie nicht sprechen, wird Hortense Daniel das siebte Opfer sein.«

»Ich habe nichts zu sagen, Monsieur! Was soll ich denn wissen?«

»Die Wahrheit. Seit meinen Erklärungen wissen Sie alles. Ihre Angst, Ihr Entsetzen sind für mich sichere Beweise. Ich kam zu Ihnen wie zu einem Mitarbeiter. Durch einen unverhofften Glücksfall treffe ich nun jemanden, der mich führen kann. Wir wollen keine Zeit verlieren.«

»Aber warum sollte ich denn schweigen, wenn ich etwas wüßte?«

»Aus Angst vor einem Skandal. Ich bin der festen Überzeugung, daß es in Ihrem Leben etwas gibt, das zu verstecken Sie gezwungen sind. Wenn das Wissen, das Ihnen plötzlich über das ungeheuerliche Drama gekommen ist, bekannt wird, bedeutet das für Sie Schande und Schmach... und deswegen weigern Sie sich, Ihre Pflicht zu tun.«

Monsieur de Lourtier antwortete nicht mehr. Rénine beugte sich zu ihm vor, blickte ihm in die Augen und sagte eindringlich:

»Es wird keinen Skandal geben. Ich werde ganz allein auf der Welt wissen, was geschehen ist. Ich habe ebensoviel

Interesse daran, die Aufmerksamkeit nicht auf diesen Fall zu lenken, denn ich liebe Hortense Daniel, und ich will nicht, daß ihr Name in diese scheußliche Geschichte verwickelt wird.«

Eine oder zwei Minuten lang blickten sie sich fest an. Rénines Gesicht war hart geworden. Monsieur de Lourtier fühlte, daß den anderen nichts erweichen würde, bis er seine Karten auf den Tisch legte, aber er konnte es nicht.

»Sie irren sich... Sie haben geglaubt, Dinge zu sehen, die es nicht gibt.«

Rénine durchfuhr die schreckliche Gewißheit, daß es, wenn sich dieser Mann stur hinter seinem Schweigen verschanzte, um Hortense Daniel geschehen sein würde. Seine Wut bei dem Gedanken, daß die Lösung des Rätsels in Reichweite lag, wurde so groß, daß er Monsieur de Lourtier an der Kehle packte und ihn zu Boden warf.

»Genug der Lügen! Das Leben einer Frau steht auf dem Spiel! Sprechen Sie, sprechen Sie sofort, sonst...«

Monsieur de Lourtier war am Ende seiner Kräfte. Er hielt nicht mehr durch. Nicht daß Rénines Angriff ihm Angst machte und er wegen dieses Ausbruchs nachgab, nein, er wußte, daß dieser unbezwingbare Wille, der kein Hindernis gelten ließ, ihn unterworfen hatte, und er stammelte:

»Sie haben recht. Es ist meine Pflicht, alles zu sagen, was auch geschehen mag.«

»Es wird nichts geschehen, darauf haben Sie mein Wort, aber nur unter der Bedingung, daß Sie Hortense Daniel retten. Eine Sekunde Zögern kann alles verderben. Sprechen Sie! Keine Erklärungen! Tatsachen!«

Da sprach Monsieur de Lourtier, die Ellbogen auf seinen Schreibtisch gestützt, die Hände vor seiner Stirn, im Ton einer Beichte, die er so kurz wie möglich zu fassen versuchte:

»Madame de Lourtier ist nicht meine Frau. Die Frau, die allein berechtigt ist, meinen Namen zu tragen, habe ich geheiratet, als ich ein junger Beamter in den Kolonien war. Sie war eine ziemlich eigenartige Frau, mit einem etwas schwachen Gehirn, die bis ins Unbegreifliche ihren fixen Ideen und ihren Impulsen unterworfen war. Wir hatten zwei Kinder, Zwillinge, die sie vergötterte, bei denen sie bestimmt ihr Gleichgewicht und ihre geistige Gesundheit gefunden hätte, wenn nicht die beiden eines Tages bei einem dummen Unfall – einem Autounfall – vor ihren Augen überfahren worden wären. Die Unglückliche verlor den Verstand ... es handelte sich um jenen stillen und kaum merklichen Irrsinn, den Sie vorhin erwähnten. Als ich einige Zeit danach in eine Stadt nach Algerien versetzt wurde, brachte ich sie nach Frankreich und gab sie in die Obhut einer guten Alten, die mich aufgezogen hatte. Zwei Jahre später lernte ich die Frau kennen, die die Freude meines Lebens ist. Sie haben sie vorhin gesehen. Sie ist die Mutter meiner Kinder, und sie gilt als meine Frau. Soll ich sie opfern? Soll unser ganzes Leben schrecklich zugrunde gehen, und muß unser Name mit diesem blutigen und irrsinnigen Drama in Zusammenhang gebracht werden?«

Rénine überlegte kurz und fragte:

»Wie heißt die andere?«

»Hermance.«

»Hermance ... Immer derselbe Anfangsbuchstabe ... immer acht Buchstaben.«

»Das hat mich vorhin auf die Wahrheit gebracht«, sagte Monsieur de Lourtier. »Als Sie die Namen miteinander verglichen, habe ich sofort daran gedacht, daß die Unglückliche Hermance heißt, daß sie irrsinnig ist ... und mir sind Beweise eingefallen.«

»Wenn wir auch die Wahl der Opfer begreifen, wie erklären Sie sich aber die Morde? Worin besteht ihr Irrsinn? Leidet sie?«

»Augenblicklich leidet sie nicht sehr. Aber sie hat so furchtbar gelitten, wie man es sich nicht vorstellen kann: Von dem Augenblick an, da ihre beiden Kinder vor ihren Augen überfahren wurden, stand das entsetzliche Bild dieses Todes vor ihr, Tag und Nacht, ununterbrochen, denn sie schlief fast nie. Stellen Sie sich diese Qual vor! Die Kinder während aller Stunden der langen Tage und der nicht endenwollenden Nächte sterben zu sehen!«

»Aber sie tötet doch nicht, um dieses Bild zu vertreiben?« warf Rénine ein.

»Doch... vielleicht...«, erwiderte Monsieur Lourtier nachdenklich, »um es durch den Schlaf zu vertreiben.«

»Das verstehe ich nicht.«

»Sie verstehen nicht, weil es sich um eine Irre handelt... alles, was in diesem verwirrten Gehirn vorgeht, ist gezwungenermaßen unzusammenhängend und abnorm.«

»Natürlich, aber können Sie Ihre Vermutung mit Tatsachen untermauern?«

»Ja... Tatsachen, die ich gewissermaßen nicht bemerkt hatte, die heute aber Sinn bekommen. Eine erste Tatsache liegt einige Jahre zurück, an dem Morgen, da meine alte Amme Hermance zum erstenmal schlafend vorfand. Ihre Hände waren damals um einen kleinen Hund verkrampft, den sie erwürgt hatte. Noch dreimal wiederholte sich die Szene.«

»Und sie schlief?«

»Ja, sie schlief jedesmal mehrere Nächte lang.«

»Und was haben Sie daraus geschlossen?«

»Ich schloß daraus, daß die durch den Mord verursachte nervliche Entspannung sie erschöpfte und müde machte.«

Rénine überlief es eisig.

»Das muß es sein! Daran besteht kein Zweifel! Der Mord, die Anstrengung des Mordes läßt sie einschlafen. Bald hat sie das, was ihr mit den Tieren gelungen ist, mit Frauen angefangen. Ihr ganzer Irrsinn hat sich auf diesen Punkt konzentriert: sie tötet sie, um sich ihren Schlaf zu verschaffen! Der Schlaf fehlte ihr; sie stiehlt den der anderen! Das ist es, nicht wahr? Seit zwei Jahren schläft sie wieder?«

»Seit zwei Jahren schläft sie wieder«, stammelte Monsieur de Lourtier. Rénine packte ihn an der Schulter.

»Und Sie haben nicht daran gedacht, daß sich ihr Irrsinn ausbreiten könnte und daß sie für die Wohltat des Schlafs alles tun würde? Wir müssen uns beeilen, das ist zu schrecklich!«

Sie wandten sich beide zur Tür, als Monsieur de Lourtier zögerte. Das Telefon läutete.

»Das ist sie«, sagte er.

»Sie?«

»Ja, jeden Tag um dieselbe Stunde berichtet mir meine alte Amme von ihr.«

Er nahm den Hörer ab und reichte Rénine, der ihm Fragen, die er stellen sollte, zuflüsterte, die Mithörermuschel.

»Bist du es, Félicienne? Wie geht es ihr?«

»Nicht schlecht.«

»Schläft sie gut?«

»Seit einigen Tagen weniger gut. Letzte Nacht hat sie kein Auge geschlossen. Sie ist ganz schwermütig.«

»Was macht sie gerade?«

»Sie ist in ihrem Zimmer.«

»Geh zu ihr, Félicienne. Laß sie nicht allein.«

»Das geht nicht. Sie hat sich eingeschlossen.«

»Du mußt, Félicienne. Brich die Tür auf. Ich komme. Hallo... Hallo... Oh, zum Teufel, man hat uns unterbrochen.«

Wortlos verließen die beiden Männer das Haus und liefen auf die Avenue. Rénine stieß Monsieur de Lourtier in den Wagen.

»Die Adresse?«

»Ville-d'Avray.«

»Teufel! Im Zentrum ihres Betätigungsfeldes... wie die Spinne in ihrem Netz. Oh, wie entsetzlich!«

Der Sachverhalt erschütterte ihn jetzt mit seiner ganzen ungeheuerlichen Wahrheit.

»Ja, sie tötet sie, um sich ihres Schlafs zu bemächtigen, wie sie es mit den Tieren tat. Es ist die gleiche besessene Idee, mitsamt ihrem Zubehör ritueller Praktiken und ihrem völlig unverständlichen Aberglauben. Sie glaubt offensichtlich, daß die Gleichheit der Vornamen mit dem ihren unbedingt notwendig ist und daß sie nur schläft, wenn das Opfer eine Hortense oder eine Honorine ist. Die Überlegung einer Verrückten, deren Logik wir nicht begreifen können, weil wir deren Ursprung nicht kennen – eine teuflische Magie! Sie muß suchen, und sie muß finden. Und sie findet und entführt ihre Beute an einem Abend, und eine unselige Reihe von Tagen weidet sie sich an ihr bis zu dem Augenblick, wenn sie mit dem Schlag des Beils mitten in den Schädel den Schlaf einsaugt, der sie berauscht und der ihr für eine bestimmte Zeit Vergessen schenkt. Auch da wieder Absurdität und Wahnsinn! Warum legt sie diesen Zeitpunkt auf so viele Tage fest? Warum soll ihr das eine Opfer 120 Tage Schlaf und das andere 125 Tage Schlaf gewähren? Irrsinn! Eine geheimnisvolle und sicher idiotische Rechnung! Jedesmal am Ende der 120 oder 125 Tage ein neues Opfer; es waren schon sechs, und das siebte ist an der Reihe. Oh, Monsieur, wie werden Sie mit Ihrem Gewissen fertig! Ein solches Ungeheuer läßt man nicht aus den Augen!«

Monsieur de Lourtier-Vaneau protestierte nicht. Seine Niedergeschlagenheit, seine Blässe, seine zitternden Hände, alles bewies seine inneren Kämpfe und seine Verzweiflung.

»Sie hat mich getäuscht«, murmelte er. »Sie war nach außen hin so ruhig, so aufnahmebereit. Und außerdem lebt sie in einer Anstalt.«

»Wie kann sie dann ...?«

»Das Haus besteht aus verstreuten Pavillons in einem großen Garten. Der von Hermance bewohnte Pavillon steht abseits. Er besteht aus Féliciennes Zimmer, dann dem von Hermance und schließlich noch zwei leerstehenden Räumen, von denen der eine auf die Felder geht. Ich nehme an, daß sie dort ihre Opfer einschließt.«

»Aber der Wagen, mit dem die Leichen weggeschafft werden ...«

»Neben dem Pavillon befinden sich die Ställe. Ein Pferd und ein Wagen stehen immer für die Besorgungen zur Verfügung. Hermance steht zweifellos nachts auf, spannt an und schleppt die Tote durch das Fenster.«

»Und die Amme, die sie bewacht?«

»Félicienne ist ein wenig taub und sehr alt.«

»Aber tagsüber bewacht sie jeden Schritt ihrer Herrin und alles, was sie tut. Müssen wir nicht eine gewisse Komplizenschaft annehmen?«

»Nein, niemals! Auch Félicienne wurde durch Hermances Verstellung getäuscht.«

»Und doch hat sie Madame de Lourtier wegen dieser Annonce angerufen.«

»Das ist ganz natürlich. Hermance, die gelegentlich spricht, nachdenkt und sich in die Lektüre der Zeitungen vertieft, die sie, wie Sie schon sagten, nicht versteht, die sie aber aufmerksam studiert, wird die Annonce gesehen haben, und da sie erfahren hatte, daß ich ein Hausmädchen suche, wird sie Félicienne gebeten haben anzurufen ...«

»Ja ... ja ... genau das habe ich vermutet«, sagte Rénine langsam, »sie bereitet die Opfer vor ... Wenn Hortense tot ist, weiß sie, wenn der Schlaf nachläßt, wo sie ein achtes Opfer finden kann ... Aber wie hat sie diese unglücklichen Frauen gefangen? Wie hat sie Hortense Daniel in ihr Haus gebracht?«

Das Auto fuhr schnell, nach Rénines Meinung jedoch nicht schnell genug, so daß er den Chauffeur anstachelte:

»Los, Clément ... wir rollen ja rückwärts, alter Freund.«

Plötzlich quälte ihn die Angst, zu spät zu kommen. Die Logik der Irren hängt von einer Laune, irgendeinem gefährlichen ungereimten Gedanken ab, der ihnen durch den Sinn geht. Die Wahnsinnige konnte sich im Tag irren und die Lösung vorantreiben wie eine defekte Uhr, die eine Stunde zu früh schlägt. Und würde sie nicht, schon weil der Schlaf wieder gestört war, versucht sein, zu handeln, ohne den festgesetzten Termin abzuwarten? Hatte sie sich nicht aus diesem Grund in ihrem Zimmer eingeschlossen? Mein Gott, welche Angst die Gefangene ausstehen mußte! Was für ein Entsetzen bei der kleinsten Bewegung des Henkers!

»Schneller, Clément, oder ich setze mich ans Steuer! Schneller, zum Teufel!«

Schließlich erreichten sie Ville-d'Avray. Eine Straße nach rechts, ein schroffer Abhang... Mauern, von einem langen Gitterwerk unterbrochen...

»Fahr rund um das Grundstück, Clément. Wir dürfen keinen Alarm schlagen, nicht wahr, Herr Gouverneur? Wo steht der Pavillon?«

»Auf der anderen Seite.«

Ein wenig weiter stiegen sie aus.

Rénine lief einen hohlen und schlecht aufgeschütteten Weg auf der Böschung entlang. Es war fast ganz dunkel geworden. Monsieur de Lourtier wies ihm den Weg:

»Hier... dieses zurückliegende Gebäude... Sehen Sie das Fenster im Erdgeschoß? Es gehört zu einem der beiden leerstehenden Räume... dort gelangt sie offensichtlich aus dem Haus.«

»Aber man könnte meinen, es sei ein Gitter davor«, bemerkte Rénine.

»Ja, es ist vergittert, und deswegen ist wohl niemand mißtrauisch geworden, sie muß einen Durchschlupf gefunden haben.«

Das Erdgeschoß war auf hohe Kellergewölbe gebaut. Rénine kletterte schnell hinauf und setzte einen Fuß auf den Steinsims. Es fehlte tatsächlich ein Gitterstab.

Er drückte den Kopf an die Scheibe und sah in den Raum.

Das Innere des Zimmers lag im Dunkel. Im Hintergrund konnte er jedoch eine Frau erkennen, die neben einer anderen, auf einer Matratze ausgestreckten Gestalt saß. Die sitzende

Frau hielt ihren Kopf in die Hände gestützt und betrachtete die Liegende.

»Das ist sie«, flüsterte Monsieur de Lourtier, der ebenfalls hochgeklettert war. »Die andere ist gebunden.«

Rénine zog einen Glasschneider aus der Tasche und schnitt eine Ecke aus der Scheibe, ohne daß die Irre darauf aufmerksam wurde.

Dann tastete er mit der rechten Hand zu dem Drehriegel und drehte ihn vorsichtig herum, während er mit der linken den Revolver richtete.

»Sie werden doch nicht schießen!« flehte Monsieur de Lourtier-Vaneau.

»Wenn es sein muß, doch.«

Vorsichtig stieß er das Fenster auf. Dabei traf er auf ein unvorhergesehenes Hindernis, ein Stuhl wankte und fiel um. Mit einem Satz sprang er in den Raum, warf seine Waffe fort, um die Irre zu ergreifen. Sie war schneller. Überstürzt öffnete sie die Tür und floh mit einem heiseren Schrei.

Monsieur de Lourtier wollte ihr folgen.

»Wozu?« fragte Rénine, indem er niederkniete. »Wir wollen zunächst das Opfer retten.«

Er war sofort beruhigt. Hortense lebte.

Zunächst zerschnitt er ihre Fesseln und nahm ihr den Knebel aus dem Mund. Von dem Lärm angezogen, kam die alte Amme mit einer Lampe angelaufen, Rénine nahm sie ihr aus der Hand und richtete sie auf Hortense.

Er war sprachlos: Leichenblaß, abgezehrt, mit ausgehungertem Gesicht und fieberglänzenden Augen, versuchte Hortense Daniel dennoch zu lächeln.

»Ich habe auf Sie gewartet«, murmelte sie. »Ich habe keine Minute lang die Hoffnung verloren... ich wußte, daß Sie kommen...«

Sie wurde ohnmächtig.

Eine Stunde später, nach vergeblichem Suchen in der Nähe des Pavillons, fand man die Irre eingeschlossen in einem großen Schrank auf dem Dachboden. Sie hatte sich erhängt.

Hortense wollte keine Stunde länger in dem Haus bleiben. Außerdem war es besser, daß der Pavillon leer war, wenn die alte Amme den Selbstmord der Irren anzeigte. Rénine erklärte Félicienne sorgfältig, wie sie sich verhalten sollte, dann trug er mit Hilfe des Chauffeurs und Monsieur de Lourtiers die junge Frau zum Auto und fuhr sie nach Hause.

Sie erholte sich schnell. Schon am übernächsten Tag horchte Rénine sie vorsichtig aus und fragte, wie sie die Irre kennengelernt hatte.

»Ganz einfach«, erzählte sie. »Mein Mann, der nicht ganz normal ist, wie ich Ihnen erzählte, ist ebenfalls in der Anstalt von Ville-d'Avray. Manchmal besuche ich ihn, allerdings ohne Wissen meiner Angehörigen. So bin ich mit der unglücklichen Irren ins Gespräch gekommen, und neulich machte sie mir ein Zeichen, zu ihr zu kommen. Wir waren allein. Ich bin in den Pavillon gegangen. Sie hat sich auf mich geworfen und mich überwältigt, bevor ich noch um Hilfe rufen konnte. Ich habe geglaubt, es wäre ein Scherz ... und es war einer, nicht wahr? ... Der Scherz einer Wahnsinnigen. Sie war sehr sanft zu mir ... Trotzdem ließ sie mich fast vor Hunger sterben.«

»Und Sie hatten keine Angst?«

»Vor Hunger zu sterben? Nein, außerdem gab sie mir manchmal aus einer Schrulle heraus etwas zu essen ... Und dann wußte ich so sicher, daß Sie kommen würden!«

»Ja, aber es war noch etwas anderes ... die andere Drohung ...«

»Drohung, welche denn?« fragte sie unbefangen.

Rénine zuckte zusammen. Plötzlich begriff er, daß Hortense – eine eigenartige, aber ganz natürliche Sache – keinen Augenblick lang eine Ahnung hatte und auch jetzt noch nicht wußte, in welch einer fürchterlichen Gefahr sie geschwebt hatte. Sie hatte die Verbrechen der »Dame mit dem Beil« und ihr eigenes Abenteuer in keinerlei Zusammenhang gebracht.

Er dachte, es würde sich schon noch Gelegenheit finden, sie darüber aufzuklären. Überdies fuhr Hortense ein paar Tage später zu einer Verwandten, die in der Nähe des Dorfes Bassicourt, im Herzen Frankreichs, wohnte, da ihr der Arzt Ruhe und Alleinsein verordnet hatte.

Spuren im Schnee

An Prinz Rénine, Boulevard Haussmann, Paris
La Roncière, über Bassicourt, den 14. November

»Mein lieber Freund!

Sie werden mich für sehr undankbar halten. Jetzt bin ich schon drei Wochen hier und habe Ihnen noch nicht geschrieben! Nicht einmal einen Dank! Und doch habe ich schließlich begriffen, was für einem abscheulichen Tod Sie mich entrissen haben, und die Hintergründe dieser furchtbaren Geschichte erfaßt. Aber was soll ich Ihnen sagen? Ich war so erschöpft, als ich abfuhr. Ich brauchte so dringend Ruhe und Einsamkeit! In Paris bleiben? Mich in weitere Expeditionen mit Ihnen stürzen? Nein, tausendmal nein! Genug der Abenteuer! Die der andern sind ja sehr interessant. Aber wenn man selbst das Opfer ist und dem Tod ins Auge sieht... Oh, lieber Freund, wie entsetzlich! Wie sollte ich das jemals vergessen?

Hier in Roncière habe ich absolute Ruhe. Meine alte Kusine Ermelin verhätschelt und umsorgt mich wie eine Kranke. Ich bekomme wieder Farbe, und es geht mir gut. Es geht mir so gut, daß ich durchaus nicht mehr daran denke, mich um die Dinge der anderen zu kümmern, durchaus nicht. Jetzt stellen Sie sich vor – ich erzähle Ihnen das, weil Sie unverbesserlich sind, neugierig wie eine alte Wachtel, und immer bereit, sich um Dinge zu kümmern, die Sie nichts angehen –, stellen Sie sich also vor, daß ich gestern Zeuge eines ziemlich merkwürdigen Zusammentreffens war. Ermelin hatte mich in das Gasthaus von Bassicourt mitgenommen, wo wir in der großen Gaststube mitten unter den Bauern – es war Markttag – unseren Tee tranken, als drei Personen auftauchten, zwei Männer und eine Frau, und plötzlich jegliche Unterhaltung verstummte.

Der eine der Männer war ein dicker Bauer in einem langen Kittel, mit einem hochroten, fröhlichen Gesicht und einem weißen Backenbart. Der andere war jünger und trug einen Samtanzug. Sein Gesicht war gelblich, hager und mürrisch. Beide hatten ein Jagdgewehr über die Schulter gehängt. Zwischen ihnen ging eine junge, kleine, schlanke Frau, in einen dunklen Umhang gehüllt und mit einem Pelzhut, ihr etwas mageres und sehr blasses Gesicht überraschte durch seine Vornehmheit und Feinheit.

›Vater, Sohn und Schwiegertochter‹, flüsterte mir meine Kusine Ermelin zu.

›Wie? Dieses reizende Wesen ist die Frau jenes Bauernlümmels?‹

›Und die Schwiegertochter des Barons de Gorne.‹

›Ein Baron, der alte Mann dort?‹

›Der Nachkomme einer sehr vornehmen Familie, die früher im Schloß wohnte. Er lebte schon immer wie ein Bauer... großer Jäger... großer Trinker, großer Krakeeler, immer mit einem Prozeß am Hals, fast ruiniert. Der Sohn Mathias, der ehrgeiziger und weniger erdverbunden ist, hat Jura studiert, ist nach Amerika gefahren und hat sich dann, als ihn die Geldnot zwang, ins Dorf zurückzukehren, in ein junges Mädchen aus dem Nachbarort verliebt. Die Unglückliche hat, man weiß nicht recht warum, in die Heirat eingewilligt... jetzt lebt sie schon seit fünf Jahren wie eine Einsiedlerin oder vielmehr wie eine Gefangene in einem kleinen, ganz in der Nähe liegenden Haus, dem »Manoir-au-Puits«.‹

›Mit dem Vater und dem Sohn?‹ fragte ich.

›Nein, der Vater wohnt auf einem einsamen Bauernhof am Ende des Dorfes.‹

›Und Mathias ist eifersüchtig?‹

›Wie ein Tiger.‹

›Ohne Grund?‹

›Ohne Grund, denn Natalie de Gorne, die eine sehr ehrbare Frau ist, kann nichts dafür, daß seit einiger Zeit ein gutaussehender Reiter um ihr Haus streicht. Doch die de Gornes beruhigen sich nicht.‹

›Wie, der Vater auch?‹

›Der schöne Kavalier ist der letzte Nachkomme der Leute, die damals das Schloß gekauft haben. Daher der Haß des alten de Gorne. Jérôme Vignal, den ich kenne und sehr schätze, ist ein hübscher, sehr reicher Junge, und er hat geschworen – das erzählt der Alte, wenn er betrunken ist –, Natalie de Gorne zu entführen. Außerdem hören Sie...‹

Inmitten einer Gruppe von Leuten, die sich ein Vergnügen daraus machten, ihn zum Trinken anzustacheln, und ihn mit Fragen bedrängten, rief der schon leicht benebelte Alte in einem Ton der Entrüstung und mit einem spöttischen Grinsen, die ein wirklich komischer Kontrast waren:

›Er wird auf seine Kosten kommen, sage ich euch, der Lackaffe! Er kann lange um das Haus herumscharwenzeln und der Kleinen schöne Augen machen... Jagdrecht, meine Herren! Wenn er zu nahe rankommt, knallt es, nicht wahr, Mathias?‹

Er ergriff die Hand seiner Schwiegertochter.

›Und außerdem kann sich die Kleine auch selbst verteidigen‹, spottete er. ›He, Natalie, für feine Pinkel hast du doch nichts übrig, was?‹

Verwirrt, so ins Gespräch gezogen zu werden, wurde die junge Frau rot, während ihr Mann knurrte:

›Sie sollten lieber den Mund halten, Vater. Es gibt Dinge, die man nicht laut sagt.‹

›Dinge, die die Ehre angehen, müssen öffentlich klargestellt werden‹, erwiderte der Alte. ›Mir geht die Ehre der de Gornes über alles, und dieser Stutzer mit seinen Pariser Manieren...‹ Plötzlich brach er ab. Gerade war jemand hereingekommen, stand vor ihm und schien auf das Ende des

Satzes zu warten. Der Bursche war groß und kräftig, er trug Reitkleidung und hielt die Peitsche in der Hand; sein energisches, ein wenig hartes Gesicht belebten schöne, ironisch lächelnde Augen.

›Jérôme Vignal‹, flüsterte meine Kusine.

Der junge Mann schien keineswegs unsicher zu sein. Er sah Natalie an, grüßte sie tief, und als Mathias de Gorne einen Schritt auf ihn zutrat, musterte er ihn von oben bis unten, als wollte er sagen: Na und! Was gibt's?

Seine Haltung war so hochmütig, daß die de Gornes ihre Gewehre herunternahmen und sie wie Jäger auf dem Anstand schräg vor sich hielten. Der Sohn starrte den anderen an.

Jérôme ließ sich von dieser Drohung nicht einschüchtern. Nach einigen Sekunden wandte er sich an den Gastwirt:

›Sagen Sie, ich suche Vater Vasseur. Aber sein Kramladen ist geschlossen. Würden Sie ihm bitte meine Pistolentasche geben, sie ist aufgerissen.‹

Er reichte dem Gastwirt die Tasche und fügte lachend hinzu:

›Den Revolver behalte ich, falls ich ihn brauchen sollte. Man kann nie wissen ...‹

Immer noch kaltblütig, zog er ein Silberetui hervor und nahm sich eine Zigarette, zündete sie mit dem Feuerzeug an und verließ den Raum. Durch das Fenster konnte man sehen, wie er sich auf sein Pferd schwang und langsam davonritt.

›Himmeldonnerwetter!‹ fluchte der alte de Gorne und kippte ein Glas Kognak hinunter.

Sein Sohn legte ihm die Hand auf die Schulter und zwang ihn auf den Stuhl zurück. Neben ihnen weinte Natalie de Gorne ... Das, lieber Freund, ist meine Geschichte. Wie Sie sehen, ist sie nicht sehr aufregend und verdient kaum Ihre Beachtung. Es gibt nichts Geheimnisvolles darin. Keine Rolle für Sie. Ich betone das ganz besonders, damit Sie keinen Vorwand zum Eingreifen finden, das absolut ungelegen käme. Natürlich würde ich mich freuen, wenn diese unglückliche Frau, die, wie es scheint, eine wahre Märtyrerin ist, beschützt würde. Aber ich wiederhole es, sollen die anderen selbst sehen, wie sie da herauskommen, und begnügen wir uns mit unseren bisherigen kleinen Erlebnissen ...«

Rénine las den Brief zu Ende, las ihn noch einmal und kam zu dem Schluß:

Alles läuft bestens. Man will unsere kleinen Erlebnisse nicht fortsetzen, weil wir beim siebten sind und weil man Angst vor dem achten hat, das nach unserer Abmachung eine ganz besondere Bedeutung hat. Man will nicht mehr... obgleich man will... ohne zuzugeben, daß man will.

Er rieb sich die Hände. Dieser Brief war ihm ein kostbarer Beweis dafür, wie weit er nach und nach, vorsichtig und geduldig, die junge Frau für sich gewonnen hatte. Es war ein ziemlich verwickeltes Gefühl, in dem Bewunderung, grenzenloses Vertrauen, manchmal Unruhe, Furcht und fast Entsetzen, aber seiner Überzeugung nach auch Liebe lag. Die Gefährtin der Abenteuer, deren Kameradschaftlichkeit jede Gezwungenheit zwischen ihnen ausschloß, hatte plötzlich Angst, und deswegen trieb sie ihr mit Koketterie gemischtes Zartgefühl, ihm auszuweichen.

Noch am selben Abend, einem Sonntag, setzte sich Rénine in den Zug.

Am frühen Morgen, nachdem er den zwei Meilen langen Weg von dem kleinen Ort Pompignat, wo er den Zug verließ, nach Bassicourt in einer Postkutsche auf verschneiten Wegen zurückgelegt hatte, erfuhr er, daß seine Reise von einigem Nutzen sein konnte: In der Nacht hatte man in der Nähe des »Manoir-au-Puits« drei Schüsse gehört.

Der Gott der Liebe und des Zufalls begünstigt mich, sagte er sich. Wenn es zwischen Ehemann und Liebe Streit gegeben hat, komme ich gerade recht.

»Drei Schüsse. Ich habe sie so sicher gehört, wie ich Sie jetzt vor mir sehe«, erklärte ein Bauer, der von der Polizei in der Gaststube der Herberge verhört wurde. Rénine kam gerade dazu.

»Ich habe sie auch gehört«, sagte der Kellner. »Drei Schüsse... etwa um Mitternacht. Es hatte aufgehört zu schneien... hintereinander hallten sie über die Ebene... peng, peng, peng.«

Noch fünf weitere Bauern sagten aus. Der Wachtmeister der Gendarmerie und seine Leute hatten nichts gehört, da die Gendarmerie mit der Rückseite zur Ebene liegt. Aber es tauchten noch ein Knecht und eine Magd auf, die behaupteten, in Mathias de Gornes Dienst zu stehen. Sie hätten ihr freies Wochenende gehabt und wären vor zwei Tagen fortgegangen. Jetzt kämen sie vom Manoir und hätten keinen Einlaß gefunden.

»Die Pforte der Umfriedung ist abgesperrt«, sagte der Knecht. »Das passiert zum erstenmal. Im Winter wie im Sommer öffnet Monsieur Mathias die Tür jeden Morgen Schlag sechs Uhr. Und jetzt ist es schon nach acht. Ich habe gerufen. Niemand. Da sind wir hierhergekommen.«

»Sie hätten sich bei dem alten Monsieur de Gorne erkundigen können«, erwiderte der Wachtmeister. »Er wohnt auf dem Weg.«

»Ja, verflixt, daran haben wir nicht gedacht.«

»Gehen wir hin«, entschied der Wachtmeister.

Zwei seiner Männer, die Bauern und ein Schlosser, den man aufgetrieben hatte, begleiteten ihn. Rénine schloß sich der Gruppe an.

Am Ausgang des Dorfes kam man an dem Hof des alten de Gorne vorbei. Rénine erkannte ihn sofort nach Hortenses Beschreibung.

Der Mann spannte gerade die Pferde vor seinen Wagen. Als er von der Sache erfuhr, lachte er laut heraus.

»Drei Schüsse? Peng, peng, peng? Aber mein lieber Wachtmeister, Mathias' Gewehr ist eine Doppelflinte und enthält nur zwei Schüsse.«

»Und die verschlossene Tür?«

»Er schläft eben, der Bengel, weiter nichts. Gestern abend hat er mich besucht, und wir haben eine Flasche geleert, vielleicht auch zwei ... oder sogar drei ... und heute macht er mit seiner Natalie eben blau.«

Er kletterte auf den Sitz seines Wagens, einen alten zweirädrigen Karren mit einer geflickten Wagenplane, und ließ seine Peitsche knallen.

»Auf Wiedersehen, die Gesellschaft. Ihre drei Schüsse können mich nicht daran hindern, wie jeden Montag auf den Markt nach Pompignat zu fahren. Ich habe zwei Kälber unter der Plane, die den Schlachthof nicht mehr erwarten können. Schönen guten Tag, Freunde.«

Sie begaben sich auf den Weg.

Rénine trat auf den Wachtmeister zu und nannte seinen Namen. »Ich bin ein Freund von Mademoiselle Ermelin aus dem Weiler la Roncière, und da es noch zu früh ist, zu ihr zu gehen, möchte ich Sie um die Erlaubnis bitten, daß ich mit Ihnen zum Manoir kommen darf. Mademoiselle Ermelin unterhält mit Madame de Gorne freundschaftliche Beziehungen, und ich wäre glücklich, wenn ich sie beruhigen könnte, denn ich hoffe doch, daß im Manoir nichts passiert ist, nicht wahr?«

»Wenn es etwas gegeben hat«, erwiderte der Wachtmeister, »werden wir es bei dem Schnee wie von einer Karte ablesen können.«

Der Wachtmeister war ein junger, sympathischer Mann, der einen intelligenten und wachen Eindruck machte. Bald darauf hatte er mit viel Scharfsinn Fußspuren bemerkt, die vom Vorabend stammten, als Mathias nach Hause zurückkehrte. Ein Stück weiter waren sie mit den Fußspuren vermischt, die der Knecht und die Magd in beiden Richtungen hinterlassen hatten. So gelangten sie schließlich vor die Mauer eines Gutes; der Schlosser öffnete ohne Schwierigkeiten die Pforte.

Jetzt gab es nur noch eine Spur im unberührten Schnee, die von Mathias, und sie konnten leicht feststellen, daß der Sohn dem Trinkgelage seines Vaters reichlich zugesprochen haben mußte, denn die Spur wies scharfe Kurven auf, die bis zu den Bäumen auf der Straße führten.

Nach zweihundert Metern gelangten sie zu den rissigen und verfallenen Gebäuden des »Manoir-au-Puits«. Die Eingangstür stand offen.

»Gehen wir hinein«, meinte der Wachtmeister.

Als er die Schwelle überschritten hatte, murmelte er:

»Oho, der alte de Gorne hätte lieber mit uns kommen sollen. Hier hat es einen Kampf gegeben.«

Der große Raum war auf den Kopf gestellt. Zwei Stühle waren zerbrochen, der Tisch umgeworfen, Porzellan- und Glassplitter bewiesen die Heftigkeit des Kampfes. Die große auf dem Boden liegende Wanduhr zeigte halb zwölf Uhr.

Unter der Führung der Magd stiegen sie schnell in die erste Etage. Weder Mathias noch seine Frau waren dort. Die Tür ihres Zimmers war mit einem Hammer, den sie unter dem Bett fanden, eingeschlagen worden.

Rénine und der Wachtmeister gingen wieder hinunter. Ein Flur führte zu der nach hinten hinaus liegenden Küche, die einen direkten Ausgang auf den umzäunten Obstgarten hatte. Am äußeren Rand der Einfriedung befand sich ein Brunnen, an dem man notgedrungen vorbei mußte, um den Obstgarten zu verlassen.

Von der Schwelle der Küchentüre bis zu dem Brunnen war der nicht sehr hohe Schnee unregelmäßig niedergewalzt, als hätte jemand einen Körper hinter sich hergezogen. Um den Brunnen herum zeigte ein Wirrwarr von Spuren, daß der Kampf hier wieder aufgeflammt war. Der Wachtmeister fand Mathias' Abdrücke, und dann noch andere, neue, elegantere und feinere.

Die letzteren führten ganz allein rechts in den Obstgarten. Dreißig Meter weiter fand man neben ihnen einen Browning, von dem einer der Bauern behauptete, daß er dem gliche, den Jérôme Vignal zwei Tage vorher im Gasthaus herausgezogen hatte.

Der Wachtmeister untersuchte das Magazin: drei der sieben Kugeln waren abgeschossen worden.

So ließ sich das Drama in großen Zügen allmählich rekonstruieren, und der Wachtmeister, der Anweisung gegeben hatte, daß sich die Leute abseits halten und die Spuren nicht verwischen sollten, kehrte zu dem Brunnen zurück, beugte sich vor, stellte der Magd einige Fragen und murmelte, während er auf Rénine zutrat: »Das Ganze erscheint mir ziemlich klar.«

Rénine ergriff seinen Arm.

»Wir wollen offen miteinander sprechen. Ich kenne die ganze Affäre genügend, da ich, wie ich Ihnen schon sagte, mit Mademoiselle Ermelin in freundschaftlicher Beziehung stehe, die wiederum eine Freundin von Jérôme Vignal ist und auch Madame de Gorne kennt. Vermuten Sie...«

»Ich will nichts vermuten. Ich stelle nur fest, daß gestern abend jemand gekommen ist...«

»Auf welchem Weg? Die einzigen Spuren zum Manoir hin sind die von Monsieur de Gorne.«

»Dann muß die andere Person, deren Abdrücke auf elegantere Schuhe schließen lassen, gekommen sein, bevor es zu schneien anfing, das heißt also vor neun Uhr.«

»Dieser müßte sich also in einem Winkel des Zimmers versteckt und dort auf Monsieur de Gorne, der nach dem Schneefall heimkehrte, gewartet haben.«

»Genau. Sobald Mathias das Zimmer betrat, fiel der andere über ihn her. Es kam zum Kampf. Mathias rettete sich durch die Küche. Der andere ist ihm bis zum Brunnen gefolgt und hat drei Revolverschüsse auf ihn abgegeben.«

»Und die Leiche?«

»Im Brunnen.«

Rénine protestierte: »Oho, nicht so schnell!«

»Verdammt, aber der Schnee erzählt uns doch die ganze Geschichte; er beweist ganz deutlich: Nach dem Kampf und den drei Schüssen ist ein Mann fortgegangen und hat das Gut verlassen, ein einziger, die Spuren seiner Schritte sind nicht die von Mathias de Gorne. Wo ist also Mathias?«

»Aber dieser Brunnen... könnte man ihn ausheben?«

»Nein, man würde nie auf seinen Grund gelangen. Er ist in der ganzen Gegend bekannt, und von ihm hat dieses Gut seinen Namen.«

»So glauben Sie also wirklich...«

»Ich wiederhole es. Nachdem der Schnee gefallen war, ist nur einer hergekommen: Mathias. Einer fortgegangen: der Fremde.«

»Und Madame de Gorne? Ebenfalls getötet und wie ihr Mann in den Brunnen geworfen?«

»Nein, entführt.«

»Entführt?«

»Erinnern Sie sich an die mit einem Hammer eingeschlagene Tür ihres Zimmers...«

»Aber, aber, Wachtmeister, Sie behaupten selbst, daß nur einer fortgegangen ist, nämlich der Fremde.«

»Bücken Sie sich. Untersuchen Sie die Schritte des Mannes. Sehen Sie, wie tief sie in den Schnee gedrückt sind, so tief, daß sie bis auf den festen Boden kamen. Es sind die Schritte eines Mannes mit einer schweren Last. Der Fremde trug Madame de Gorne auf seinen Armen fort.«

»Gibt es denn einen Ausgang in dieser Richtung?«

»Ja, eine kleine Tür, deren Schlüssel Mathias de Gorne immer bei sich hatte. Er wird ihm gestohlen worden sein.«

»Ein Ausgang auf die Felder?«

»Ja, der Weg stößt nach zwölfhundert Metern auf die Hauptstraße. Und wissen Sie wo?«

»Nein.«

»Beim Schloß. Beim Schloß des Jérôme Vignal!«

Rénine murmelte zwischen den Zähnen: »Teufel! Jetzt

wird's ernst. Wenn die Spur bis zum Schloß führt, sind wir sicher.«

Die Spur führte zum Schloß; sie hatten sich davon überzeugt, nachdem sie ihr durch die hügeligen Felder und durch manche Schneewehe gefolgt waren. Die Auffahrt vor dem Tor war sauber gefegt, sie stellten aber fest, daß eine andere Spur, und zwar die eines zweirädrigen Wagens, in entgegengesetzter Richtung aus dem Dorf hinausführte.

Der Wachtmeister klingelte. Der Pförtner, der den Hauptweg ebenfalls saubergefegt hatte, kam mit einem Besen in der Hand zum Tor. Auf ihre Fragen erwiderte der Mann, daß Jérôme Vignal an diesem Morgen, noch bevor das Personal aufgestanden sei, fortgefahren wäre; er hätte den Wagen selbst angespannt.

»In diesem Fall«, sagte Rénine, als sie sich entfernt hatten, »brauchen wir nur der Spur der Räder zu folgen.«

»Nicht nötig«, erklärte der Wachtmeister. »Sie sind in den Zug gestiegen.«

»Auf dem Bahnhof von Pompignat, woher ich gerade komme? Aber dann müßten sie durch das Dorf gefahren sein...«

»Genau, sie haben die andere Richtung gewählt, weil sie zur Hauptstadt führt, wo alle Schnellzüge halten. Dort ist auch der Sitz der Staatsanwaltschaft. Ich will sofort anrufen. Da in der Hauptstadt vor elf Uhr kein Zug abfährt, braucht man nur den Bahnhof überwachen zu lassen.«

»Ich glaube, Sie sind auf der richtigen Spur, Wachtmeister«, meinte Rénine, »und ich gratuliere Ihnen zu der Art, wie Sie Ihre Nachforschungen geführt haben.« – Sie trennten sich.

Rénine wollte schon Hortense Daniel im Weiler la Roncière aufsuchen, als er sich überlegte, daß es besser wäre, sie erst dann zu sehen, wenn die Dinge eine günstigere Wendung genommen hatten. Er kehrte in den Gasthof des Ortes zurück und ließ ihr den folgenden Brief überbringen:

»Meine liebe Freundin!

Als ich Ihren Brief las, glaubte ich zu begreifen, daß Sie, die Sie sich so gern von Regungen des Herzens führen lassen, die Liebe von Jérôme und Natalie schützen wollten. Alles deutet nun darauf hin, daß der Herr und die Dame, ohne ihre Beschützerin um Rat gefragt zu haben, geflüchtet sind, nachdem sie Mathias de Gorne in einen Brunnen geworfen haben.

Verzeihen Sie mir, daß ich Sie noch nicht aufsuche. Diese Affäre ist verflixt dunkel, und in Ihrer Nähe wäre mein Verstand vielleicht zu sehr mit anderem beschäftigt, um überlegen zu können...«

Es war halb elf Uhr. Die Hände auf dem Rücken und ohne einen Blick für die herrliche Szenerie der weißen Ebenen ging Rénine über die Felder spazieren. Er kehrte zum Essen zurück, immer noch nachdenklich und ohne sich um das Geschwätz der Gäste zu kümmern, die um ihn herum die Ereignisse diskutierten.

Dann ging er in sein Zimmer hinauf und schlief ziemlich lange, bis ein Klopfen an der Tür ihn weckte. Er öffnete.

»Sie... Sie...«, murmelte er.

Hortense und er sahen sich einige Sekunden lang an, schweigend, die Hände in denen des anderen, als dürfe nichts, kein Gedanke, kein Wort sich in die Freude ihres Wiedersehens drängen. Schließlich fragte er:

»Habe ich recht getan, zu kommen?«

»Ja«, erwiderte sie sanft. »Ja... Ich habe Sie erwartet.«

»Vielleicht wäre es besser gewesen, Sie hätten mich eher gerufen, anstatt noch zu warten... Die Ereignisse haben nicht gewartet, und ich weiß nicht, was mit Jérôme Vignal und Natalie de Gorne geschehen wird.«

»Wie! Sie wissen es noch nicht?« fragte sie lebhaft.

»Was denn?«

»Man hat sie verhaftet. Sie stiegen in den Schnellzug.«

»Verhaftet?... Nein. So ohne weiteres kann man sie doch nicht verhaften. Zunächst müssen sie verhört werden.«

»Das tut man gerade. Das Gericht stellt Untersuchungen an.«

»Wo?«

»Im Schloß. Und da sie unschuldig sind... denn sie sind unschuldig, nicht wahr? Sie glauben so wenig wie ich, daß sie schuldig sind?«

»Ich glaube nichts, und ich will nichts glauben, liebe Freundin«, erwiderte er. »Ich muß Ihnen jedoch sagen, daß alles gegen sie spricht... Außer einer Tatsache, nämlich der, daß alles zu sehr gegen sie spricht. Es ist nicht normal, daß es so viele Beweise auf einem Haufen gibt und daß ein Mörder den Hergang seiner Tat mit einem derartigen Leichtsinn aufdeckt. Außer dieser Tatsache aber gibt es nur Dunkel und Widersprüche.«

»Und jetzt?«

»Jetzt bin ich noch ziemlich ratlos.«

»Aber Sie haben einen Plan?«

»Bis jetzt noch nicht. Oh, wenn ich ihn sehen könnte, ihn, Jérôme Vignal... und sie, Natalie de Gorne, sie hören und erfahren könnte, was sie zu ihrer Verteidigung sagen! Aber Sie werden verstehen, daß man mir weder erlauben wird, sie auszufragen, noch ihrem Verhör beizuwohnen. Außerdem muß es schon vorbei sein.«

»Im Schloß, ja«, sagte sie, »aber es wird im Manoir fortgesetzt.«

»Man bringt sie zum Manoir?« fragte er schnell.

»Ja... wenigstens hat der Fahrer das erzählt, der den Kriminalkommissar hergebracht hat.«

»Oh, dann läßt sich alles arrangieren«, rief Rénine. »Im Manoir! Wir werden in der Loge sitzen, alles sehen und hören. Da mir ein Wort, eine Betonung, ein Zucken mit den Wimpern genügt, um das kleine, noch fehlende Indiz zu finden, können wir einige Hoffnung haben. Kommen Sie, liebe Freundin.«

Er führte sie über den direkten Weg, den er am Morgen gefunden hatte und der an dem Tor endete, das der Schlosser aufgebrochen hatte. Die Polizisten, die im Manoir auf Wache standen, hatten neben den Fußspuren und rund um das Haus einen Weg durch den Schnee geschaufelt. Der Zufall wollte es, daß Hortense und Rénine ungesehen zum Haus gelangen und durch ein Fenster in den Flur klettern konnten, von dem aus eine Hintertreppe nach oben führte. Einige Stufen höher befand sich ein kleinerer Raum, in den durch eine Art Bullauge nur von dem großen Zimmer im Erdgeschoß her Licht drang. Auf seinem Rundgang am Morgen hatte Rénine dieses innen durch ein Stück Stoff verdeckte Bullauge bemerkt. Er schob den Stoff zur Seite und schnitt eine Ecke der Scheibe heraus.

Wenige Minuten später hörten sie auf der anderen Seite des Hauses Stimmen, zweifellos vom Brunnen her. Das Geräusch wurde lauter. Mehrere Personen betraten das Haus. Einige stiegen in die erste Etage hinauf, während der Wachtmeister mit einem jungen Mann erschien, von dem sie nur die große Gestalt erkennen konnten.

»Jérôme Vignal!« sagte Hortense.

»Ja«, erwiderte Rénine, »sie verhören zunächst Madame de Gorne oben in ihrem Zimmer.«

Eine Viertelstunde verging. Dann kamen die Leute aus der ersten Etage herunter. Es waren der Kriminalkommissar, ein Gerichtsschreiber, ein Polizeibeamter und zwei Polizisten.

Madame de Gorne wurde hereingeführt, und der Kriminalkommissar bat Jérôme Vignal, näher zu treten.

Jérômes Gesicht entsprach genau dem energischen Mann, den Hortense in ihrem Brief beschrieben hatte. Er zeigte keine Unruhe, eher Entschlossenheit und einen festen Willen. Natalie, klein und zierlich, mit glänzenden Augen, machte denselben Eindruck von Ruhe und Sicherheit.

Der Kriminalkommissar hatte inzwischen die umgeworfenen Möbel und die Spuren des Kampfes untersucht. Jetzt bat er die Frau, Platz zu nehmen, und sagte zu Jérôme:

»Ich habe Ihnen bis jetzt nur wenige Fragen gestellt, und ich habe die Beweisaufnahme, die der Untersuchungsrichter fortsetzen wird, bewußt in Ihrem Beisein durchgeführt. Vor allem wollte ich Ihnen die sehr schwerwiegenden Gründe zeigen, die mich zwangen, Sie um die Unterbrechung Ihrer Reise zu bitten und mit Madame de Gorne zurückzukehren. Sie haben jetzt Gelegenheit, die wirklich erdrückenden Beweise zu widerlegen. Daher fordere ich Sie auf, mir die ganze Wahrheit zu sagen.«

»Die erdrückenden Beweise berühren mich kaum«, erwiderte Jérôme. »Die Wahrheit, die Sie verlangen, ist stärker als alle Lügen, die man vielleicht gegen mich aufgebracht hat.«

»Wir sind hier, um die Wahrheit zu ermitteln, Monsieur.«

»Ich bin bereit.«

Er sammelte sich einen Augenblick lang und begann mit klarer und offener Stimme zu erzählen:

»Ich liebe Madame de Gorne von ganzem Herzen. Von unserer ersten Begegnung an habe ich für sie eine Liebe empfunden, die keine Grenzen kennt, die aber, so groß und heftig sie auch war, immer von der Sorge um ihre Ehre beherrscht war. Ich liebe sie, aber noch mehr respektiere ich sie. Sie wird es Ihnen erzählt haben, und ich wiederhole es: Madame de Gorne und ich haben in der vergangenen Nacht zum erstenmal miteinander gesprochen.«

Tonloser fuhr er fort:

»Ich respektiere sie um so mehr, als sie unglücklich ist. Offenkundig und vor aller Augen war ihr Leben in jeder Minute eine Qual. Ihr Mann verfolgte sie mit wildem Haß und erbitterter Eifersucht. Fragen Sie die Dienstboten. Sie werden Ihnen von dem qualvollen Dasein Natalie de Gornes erzählen, von den Schlägen, die sie erhielt, und von den Beleidigungen, die sie ertragen mußte. Dieser Qual wollte ich ein Ende bereiten und nahm das Recht zur Hilfeleistung für mich in Anspruch, das wohl jedem zugebilligt wird, wenn es sich um ein Übermaß an Unglück und Ungerechtigkeit handelt. Dreimal habe ich den alten de Gorne benachrichtigt und ihn gebeten, einzugreifen, aber ich fand in ihm beinahe eben solch einen Haß auf seine Schwiegertochter, einen Haß auf alles Schöne und Edle, wie ihn viele Menschen hegen. Da beschloß ich, zu handeln. Gestern abend versuchte ich bei Mathias de Gorne einen ... ein wenig ungewöhnlichen Vorstoß, der aber in Anbetracht der Person gelingen konnte und mußte. Ich schwöre Ihnen, daß ich keine andere Absicht hatte, als mit Mathias zu sprechen. Da ich einige Einzelheiten aus seinem Leben kannte, die es mir ermöglichten, ihm auf eine wirksame Art entgegenzutreten, wollte ich diesen Vorteil nutzen, um mein Ziel zu erreichen. Wenn die Dinge anders verlaufen sind, so bin ich dafür nicht allein verantwortlich. Ich kam also kurz vor neun Uhr hierher. Ich wußte, daß die Dienstboten fort waren. Er öffnete mir selbst. Er war allein.«

»Ebenso wie vorhin Madame de Gorne behaupten Sie etwas«, unterbrach ihn der Kommissar, »das ganz entschieden der Wahrheit widerspricht. Mathias de Gorne ist gestern erst um elf Uhr abends zurückgekehrt. Dafür haben wir zwei überzeugende Beweise: die Zeugenaussage seines Vaters und die Spur seiner Schritte im Schnee, der von Viertel nach neun bis elf Uhr fiel.«

»Ich berichte die Dinge so, wie sie waren, und nicht so, wie man sie hinstellen kann«, erklärte Jérôme Vignal, ohne den schlechten Eindruck zu bemerken, den sein Eigensinn hervorrief. »Ich wiederhole es. Diese Uhr hier zeigte genau zehn Minuten vor neun Uhr, als ich diesen Raum betrat. Da er einen Überfall befürchtete, hatte Monsieur de Gorne sein Gewehr von der Wand genommen. Ich legte meinen Revolver außer Reichweite auf den Tisch und setzte mich.

›Ich möchte mit Ihnen sprechen‹, erklärte ich ihm. ›Hören Sie mir bitte zu.‹

Er rührte sich nicht und sprach kein einziges Wort. Also begann ich zu reden. Ohne einleitende Erklärungen, die die harten Worte meines Vorschlags hätten mindern können, brachte ich sofort die wenigen Sätze vor, die ich mir zurechtgelegt hatte:

›Seit einigen Monaten habe ich Ihre finanzielle Lage sorgfältig beobachtet. Alle Ihre Ländereien sind mit Hypotheken belastet. Sie haben Wechsel unterzeichnet, die bald fällig werden und die Sie nicht bezahlen können. Von Ihrem Vater haben Sie nichts zu erwarten, da er selbst nichts hat. Also sind Sie verloren. Ich bin bereit, Sie zu retten.‹

Er sah mich immer noch schweigend an, setzte sich dann, und ich schloß daraus, daß ihm mein Vorgehen nicht allzusehr zu mißfallen schien, nicht wahr? Da zog ich ein Bündel Banknoten aus meiner Tasche, legte sie auf den Tisch und fuhr fort: ›Hier sind sechzigtausend Francs. Ich kaufe Ihnen ›Manoir-au-Puits‹ und die dazugehörigen Ländereien mit allen Hypotheken ab. Ich zahle Ihnen genau das Doppelte des Wertes.‹

Ich sah, wie seine Augen glänzten.

›Und die Bedingungen?‹ murmelte er.

›Eine einzige, Ihre Abreise nach Amerika.‹

Wir haben zwei Stunden lang miteinander diskutiert. Nicht daß mein Angebot ihn beleidigte, ich hätte es nicht gemacht, wenn ich meinen Gegner nicht gekannt hätte, aber er wollte mehr. Er diskutierte gierig und vermied es sorgfältig, Madame de Gornes Namen zu nennen, die ich selbst mit keinem Wort erwähnt hatte. Wir waren zwei Händler, die um etwas ganz anderes feilschten als um das, worum es ging, nämlich um das Schicksal und das Glück einer Frau. Schließlich war ich müde und nahm einen Kompromiß an. Wir kamen zu einer Einigung, die ich sofort endgültig machen wollte. Wir wechselten zwei Briefe. In dem einen überließ er mir ›Manoir-au-Puits‹ gegen die bezahlte Summe; in dem zweiten, den er sofort in die Tasche steckte, hatte ich mich dazu verpflichtet, ihm dieselbe Summe an dem Tag nach Amerika zu schicken, an dem die Scheidung ausgesprochen sein würde.

Das Geschäft war abgeschlossen. Ich bin sicher, daß er zu jenem Zeitpunkt die Bedingungen ehrlich angenommen hatte. Er betrachtete mich weniger als einen Feind und Rivalen, sondern vielmehr als jemanden, der ihm nützlich gewesen war. Er ging sogar so weit, mir den Schlüssel der kleinen Tür, die auf die Felder hinausführt, zu geben, damit ich direkt in mein Schloß zurückkehren konnte. Unglücklicherweise beging ich, während ich Hut und Mantel anzog, den Fehler, den von ihm unterschriebenen Kaufvertrag auf dem Tisch liegenzulassen. In Sekundenschnelle übersah er den Vorteil, den er durch meine Nachlässigkeit gewinnen konnte. Sein Gut, seine Frau und ... das Geld zu behalten. Hastig ließ er das Papier verschwinden, versetzte mir mit dem Gewehrkolben einen Schlag auf den Kopf, warf das Gewehr fort und umklammerte meine Kehle mit beiden Händen. Eine schlechte Rechnung. Ich war stärker als er, und nach einem kurzen, ziemlich lebhaften Kampf überwältigte ich ihn und fesselte ihn mit einem in einer Ecke liegenden Seil.

Wenn sich mein Gegner auch plötzlich entschieden hatte, so war ich nicht minder schnell. Da er alles in allem mit dem Geschäft einverstanden war, würde ich ihn dazu zwingen, wenigstens in dem Maße, wie ich an der Sache interessiert war, seinen Verpflichtungen nachzukommen. Mit wenigen Sätzen war ich in der ersten Etage.

Ich bezweifelte nicht, daß Madame de Gorne sich in ihrem Zimmer befand und den Lärm unserer Auseinandersetzung gehört hatte. Mit einer Taschenlampe durchsuchte ich drei Zimmer. Das vierte war verschlossen. Ich klopfte. Keine Antwort. Ich war aber in einer Verfassung, in der mich nichts hätte aufhalten können. In einem der Zimmer hatte ich einen Hammer entdeckt. Ich holte ihn und schlug die Tür ein.

Natalie de Gorne befand sich tatsächlich in dem Zimmer, sie lag bewußtlos am Boden. Ich nahm sie in meine Arme, ging die Treppe hinunter und verschwand durch die Küche. Als ich draußen den Schnee sah, dachte ich wohl daran, daß meine Spur leicht zu verfolgen sei, aber was machte es aus? Mußte ich Mathias de Gorne irreführen? Keineswegs. Als Besitzer der sechzigtausend Francs, des Papieres, durch das ich mich verpflichtete, ihm eine gleiche Summe am Tag der Scheidung auszubezahlen, und da ich rechtmäßig sein Gut besaß, würde er verschwinden und mir Natalie de Gorne lassen. Zwischen uns hatte sich außer einer Tatsache nichts geändert: Anstatt seine Laune abzuwarten, hatte ich sofort das kostbare und begehrte Pfand mitgenommen. So fürchtete ich nicht Mathias de Gornes Widerstand, sondern vielmehr Natalie de Gornes Vorwürfe und gerechte Entrüstung. Was würde sie sagen, wenn sie sich als Gefangene sähe?

Ich glaube, Madame de Gorne hat Ihnen offen die Gründe erklärt, warum sie mir keine Vorwürfe machte. Liebe verlangt nach Liebe. Tief bewegt hat sie mir letzte Nacht bei mir zu Hause ihre Zuneigung gestanden. Sie liebt mich wie ich sie. Wir sind füreinander bestimmt. Heute morgen sind wir um fünf Uhr fortgefahren, ohne auch nur einen Augenblick zu ahnen, daß die Justiz für unser Handeln Rechenschaft fordern würde.«

Jérôme Vignal schwieg. Er hatte ohne Unterbrechung seine Erzählung wie eine auswendig gelernte Geschichte, an der nichts zu ändern war, zu Ende gebracht.

Eine Weile lang schwieg alles.

Hortense und Rénine war in ihrem Versteck kein Wort des Berichts entgangen. Die junge Frau murmelte:

»Was er gesagt hat, ist alles sehr möglich, auf jeden Fall aber sehr logisch.«

»Bleiben nur die Einwände«, erwiderte Rénine. »Hören Sie sie an. Sie sind stark. Überhaupt der eine...«

Diesen einen sprach der Kommissar gerade aus:

»Und wo ist Monsieur de Gorne?«

»Mathias de Gorne?« fragte Jérôme.

»Ja. Sie führten sehr überzeugend eine Reihe von Tatsachen an, die ich gerne als wahr anerkennen will. Unglücklicherweise aber vergessen Sie den wichtigsten Punkt: Was ist aus Mathias de Gorne geworden? Sie haben ihn gefesselt in diesem Zimmer zurückgelassen. Heute morgen war er aber nicht mehr hier.«

»Natürlich, Mathias de Gorne war doch schließlich mit dem Geschäft einverstanden und ist fortgegangen.«

»Auf welchem Weg?«

»Zweifellos auf dem Weg, der bei seinem Vater vorbeiführt.«

»Wo sind seine Fußspuren? Die Schneedecke draußen ist ein unparteiischer Zeuge. Nach Ihrem Duell mit ihm sieht man im Schnee Ihre Spuren sich entfernen. Warum sieht man seine nicht? Er ist hierhergekommen und nicht wieder fortgegangen: Wo ist er? Keine Spuren. Oder vielmehr...«

Der Kommissar senkte die Stimme:

»Oder vielmehr doch einige Spuren zum Brunnen hin und um den Brunnen herum... Spuren, die beweisen, daß der Hauptkampf dort stattgefunden hat... und dann nichts... gar nichts mehr...«

Jérôme zuckte die Schultern.

»Sie erwähnten es schon, es bedeutet eine Mordanklage gegen mich. Darauf weiß ich keine Antwort.«

»Wissen Sie eine Antwort auf die Tatsache, daß man Ihren Revolver zwanzig Meter vom Brunnen entfernt gefunden hat?«

»Auch darauf weiß ich keine.«

»Und auf das eigenartige Zusammentreffen jener drei

Schüsse in der Nacht und der drei Kugeln, die in Ihrem Revolver fehlen?«

»Nein. Sie irren sich, es hat keinen Kampf neben dem Brunnen gegeben, denn ich habe Monsieur de Gorne gefesselt in diesem Raum zusammen mit meinem Revolver zurückgelassen. Und wenn man drei Schüsse gehört hat, so wurden sie nicht von mir abgegeben.«

»Ein zufälliges Zusammentreffen also?«

»Das zu klären, ist Ihre Aufgabe. Meine Pflicht ist es, die Wahrheit zu sagen, und mehr können Sie von mir nicht verlangen.«

»Und wenn diese Wahrheit den offensichtlichen Tatsachen widerspricht?«

»Dann sind die Tatsachen falsch.«

»Schön. Aber Sie werden verstehen, daß ich gezwungen bin, Sie, bis die Justiz den Widerspruch zwischen den Tatsachen und Ihren Behauptungen gelöst hat, in Untersuchungshaft zu bringen.«

»Und Madame de Gorne?« fragte Jérôme angstvoll.

Der Mann antwortete nicht. Er unterhielt sich mit dem Polizeikommissar, dann mit einem der Polizisten, den er anwies, zwei Autos vor das Haus zu fahren. Dann wandte er sich sich an Natalie: »Sie haben Monsieur Vignals Darstellung gehört, Madame. Sie stimmt mit der Ihren vollkommen überein. Monsieur Vignal behauptet, daß Sie ohnmächtig waren, als er Sie forttrug. Waren Sie den ganzen Weg lang ohnmächtig?«

Man hätte meinen können, daß Jérômes Kaltblütigkeit die Sicherheit der jungen Frau nur noch gefestigt hätte. Sie erwiderte:

»Ich bin erst im Schloß wieder zu mir gekommen.«

»Das ist außergewöhnlich. Sie haben also nicht die drei Schüsse vernommen, die fast das ganze Dorf gehört hat?«

»Ich habe sie nicht gehört.«

»Und Sie haben nicht gesehen, was sich bei dem Brunnen abgespielt hat?«

»Es hat sich dort nichts abgespielt, denn Jérôme Vignal versichert es.«

»Was ist aus Ihrem Mann geworden?«

»Ich weiß es nicht.«

»Bitte, Madame, Sie sollten der Justiz aber doch helfen und ihr wenigstens Ihre Vermutungen auseinandersetzen. Glauben Sie an einen Unfall, vielleicht daß Monsieur de Gorne, als er von seinem Vater kam und mehr als üblich getrunken hatte, das Gleichgewicht verloren hat und in den Brunnen gefallen ist?«

»Als mein Mann von seinem Vater zurückkehrte, war er keineswegs betrunken.«

»Sein Vater hat es jedoch behauptet. Er hatte mit seinem Vater zwei oder drei Flaschen Wein getrunken.«

»Sein Vater irrt sich.«

»Aber der Schnee irrt sich nicht, Madame«, versetzte der Kommissar gereizt. »Die Fußspuren gehen im Zickzack.«

»Mein Mann ist um halb neun Uhr, also vor Einsetzen des Schneefalls nach Hause gekommen.«

Der Kommissar schlug mit der Faust auf den Tisch.

»Sie behaupten da etwas, Madame, das allen sichtbaren Tatsachen widerspricht. Die Schneedecke ist unparteiisch! Ich lasse noch zu, daß Sie den Tatsachen widersprechen, die wir nicht kontrollieren können! Aber das nicht, nein, Spuren im Schnee ... im Schnee.«

Er beherrschte sich.

Das Auto erschien vor den Fenstern. Eine plötzliche Entscheidung treffend sagte er zu Natalie:

»Sie werden so freundlich sein, sich dem Gericht zur Verfügung zu halten, Madame, und hier im Manoir warten ...«

Er machte dem Wachtmeister ein Zeichen, Jérôme Vignal zum Auto zu bringen.

Für die beiden Liebenden war die Partie verloren. Kaum vereint, mußten sie sich wieder trennen und sich fern voneinander gegen die schweren Anschuldigungen verteidigen.

Jérôme trat einen Schritt auf Natalie zu. Sie wechselten einen langen schmerzlichen Blick. Dann verneigte er sich vor ihr und ging, vom Wachtmeister gefolgt, zur Tür.

»Halt!« rief eine Stimme. »Rechtsum kehrt, Wachtmeister! Jérôme Vignal, keinen Schritt weiter.«

Verblüfft hob der Kommissar den Kopf, die anderen folgten seinem Beispiel. Die Stimme kam von der Decke des Raumes. Das Bullauge wurde geöffnet, Rénine beugte sich heraus und gestikulierte wild:

»Ich verlange, daß man mich anhört! ... Ich habe einige Bemerkungen zu machen ... vor allen Dingen eine wegen der im Zickzack verlaufenden Spuren ... Darauf beruht alles ... Mathias hatte nichts getrunken ... Mathias hatte nichts getrunken ...«

Er hatte sich herumgedreht und beide Beine durch die Öffnung geschoben, während er zu der verblüfften Hortense, die ihn zurückzuhalten versuchte, sagte:

»Bleiben Sie hier, liebe Freundin ... Es besteht kein Grund, Sie hier zu stören.«

Er stieß sich mit den Händen ab und ließ sich in den Raum fallen.

Der Kommissar schien bestürzt: »Was fällt Ihnen ein, Monsieur, woher kommen Sie? Wer sind Sie?«

Rénine klopfte mit der Hand seine staubigen Kleider sauber und erwiderte:

»Entschuldigen Sie bitte, ich hätte den üblichen Weg nehmen sollen. Aber ich hatte es eilig. Außerdem hätten meine Worte, wenn ich durch die Tür hereingekommen wäre, statt von oben zu fallen, weniger Wirkung erzielt.«

Der Kommissar trat wütend auf ihn zu:

»Wer sind Sie?«

»Prinz Rénine. Ich habe heute morgen die Untersuchung

des Wachtmeisters verfolgt. Nicht wahr, Wachtmeister? Seitdem suche ich und ziehe Erkundigungen ein. Und da ich dem Verhör beiwohnen wollte, habe ich mich in einem kleinen leeren Raum versteckt...«

»Sie haben also alles gehört! Sie haben die Frechheit gehabt...«

»Die man braucht, wenn es sich um die Wahrheit handelt. Wenn ich nicht da gewesen wäre, hätte ich nicht gerade eben den kleinen Hinweis erhalten, der mir noch fehlte. Ich hätte nicht erfahren, daß Mathias de Gorne überhaupt nicht betrunken war. Das aber ist des Rätsels Lösung. Wenn man diese Einzelheit weiß, kennt man die Wahrheit.«

Der Kommissar befand sich in einer ziemlich lächerlichen Situation. Da er nicht die notwendigen Maßnahmen getroffen hatte, sein Verhör unter Ausschluß der Öffentlichkeit durchzuführen, konnte er gegen diesen Eindringling kaum etwas unternehmen. Er knurrte:

»Schluß jetzt. Was wollen Sie?«

»Einige Minuten Aufmerksamkeit.«

»Und warum?«

»Um Monsieur Vignals und Madame de Gornes Unschuld zu beweisen.«

Er war so ruhig, so lässig wie immer, wenn er in Aktion trat und die Lösung des Dramas nur noch von ihm abhing. Hortense begann zu hoffen.

Sie sind gerettet, dachte sie gerührt. Ich hatte ihn gebeten, die junge Frau zu beschützen, und er rettet sie vor dem Gefängnis und der Verzweiflung.

Jérôme und Natalie mußten plötzlich die gleiche Hoffnung verspüren, denn sie waren aufeinander zugegangen, als hätte ihnen dieser vom Himmel gekommene Unbekannte das Recht gegeben, sich bei den Händen zu halten.

Der Kommissar zuckte mit den Schultern.

»Die Justiz ist durchaus in der Lage, diese Unschuld selbst

herauszustellen, wenn der Augenblick dazu gekommen ist. Dann werden Sie vorgeladen werden.«

»Es wäre besser, sie sofort klarzustellen. Eine Verzögerung könnte ärgerliche Folgen haben.«

»Ich habe es eilig...«

»Zwei oder drei Minuten genügen mir.«

»Zwei oder drei Minuten, um einen solchen Fall zu klären?«

»Nicht mehr.«

»Sie durchschauen ihn also so gut?«

»Jetzt ja, seit heute morgen habe ich sehr viel nachgedacht.«

Der Kommissar erkannte, daß dieser Mann zu den Menschen gehörte, die man so leicht nicht los wird und denen man am besten nachgibt. In leicht spöttischem Ton sagte er:

»Ermöglichen es Ihnen Ihre Überlegungen, uns den Ort zu nennen, wo Monsieur Mathias de Gorne sich gegenwärtig aufhält?«

Rénine zog seine Uhr aus der Tasche und erwiderte:

»In Paris, Monsieur.«

»In Paris? Also lebt er?«

»Er lebt und befindet sich in ausgezeichneter Verfassung.«

»Das freut mich. Was bedeuten dann aber die Spuren beim Brunnen, der Revolver und die drei Schüsse?«

»Eine einfache Inszenierung.«

»Oho, und wer kam auf diesen Gedanken?«

»Mathias de Gorne selbst.«

»Eigenartig? Und warum?«

»Weil er für tot gehalten werden und die Dinge so kombinieren wollte, daß Monsieur Vignal unausweichlich dieses Todes, dieses Mordes angeklagt wird.«

»Die Hypothese ist scharfsinnig«, bestätigte der Kommissar immer noch ironisch. »Was halten Sie davon, Monsieur Vignal?«

»Eine Hypothese, die ich mir selbst auch überlegt habe«,

erwiderte Jérôme. »Es ist gut möglich, daß Mathias de Gorne nach unserem Kampf und meinem Fortgang einen neuen Plan ersonnen hat, der dieses Mal seinen Haß befriedigte. Er liebte und verabscheute seine Frau. Er verfluchte mich. Das wäre seine Rache.«

»Eine Rache, die ihn teuer zu stehen kommen würde, denn Ihrer Aussage nach sollte Mathias de Gorne noch einmal die Summe von sechzigtausend Francs von Ihnen bekommen.«

»Diese Summe konnte er sich auch von einer anderen Seite beschaffen. Beim Überprüfen der finanziellen Lage der Familie de Gorne habe ich festgestellt, daß Vater und Sohn eine Lebensversicherung zugunsten des anderen abgeschlossen haben. Wenn der Sohn tot ist oder als tot gilt, bekommt der Vater diese Summe ausbezahlt und kann seinen Sohn entschädigen.«

»So daß also bei dieser ganzen Inszenierung der alte de Gorne der Komplize seines Sohnes sein müßte«, meinte der Kommissar lächelnd.

Rénine ergriff das Wort:

»Genau, Vater und Sohn decken einander.«

»Man wird also den Sohn beim Vater wiederfinden?«

»Heute nacht hätte man ihn dort gefunden.«

»Was ist aus ihm geworden?«

»Er ist in Pompignat in den Zug gestiegen.«

»Alles nur Vermutungen.«

»Gewißheit.«

»Gedankliche Gewißheit, aber nicht der geringste Beweis, das müssen Sie zugeben ...«

Der Kommissar wartete die Antwort auf seine Frage nicht ab. Da er fand, daß er einen hinlänglich guten Willen gezeigt und daß jede Geduld ihre Grenzen habe, beendete er das Gespräch.

»Nicht der geringste Beweis«, widerholte er, indem er nach seinem Hut griff. »Und außerdem können Ihre Worte in keiner Weise die Aussagen des unwiderlegbaren Zeugen, des Schnees, entkräften. Um zu seinem Vater zu gelangen, mußte Mathias de Gorne das Haus verlassen. Auf welchem Weg?«

»Mein Gott, Monsieur Vignal hat es Ihnen doch gesagt, auf dem Weg, der von hier aus direkt zum Haus seines Vaters führt.«

»Keine Spuren im Schnee.«

»Doch.«

»Die aber beweisen, daß er hergekommen und nicht fortgegangen ist.«

»Das ist dasselbe.«

»Wieso?«

»Natürlich. Man kann auf verschiedene Art und Weise gehen. Man kommt nicht nur voran, wenn man vorwärts geht.«

»Wie kann man noch vorankommen?«

»Indem man rückwärts geht, Monsieur.«

Diesen schlicht gesprochenen, aber auf jeder Silbe betonten Worten folgte verblüfftes Schweigen. Mit einem Schlag begriffen alle ihre Bedeutung, und sie erkannten die eindeutige Wahrheit, die plötzlich das Natürlichste von der Welt zu sein schien. Rénine baute seine Behauptung noch weiter aus und ging rückwärts auf das Fenster zu.

»Wenn ich zu diesem Fenster gelangen will, kann ich geradeaus darauf zugehen, ich kann aber auch genausogut ihm den Rücken zuwenden und rückwärts gehen. In beiden Fällen erreiche ich mein Ziel.«

Ohne die anderen zu Wort kommen zu lassen, fuhr er laut fort: »Ich fasse zusammen. Um halb neun Uhr, bevor der Schneefall einsetzte, kam Monsieur de Gorne von seinem Vater nach Hause. Folglich keine Spuren, denn es lag noch kein Schnee. Um zehn Minuten vor neun Uhr erscheint Monsieur Vignal, ebenfalls ohne Spuren zu hinterlassen. Darauf die Auseinandersetzung zwischen den beiden Männern. Das Geschäft wird abgeschlossen. Sie kämpfen miteinander. Mathias de Gorne wird überwältigt. Drei Stunden sind mit diesem Hin und Her vergangen. Und da ersinnt Mathias de Gorne, nachdem Monsieur Vignal Madame de Gorne entführt hat und geflohen ist, erbittert und wütend, aber durchaus in der Lage, die wirksamste Rache auszutüfteln, den scharfsinnigen Plan, diesen Schnee gegen seinen Feind zu verwenden. Ein willkommener Zeuge, der innerhalb von drei Stunden den Boden bedeckt hat. Also organisiert er seinen eigenen Mord oder vielmehr den Anschein seines Mordes und seinen Sturz in den Brunnen. Dann entfernt er sich Schritt für Schritt rückwärts, indem er auf der weißen Decke sein Kommen statt seinen Fortgang markiert. Ich habe mich doch deutlich ausgedrückt, nicht wahr, Monsieur? – indem er auf der weißen Decke sein Kommen statt seinen Fortgang markiert.«

Der Kommissar lächelte nicht mehr spöttisch. Dieser Eindringling, dieses Original, erschien ihm plötzlich als jemand, der nicht ganz von der Hand zu weisen war und über den man sich kaum lustig machen konnte.

»Und wie soll er seinen Vater verlassen haben?« fragte er.

»Ganz einfach im Wagen.«

»Wer fuhr ihn?«

»Sein Vater.«

»Woher wissen Sie das?«

»Heute morgen haben der Wachtmeister und ich den Wagen gesehen und uns mit dem Vater unterhalten, als er gerade wie gewöhnlich zum Markt fahren wollte. Der Sohn lag unter der Wagenplane. In Pompignat ist er in den Zug gestiegen. Jetzt ist er in Paris.«

Rénines Erklärungen hatten, wie er es versprochen hatte, kaum fünf Minuten gedauert. Er hatte sie nur auf die Logik und die Wahrscheinlichkeit gestützt. Und trotzdem war nichts mehr von dem schrecklichen Vorgang geblieben, um den man sich gestritten hatte. Der Schleier war gelüftet, die Wahrheit eindeutig. Madame de Gorne weinte vor Freude.

Jérôme Vignal dankte überschwenglich dem guten Geist, der mit einem Schlag den Lauf der Dinge geändert hatte.

»Wir wollen uns zusammen die Spuren ansehen, ja?« fragte Rénine. »Der Fehler, den der Wachtmeister und ich heute morgen begangen haben, ist der, daß wir uns nur um die von dem sogenannten Mörder zurückgelassenen Spuren gekümmert und die von Mathias de Gorne vernachlässigt haben. Warum hätten sie auch unsere Aufmerksamkeit erregen sollen? Aber gerade dort liegt der Hase im Pfeffer.«

Sie gingen hinaus in den Vorgarten und prüften die Spuren. Es bedurfte keiner langen Untersuchung, um festzustellen, daß viele der Abdrücke ungeschickt, zögernd, mit zuviel Druck auf dem Absatz oder der Spitze aufgesetzt und die Schrittlängen unterschiedlich waren.

»Eine unvermeidliche Ungeschicklichkeit«, sagte Rénine. »Mathias de Gorne hätte lange üben müssen, um seinen Rückwärts- seinem Vorwärtsgang anzupassen. Sein Vater und er müssen es erkannt haben, wenigstens was das Zickzack anbelangt, denn der alte de Gorne war so schlau, dem Wachtmeister zu erzählen, daß sein Sohn zuviel getrunken hatte.

Als ich diese Lüge erkannte, war mir der wahre Sachverhalt klar. Und als Madame de Gorne versicherte, daß ihr Mann nicht betrunken war, dachte ich an die Fußabdrücke und habe alles erraten.«

Der Kommissar fand sich mit seiner Niederlage ehrlich ab und begann zu lachen.

»So brauchen wir nur noch Polizisten auf die Fährte des Pseudototen zu hetzen.«

»Mit welcher Berechtigung?« fragte Rénine. »Mathias de Gorne hat keine strafbare Handlung begangen. Um einen Brunnen herumstampfen, etwas weiter einen Revolver niederlegen, der ihm nicht gehört, drei Schüsse abgeben, rückwärts zu seinem Vater gehen, darin liegt nichts Verbotenes. Was könnte man von ihm verlangen? Die sechzigtausend

Francs? Ich nehme an, daß das nicht Monsieur Vignals Absicht ist und daß er keine Klage einreichen wird?«

»Bestimmt nicht«, erklärte Jérôme.

»Was also dann? Die Versicherung zugunsten des Überlebenden? Das würde erst ein Vergehen sein, wenn der Vater die Auszahlung fordert. Das aber würde mich sehr wundern. Außerdem kommt der Alte gerade. Wir werden es augenblicklich erfahren.«

Der alte de Gorne betrat tatsächlich wild gestikulierend das Haus. Sein gutmütiges Gesicht verzog sich vor Kummer und Wut:

»Mein Sohn? Es scheint, daß er ihn getötet hat... Mein armer Mathias tot! Oh, dieser Bandit von Vignal!«

Er drohte Jérôme mit der Faust.

Der Kommissar wandte sich kurz zu ihm:

»Ein Wort, Monsieur de Gorne. Haben Sie die Absicht, Ihre Rechte auf eine bestimmte Versicherungssumme geltend zu machen?«

»Verdammt!« entfuhr es dem Alten gegen seinen Willen.

»Ihr Sohn ist nicht tot. Es wird sogar behauptet, daß Sie ihn als Komplize seiner kleinen Machenschaften unter Ihrer Wagenplane versteckt und zum Bahnhof gefahren haben.«

Der Alte spuckte auf die Erde, breitete die Arme aus, als wollte er eine feierliche Rede halten, blieb einen Augenblick lang unbeweglich, besann sich eines Besseren und änderte mit unbefangenem Zynismus seine Meinung. Sein Gesicht entspannte sich, seine Haltung wurde versöhnlich, und er brach in schallendes Gelächter aus:

»So ein Lump, dieser Mathias! Dann wollte er sich also für tot ausgeben. So ein Taugenichts! Und er rechnete vielleicht mit mir, daß ich die Versicherungssumme einlöse und sie ihm schicke? Als ob ich eine solche Schweinerei fertig brächte! Du kennst mich nicht, mein Kleiner...«

Und ohne ein weiteres Wort, lachend wie jemand, der sich über einen guten Witz freut, entfernte er sich, wobei er darauf achtete, daß seine großen eisenbeschlagenen Stiefel auf jeden der von seinem Sohn hinterlassenen verräterischen Abdrücke trafen.

Als Rénine später zum Manoir zurückkehrte, um Hortense zu befreien, war sie verschwunden.

Er begab sich zu ihrer Kusine Ermelin. Hortense ließ ihm ausrichten, daß er sie entschuldigen möge, sie sei ein wenig abgespannt gewesen und habe sich hingelegt.

Wunderbar, alles steht bestens, dachte Rénine. Sie weicht mir aus. Also liebt sie mich. Die Entscheidung rückt näher.

»Zum guten Gott Merkur«

An Madame Daniel, La Roncière,
über Bassicourt, den 30. November

»Meine liebe Freundin!

Schon wieder sind zwei Wochen ohne einen Brief von Ihnen vergangen. Bald gebe ich die Hoffnung auf, vor dem unangenehmen Datum des 5. Dezember, das wir als Termin für unsere Gemeinschaft gesetzt haben, noch eine Nachricht zu bekommen. Ich warte sehnsüchtig auf diesen Tag, denn dann werden Sie eines Vertrags entbunden, der Ihnen nicht mehr zu gefallen scheint. Für mich waren die sieben Schlachten, die wir zusammen ausgefochten und gewonnen haben, eine Zeit voll Freude und Aufregung. Ich lebte an Ihrer Seite. Ich fühlte die Wohltat, die Ihnen dieses aktivere und aufregendere Leben war. Mein Glück war so vollständig, daß ich es vor Ihnen nicht auszusprechen wagte und ich Ihnen von meinen geheimen Gefühlen immer nur den Wunsch zu gefallen und meine leidenschaftliche Ergebenheit zeigte. Heute wollen Sie, liebe Freundin, nichts mehr von Ihrem Waffenbruder wissen. Ihr Wunsch sei mir Befehl!

Aber wenn ich mich auch diesem Beschluß beuge, werden Sie mir doch erlauben, Sie an das zu erinnern, was ich mir immer als unser letztes Abenteuer gedacht habe und das wir uns als Ziel gesetzt hatten: Erlauben Sie mir, Ihnen Ihre eigenen Worte zu wiederholen, von denen ich nicht eines vergessen habe.

›Ich verlange‹, sagten Sie damals, ›daß Sie mir eine alte Brosche wiederbeschaffen, in der ein Karneol in eine Filigranfassung eingefügt ist. Ich bekam sie von meiner Mutter, und jeder wußte, daß sie ihr Glück gebracht hatte und auch mir Glück brachte. Seit sie aus dem Kästchen, in dem ich sie aufbewahrte, verschwunden ist, bin ich unglücklich. Beschaffen Sie sie mir wieder, Sie guter Geist.‹

Und als ich Sie nach dem Zeitpunkt fragte, an dem die Brosche verschwunden war, haben Sie mir lachend geantwortet:

›Vor sieben ... oder acht ... oder neun Jahren ... ich weiß es nicht genau ... ich weiß nicht wie ... ich weiß überhaupt nichts.‹ Nicht wahr, das war eine Herausforderung, die Sie mir damit hinwarfen? Sie stellten mir diese Bedingung, damit es mir unmöglich wäre, ihr nachzukommen. Ich habe es jedoch versprochen, und ich will mein Wort halten. Was ich versuchte, um Ihnen das Leben in einem günstigeren Licht zu zeigen, käme mir unnütz vor, wenn Ihnen zu Ihrer Sicherheit jener Talisman fehlen würde, auf den Sie so großen Wert legen. Wir wollen nicht über diesen kleinen Aberglauben lachen. Er ist oft der Ursprung für unsere besten Taten.

Liebe Freundin, wenn Sie mir noch einmal helfen würden, wäre das der Sieg. Allein und unter dem Druck der Zeit habe ich mich festgefahren, allerdings nicht ohne die Dinge so weit vorangetrieben zu haben, daß das Unternehmen, wenn Sie mir helfen würden, die größten Aussichten auf Erfolg hätte.

Und Sie werden mir helfen, nicht wahr? Wir sind voreinander eine Verpflichtung eingegangen, der wir auch nachkommen müssen. In einer bestimmten Zeit müssen wir in das Buch unseres Lebens acht schöne Geschichten eintragen, in die wir unsere Energie, Logik und Ausdauer, etwas Scharfsinn und manchmal ein klein wenig Mut investiert haben. Dieses ist die achte Geschichte. Es liegt bei Ihnen, zu handeln, damit sie am Abend des 5. Dezember, wenn die Uhr achtmal schlägt, ihren Abschluß gefunden hat.

An jenem Tag werden Sie tun, worum ich Sie jetzt bitte. Zunächst, liebe Freundin, fassen Sie meine Forderungen nicht als Phantastereien auf, jede von ihnen ist eine notwendige Voraussetzung für den Erfolg: Schneiden Sie im Garten Ihrer Kusine drei sehr dünne Binsenhalme ab. Ich habe gesehen, daß dort welche wachsen. Flechten Sie sie ineinander, und binden Sie sie an den beiden Enden so zusammen, daß sie eine Bauernreitgerte oder eine Kinderpeitsche bilden. In Paris kaufen Sie ein Halsband aus vieleckig geschliffenen Glasperlen. Verkürzen Sie das Halsband so, daß fünfundsiebzig etwa gleich große Kugeln übrigbleiben.

Tragen Sie unter Ihrem Wintermantel ein blaues Wollkleid. Als Hut ein mit rotem Laub geschmücktes Barett. Um den Hals eine Stola aus Hahnenfedern. Keine Handschuhe. Keine Ringe. Am Nachmittag jenes Tages lassen sie sich am linken Flußufer bis zur Kirche Saint-Etienne-du-Mont fahren. Punkt vier Uhr steht vor dem Weihwasserkessel der Kirche eine alte, schwarzgekleidete Frau, die die Perlen ihres silbernen Rosenkranzes durch ihre Finger laufen läßt. Sie wird Ihnen Weihwasser anbieten. Sie geben ihr Ihr Halsband. Sie wird die Kugeln zählen und es Ihnen zurückgeben. Dann gehen Sie hinter ihr her. Sie überqueren einen Arm der Seine, und sie wird Sie in einer einsamen Straße auf der Ile Saint-Louis vor ein Haus führen, das Sie allein betreten werden.

Im Erdgeschoß dieses Hauses werden Sie einen noch jungen Mann mit matter Gesichtsfarbe vorfinden, zu dem Sie, nachdem Sie Ihren Mantel ausgezogen haben, folgendes sagen werden:

›Ich bin gekommen, um mir meine Brosche zu holen.‹

Lassen Sie sich nicht durch seine Verwirrung und sein Erschrecken beeindrucken. Bleiben Sie in seiner Nähe ruhig. Wenn er Sie aushorcht, wenn er wissen will, aus welchem Grund Sie sich an ihn wenden, wer Sie dazu treibt, diese Bitte zu stellen, geben Sie ihm keine Erklärung. Alle Ihre Antworten müssen sich auf folgende kurze Sätze beschränken: ›Ich bin gekommen, mir zu holen, was mir gehört. Ich kenne Sie nicht, ich weiß Ihren Namen nicht, aber es ist mir unmöglich,

Sie nicht zu behelligen. Ich muß in den Besitz meiner Brosche gelangen. Ich muß es.‹

Wenn Sie die notwendige Entschlossenheit zeigen und nicht von dieser Haltung abweichen, gleich welche Komödie dieser Mann Ihnen vorspielen mag, müssen Sie meiner Meinung nach vollen Erfolg haben. Aber der Kampf muß kurz sein, und sein Ausgang hängt einzig und allein von Ihrem Selbstvertrauen und Ihrer Zuversicht ab. Sie müssen Ihren Gegner in der ersten Runde schlagen. Wenn Sie kaltblütig sind, siegen Sie. Wenn Sie zögern oder unruhig sind, werden Sie mit ihm nicht fertig. Er entkommt Ihnen und gewinnt nach dem ersten Augenblick der Angst wieder die Oberhand, und das Spiel ist innerhalb weniger Minuten verloren. Es gibt keinen Mittelweg, nur den sofortigen Sieg oder die Niederlage.

Sollte das letztere der Fall sein, müssen Sie von neuem, und dafür bitte ich um Entschuldigung, meine Hilfe annehmen. Ich biete sie Ihnen schon jetzt an, meine Freundin, ohne irgendwelche Bedingung und indem ich Ihnen noch einmal versichere, daß alles, was ich für Sie tun konnte und noch tun werde, mir kein anderes Recht gibt, als Ihnen zu danken und mich derjenigen, die meine ganze Freude und mein Leben ist, noch bedingungsloser zu ergeben.«

Nachdem Hortense diesen Brief gelesen hatte, warf sie ihn in eine Schublade und sagte entschlossen:

»Ich werde nicht hingehen.«

Wenn sie früher diesem Schmuckstück als ihrem guten Talisman einige Bedeutung zugemessen hatte, so interessierte sie sich heute, da die schwerste Zeit ihres Lebens beendet zu sein schien, kaum mehr dafür. Außerdem konnte sie nicht jene Ziffer acht vergessen, die die Zahl des neuen Abenteuers wäre. Wenn sie sich darauf einließ, würde das bedeuten, daß sie die unterbrochene Kette wieder aufnahm, sich Rénine wieder näherte und ihm ein Pfand in die Hand gab, das er bei seiner eindringlichen Geschicklichkeit wohl auszuspielen wüßte.

Zwei Tage vor dem festgesetzten Termin war sie noch immer entschlossen, nicht hinzugehen. Auch noch einen Abend vorher. Aber plötzlich lief sie in den Garten, ohne auch nur gegen vorherige Ausflüchte kämpfen zu können, schnitt drei Binsenhalme ab und flocht sie ineinander, wie sie es in ihrer Kindheit getan hatte, und ließ sich mittags zum Zug fahren. Heftige Neugier beherrschte sie. Sie konnte dem, was dieses von Rénine angebotene Abenteuer an amüsanten und neuen Eindrücken versprach, nicht widerstehen. Es war wirklich zu verführerisch. Das Glasperlenhalsband, das Barett mit Herbstlaub, die alte Frau mit dem silbernen Rosenkranz... wie sollte sie diesen geheimnisvollen Verlockungen widerstehen und die Gelegenheit verpassen, Rénine zu zeigen, wozu sie fähig wäre?

Und außerdem, was ist schon dabei? sagte sie sich lachend; er ruft mich nach Paris. Die achte Stunde aber ist für mich nur hundert Meilen von Paris in dem alten verlassenen Schloß Halingre gefährlich. Die einzige Uhr, die die drohende Stunde schlagen kann, befindet sich dort, verschlossen, gefangen!

Am Abend fuhr sie nach Paris. Am Morgen des 5. Dezember kaufte sie ein Glasperlenhalsband, das sie auf fünfundsiebzig Kugeln verkürzte; sie zog ein blaues Kleid an und setzte ein Barett mit rotem Laub auf; Punkt vier Uhr betrat sie die Kirche Saint-Etienne-du-Mont.

Sie war aufgeregt. Dieses Mal war sie allein, und sie fühlte mit einemmal, auf welche Hilfe sie mehr aus unüberlegter Angst als aus Vernunft verzichtet hatte. Mit der schwachen Hoffnung, ihn zu sehen, blickte sie um sich. Aber niemand war da... niemand außer einer alten schwarzgekleideten Frau vor dem Weihwasserkessel.

Hortense ging auf sie zu. Die alte Dame, die einen Rosenkranz aus silbernen Perlen durch ihre Finger gleiten ließ, bot ihr Weihwasser an und begann dann die Kugeln des Halsbandes zu zählen, das Hortense ihr reichte.

»Fünfundsiebzig«, murmelte sie. »Es ist gut, kommen Sie.«

Ohne ein weiteres Wort trippelte sie im Schein der Straßenlaternen voran, überquerte den Pont des Tournelles, schlug den Weg zur Ile Saint-Louis ein und gelangte in eine verlassene Straße, die sie zu einer Kreuzung führte, an der sie vor einem alten Haus mit schmiedeeisernen Balkons stehenblieb.

»Treten Sie ein«, sagte sie. Und die alte Frau verschwand.

Hortense stand vor einem geräumigen Geschäftsraum, der fast das ganze Erdgeschoß einnahm. Von den elektrisch beleuchteten Fenstern fiel Licht auf einen unordentlichen Haufen von Gegenständen und alten Möbeln. Sie blieb einige Sekunden lang vor dem Eingang stehen und schaute zerstreut um sich. Das Aushängeschild trug den Namen des Geschäfts: »Zum guten Gott Merkur«, und den Namen des Händlers: »Pancardi«. Weiter oben auf einem Mauervorsprung, der bis auf die erste Etage reichte, stand in einer kleinen Nische der Gott Merkur aus Terrakotta auf einem Bein, die Flügel an seinen Füßen, seinen Schlangenstab, den Caduceus, in der Hand. Hortense bemerkte, daß er in der Haltung eines Läufers sich zu weit nach vorne neigte, so daß er logischerweise das Gleichgewicht verlieren und kopfüber auf die Straße fallen müßte.

»Los«, sagte sie halblaut.

Sie drückte auf den Türgriff und trat ein.

Trotz des Lärms der Klingeln und Schellen der Tür kam niemand auf sie zu. Das Geschäft schien leer zu sein. Ganz hinten am anderen Ende befand sich ein kleinerer Laden, und dahinter noch einer, die beide mit Nippsachen und Möbeln, von denen viele sehr wertvoll sein mußten, vollgestopft waren. Hortense folgte einem schmalen Durchgang, der sich zwischen zwei Wandschränken, Wandgestellen und Kommoden hinschlängelte, stieg zwei Stufen hinauf und befand sich im letzten Raum.

Vor einem Schreibtisch saß ein Mann und blätterte in einem Kontobuch. Ohne den Kopf zu wenden, sagte er:

»Ganz zu Ihren Diensten... Madame kann sich alles ansehen...«

Dieser Raum enthielt nur ganz besondere Gegenstände, so daß er wie das Laboratorium eines Alchimisten aus dem Mittelalter aussah: ausgestopfte Eulen, Skelette, Schädel, kupferne Retorten, Sextanten und überall an den Wänden Amulette jeder Herkunft, bei denen Elfenbein- und Korallenhände mit erhobenem Zeige- und Mittelfinger, die das böse Schicksal beschwören, vorherrschten.

»Suchen Sie etwas Besonderes, Madame?« fragte schließlich Monsieur Pancardi, der seinen Schreibtisch schloß und aufstand. Der ist es, dachte Hortense.

Er hatte in der Tat eine außergewöhnlich matte Gesichtsfarbe. Ein kleiner, grauer, spitzer Kinnbart verlängerte sein Gesicht, seine Stirn war kahl und glanzlos, darunter funkelten zwei kleine, stechende, unruhige und scheue Augen.

Hortense, die weder ihren Schleier noch ihren Mantel abgelegt hatte, erwiderte:

»Ich suche eine Brosche.«

»Hier ist die Vitrine«, sagte er und führte sie in den mittleren Laden. Nach einem Blick in die Vitrine meinte sie:

»Nein... nein... da ist nicht das, was ich suche. Ich will nicht diese oder jene Brosche, sondern die, die vor langer Zeit aus einem Schmuckkasten verschwunden ist, die suche ich hier.«

Sie war über den erschreckten Ausdruck seines Gesichts verblüfft. Seine Augen blickten verstört.

»Hier? Ich glaube nicht, daß Sie Glück haben... Wie sieht sie aus?«

»Sie besteht aus einem in eine Filigranfassung eingefügten Karneol... aus dem Jahr 1830...«

»Ich verstehe Sie nicht«, stammelte er. »Warum verlangen Sie sie von mir?«

Sie lüftete ihren Schleier und zog den Mantel aus.

Er wich vor dem Anblick, der ihn zu entsetzen schien, zurück und murmelte:

»Das blaue Kleid... das Barett... Oh, ist das möglich? Das Glasperlenhalsband!...«

Wahrscheinlich erschütterte ihn der Anblick der aus den Binsenhalmen geflochtenen Peitsche am heftigsten. Er streckte die Hände nach ihr aus, begann zu wanken und fiel, wie ein Ertrinkender wild um sich schlagend, ohnmächtig auf einen Stuhl. Hortense rührte sich nicht. »Wie auch die Komödie, die Ihnen dieser Mann vorspielen wird, verlaufen mag«, hatte Rénine geschrieben, »haben Sie den Mut, kaltblütig zu bleiben.« Obwohl er ihr vielleicht gar keine Komödie vorspielte, zwang sie sich, ruhig und gleichgültig zu bleiben.

Die Ohnmacht dauerte eine oder zwei Minuten, dann kam Monsieur Pancardi wieder zu sich, wischte sich den Schweiß von der Stirn und fuhr, indem er sich vergeblich zu beherrschen versuchte, mit zitternder Stimme fort:

»Warum haben Sie sich an mich gewandt?«

»Weil die Brosche in Ihrem Besitz ist.«

»Wer hat Ihnen das erzählt?« fragte er, ohne gegen die Beschuldigung zu protestieren. »Woher wissen Sie es?«

»Ich weiß es, weil dem so ist. Niemand hat es mir gesagt. Ich bin mit der Gewißheit gekommen, hier meine Brosche zu finden, und mit der eindeutigen Absicht, sie mitzunehmen.«

»Aber kennen Sie mich denn? Wissen Sie meinen Namen?«

»Ich kenne Sie nicht. Ich erfuhr Ihren Namen erst, als ich ihn an Ihrem Geschäft las. Für mich sind Sie ganz einfach der Mann, der mir das zurückgibt, was mir gehört.«

Er war immer noch sehr aufgeregt. Er ging in dem kleinen Gang zwischen den aufgestapelten Möbeln auf und ab, und auch auf die Gefahr hin, sie zum Umfallen zu bringen, schlug er heftig auf sie ein.

Hortense fühlte, daß sie ihn beherrschte, sie nutzte sein Entsetzen und befahl ihm kurz in drohendem Ton:

»Wo ist die Brosche? Sie müssen sie mir wiedergeben. Ich verlange es.«

Pancardi war einen Augenblick lang verzweifelt. Er krampfte die Hände ineinander und murmelte flehende Worte. Dann sprach er unterwürfig und plötzlich resignierend:

»Sie verlangen es?«

»Ich will es... so hat es zu geschehen...«

»Ja, ja... es muß sein... ich bin einverstanden.«

»Sprechen Sie!« befahl sie noch härter.

»Sprechen, nein, aber schreiben... Ja, ich werde mein Geheimnis niederschreiben... und dann ist für mich alles vorbei.«

Er kehrte zu seinem Schreibtisch zurück und kritzelte fieberhaft einige Zeilen auf ein Blatt Papier, das er versiegelte.

»Hier«, sagte er, »das ist mein Geheimnis... Es war mein ganzes Leben...«

Gleichzeitig hielt er schnell einen Revolver an seine Schläfe, den er unter einem Stapel Papier hervorgezogen hatte, und drückte ab.

Mit einer schnellen Bewegung riß Hortense seinen Arm hoch. Die Kugel zersplitterte einen großen Standspiegel. Pancardi aber sank in sich zusammen und begann zu stöhnen, als wäre er verletzt.

Hortense mußte sich gewaltig zusammennehmen, um ihre Kaltblütigkeit nicht zu verlieren.

Rénine hat mich gewarnt, dachte sie. Er ist ein Komödiant. Er hat den Umschlag behalten. Er hat seinen Revolver behalten. Er wird mich nicht an der Nase herumführen.

Wenn sie auch äußerlich ruhig blieb, wurde sie sich aber bewußt, daß dieser Selbstmordversuch und der Schuß sie vollkommen aus der Fassung gebracht hatten. Ihre Kräfte waren auseinandergefallen wie ein Bündel Holz, dessen Riemen man zerschnitten hat, und sie hatte den ärgerlichen Eindruck, daß der Mann, der ihr zu Füßen lag, in Wirklichkeit allmählich die Oberhand über sie gewann.

Erschöpft setzte sie sich hin. Wie Rénine es vorausgesehen, hatte das Duell nur wenige Minuten gedauert, aber ihre Nerven hatten nachgegeben, und das zu einem Zeitpunkt, als sie fast gewonnen hatte.

Monsieur Pancardi erkannte das und hörte, ohne sich um einen glaubwürdigen Übergang zu bemühen, augenblicklich mit seinem Gezeter auf, stand mit einem Satz auf den Beinen, tat vor Hortense eine Art Luftsprung, der seine Geschmeidigkeit bewies, und rief spöttisch:

»Ich glaube, für die kleine Unterhaltung, die wir jetzt miteinander haben werden, ist es störend, der Willkür des erstbesten Kunden ausgesetzt zu sein, nicht wahr?«

Er lief zur Eingangstür, öffnete sie und zog die Eisenjalousie vor der Ladentür herunter. Immer noch hüpfend kehrte er zu Hortense zurück.

»Uff! Ich habe schon geglaubt, ich wäre verloren. Nur eine kleine Anstrengung mehr, Madame, und Sie hätten das Spiel gewonnen. Ich bin aber auch ein Idiot! Mir kam es so vor, als erschienen Sie wie ein Bote der Vorsehung aus der Vergangenheit, um Rechenschaft von mir zu verlangen, und idiotisch wie ich war, wollte ich... Oh, Mademoiselle Hortense – lassen Sie mich Sie so nennen, unter diesem Namen habe ich Sie gekannt –, Mademoiselle Hortense, Ihnen fehlt die nötige Portion Kaltschnäuzigkeit, wie man so schön sagt.«

Er setzte sich neben sie, sein Gesicht hatte einen bösartigen Ausdruck, brutal griff er sie an:

»Jetzt müssen wir ernst werden. Wer hat diese Geschichte eingefädelt? Sie nicht, was? Das ist nicht Ihre Art. Wer dann? Ich bin in meinem Leben immer ehrlich gewesen, peinlich ehrlich … außer bei diesem einen Fall … der Brosche. Und während ich die Sache für vergessen und begraben hielt, taucht sie jetzt wieder auf? Wieso? Das will ich wissen.«

Hortense versuchte nicht einmal mehr, sich zur Wehr zu setzen. Seine männliche Willenskraft, seine Gehässigkeit, seine Drohungen und die Angst, die seine wütenden Gesten und sein ebenso lächerlicher wie bösartiger Gesichtsausdruck beschworen, all das legte sich drückend auf sie.

»Sprechen Sie! Ich will es wissen! Wenn ich einen heimlichen Feind habe, will ich mich verteidigen können! Wer ist dieser Feind? Wer hat Sie hierher geschickt? Wer hat Sie dies tun lassen? Ist es ein Rivale, den mein Glück zur Verzweiflung bringt und der seinerseits von der Brosche profitieren will? So sprechen Sie doch, verdammt noch mal … oder ich schwöre Ihnen bei Gott …«

Sie bildete sich ein, daß er eine Bewegung machte, um seinen Revolver zu fassen, sie wich zurück und ertastete mit den Armen den Weg in der Hoffnung, entkommen zu können.

Seine Haltung wurde immer drohender, und Hortense, deren Angst nicht so sehr vor dem erwarteten Angriff als vielmehr vor dem verzerrten Gesicht ihres Gegners ständig wuchs, begann zu schreien, als Monsieur Pancardi sich plötzlich nicht mehr rührte, seine Arme blieben vorgestreckt; die Finger gespreizt, starrte er auf eine Stelle über Hortenses Kopf.

»Wer ist dort? Wie sind Sie hereingekommen?« fragte er mit erstickter Stimme.

Hortense brauchte sich nicht einmal umzuwenden, um sicher zu sein, daß Rénine ihr zu Hilfe kam und daß es das unerklärliche Erscheinen dieses Eindringlings war, das den Händler derart erschreckte. Eine schlanke Gestalt glitt hinter einem Haufen Sessel und Kanapees hervor. Rénine näherte sich mit ruhigen Schritten.

»Wer sind Sie?« wiederholte Pancardi. »Woher kommen Sie?«

»Von dort oben«, erwiderte Rénine sehr freundlich und wies zur Decke.

»Von dort oben?«

»Ja, aus der ersten Etage. Ich bin seit drei Monaten der Mieter der Etage über Ihnen. Vorhin hörte ich Lärm. Man rief um Hilfe. Da bin ich gekommen.«

»Aber wie sind Sie hereingekommen?«

»Über die Treppe.«

»Welche Treppe?«

»Die Eisentreppe hinten im Laden. Ihr Vorgänger hatte auch meine Etage gemietet und hatte über diese Innentreppe eine direkte Verbindung zum Erdgeschoß. Sie haben die Tür vernagelt. Ich habe sie geöffnet.«

»Und mit welchem Recht? Das ist Hausfriedensbruch.«

»Ein Hausfriedensbruch ist erlaubt, wenn es darum geht, einem Mitmenschen zu helfen.«

»Ich wiederhole meine Frage, wer sind Sie?«

»Prinz Rénine ... ein Freund von Madame«, sagte Rénine, indem er sich über Hortenses Hand beugte und sie küßte.

Pancardi schien sprachlos, er preßte zwischen den Zähnen hervor:

»Aha, ich verstehe ... Sie sind also der Anstifter des Komplotts. Sie haben Madame hierhergeschickt ...«

»Ich persönlich, Monsieur Pancardi, ich persönlich.«

»Und was sind Ihre Absichten?«

»Sehr sauber sind meine Absichten. Keine Gewalttat. Nur eine kleine Unterhaltung, nach der Sie mir das aushändigen werden, das ich zu holen gekommen bin.«

»Was?«

»Die Brosche.«

»Niemals«, sagte der Händler fest.

»Sagen Sie nicht nein. Sie greifen den Ereignissen voraus.«

»Keine Gewalt der Erde kann mich dazu zwingen.«

»Wollen Sie, daß wir Ihre Frau herbeirufen? Vielleicht übersieht Madame Pancardi die Situation besser als Sie.«

Der Gedanke, diesem undurchsichtigen Gegner nicht mehr allein gegenüberzustehen, schien Pancardi zu gefallen. Neben ihm befand sich eine Klingel. Er drückte dreimal auf den Knopf.

»Ausgezeichnet!« rief Rénine. »Sie sehen, liebe Freundin, Monsieur Pancardi ist sehr liebenswürdig. Er hat nichts mehr von dem entfesselten Teufel, der Ihnen vorhin so viel Angst machte. Nein... Monsieur Pancardi braucht nur einem Mann gegenüberzustehen, und schon findet er seine höflichen und verbindlichen Umgangsformen wieder. Ein wahres Lamm! Was nicht heißen soll, daß sich die Dinge von allein regeln werden. Weit gefehlt! Es gibt nichts Bockigeres als ein Lamm...«

Am anderen Ende des Ladens, zwischen dem Schreibtisch des Händlers und einer Wendeltreppe wurde ein Wandteppich hochgehoben, und eine Frau, die den Türflügel noch in der Hand hielt, wurde sichtbar. Sie war vielleicht dreißig Jahre alt. Schlicht gekleidet mit einer Schürze, schien sie eher Köchin als Herrin zu sein. Ihr Gesicht war sympathisch und ansprechend. Hortense, die Rénine gefolgt war, war überrascht, in ihr ein Zimmermädchen wiederzuerkennen, das, als sie noch unverheiratet war, in ihren Diensten gestanden hatte.

»Wie! Sie, Lucienne? Sie sind Madame Pancardi?«

Die Frau musterte sie, erkannte sie und schien verwirrt. Rénine sagte zu ihr:

»Ihr Mann und ich brauchen Sie, Madame Pancardi, um eine ziemlich schwierige Sache abzuschließen... eine Sache, bei der Sie eine wichtige Rolle gespielt haben...«

Wortlos, aber sichtlich beunruhigt trat sie näher und wandte sich fragend an ihren Mann, der sie nicht aus den Augen ließ: »Was ist los? Was will man von mir? Was ist das für eine Sache?«

Leise sprach Pancardi diese wenigen Worte:

»Die Brosche... die Brosche, weißt du...«

Mehr war nicht nötig, um Madame Pancardi die Situation in ihrer ganzen Härte klar zu machen. Daher versuchte sie auch nicht Haltung zu bewahren oder unnötig zu widersprechen. Sie setzte sich auf einen Stuhl und seufzte:

»Oh, ja... ich begreife... Mademoiselle Hortense hat die Spur gefunden... Oh, wir sind verloren!...«

Einen Augenblick lang schwiegen sie. Kaum hatte der Kampf begonnen, da kapitulierten der Mann und die Frau auch schon und schienen nur noch auf die Milde der Sieger zu hoffen. Unbeweglich, mit starren Augen begann die Frau zu weinen. Rénine beugte sich über sie und sagte:

»Wir wollen den Vorgang von Anfang an untersuchen, ja, Madame? Dann sehen wir klarer, und ich bin sicher, daß unsere Unterhaltung zu einem ganz akzeptablen Resultat führen wird. Also. Vor neun Jahren, als Sie in der Provinz bei Mademoiselle Hortense dienten, haben Sie Monsieur Pancardi kennengelernt, der bald Ihr Geliebter wurde. Sie sind alle beide Korsen, und damit aus einem Land, wo der Aberglaube sehr weit verbreitet ist und die Fragen des Glücks oder Unglücks, des bösen Blicks und des widerwärtigen Schicksals einen großen Einfluß auf das Leben jedes einzelnen haben. Es war aber bekannt, daß die Brosche Ihrer Herrin und denen, die sie besaßen, immer Glück gebracht hatte. Aus diesem Grund haben Sie, in einem Augenblick der Schwäche und von Monsieur Pancardi angestiftet, das Schmuckstück entwendet. Ein halbes Jahr später gaben Sie Ihre Stelle auf und wurden Madame Pancardi. Das ist in wenigen Sätzen Ihr ganzes Abenteuer, nicht wahr? Das ganze Abenteuer zweier Menschen, die ehrlich geblieben wären, wenn sie dieser vorübergehenden Versuchung hätten widerstehen können.

Ich brauche Ihnen nicht zu erzählen, wieviel Erfolg Sie beide hatten, und wie Sie als Besitzer des Talismans, weil Sie auf sich selbst und auf seine Kraft vertrauten, eines der führenden Antiquitätengeschäfte aufgebaut haben. Heute sind Sie reich, und als Eigentümer des Ladens »Zum guten Gott Merkur« schreiben Sie den Erfolg Ihrer Unternehmungen dieser Brosche zu. Sie zu verlieren, würde für Sie den Ruin und das Elend bedeuten. Ihr ganzes Leben hat sich auf sie konzentriert. Sie ist der Fetisch. Sie ist der kleine Hausgott, der beschützt und berät. Sie ist dort irgendwo unter dem Gerümpel versteckt, und niemand hätte etwas geahnt, denn ich wiederhole, daß Sie außer diesem kleinen Fehltritt ehrliche Leute sind, und niemand wäre je darauf gekommen, wenn ich mich nicht zufällig um Sie und Ihre Geschäfte hätte kümmern müssen.«

Rénine machte eine Pause und fuhr dann fort:

»Das ist jetzt zwei Monate her. Zwei Monate lang habe ich sorgfältig nachgeforscht. Gewiß, das wurde mir leicht gemacht, da ich, nachdem ich auf Ihre Spur gestoßen war, die erste Etage gemietet hatte und diese Treppe benutzen konnte... aber trotzdem zwei Monate, die weitestgehend vergeudete Zeit waren, da ich keinen vollen Erfolg hatte. Und Gott weiß, wie ich Ihr Geschäft auf den Kopf gestellt habe. Kein Möbelstück, das ich nicht untersucht hätte. Keine Parkettplanke, die ich nicht abgetastet hätte. Ergebnislos. Aber immerhin eine, wenn auch nebensächliche Entdeckung. In einem Geheimfach Ihres Schreibtisches, Pancardi, habe ich ein kleines Buch gefunden, in das Sie Ihre Gewissensbisse, Ihre Besorgnis, Ihre Furcht vor Strafe und Ihre Angst vor dem göttlichen Zorn niedergeschrieben haben.

Eine große Unklugheit, Pancardi, solche Geständnisse schreibt man doch nicht nieder! Und vor allem läßt man sie nicht herumliegen! Wie dem auch sei, ich habe sie gesehen, ich habe den Satz behalten, dessen Bedeutung mir nicht entgangen ist und der mir dazu diente, meinen Angriffsplan vorzubereiten:

›Wenn sie zu mir käme, sie, die ich bestahl, wenn sie so zu mir käme, wie ich sie in ihrem Garten sah, während Lucienne das Schmuckstück an sich nahm, wenn sie in einem blauen Kleid vor mir stehen würde, mit einem Barett mit rotem Laub, mit dem Glasperlenhalsband und der Peitsche aus drei Binsenhalmen, die sie an jenem Tag in der Hand hielt! Wenn sie so vor mir erschiene und zu mir sagte: ›Ich bin gekommen, um das von Ihnen zu verlangen, was mir gehört.‹ Dann erkenne ich, daß Gott ihr diesen Schritt eingegeben hat und daß ich den Befehlen der Vorsehung gehorchen muß.‹

Das steht in Ihrem Buch, Pancardi, und das erklärt das Vorgehen derjenigen, die Sie Mademoiselle Hortense nennen. Sie ist auf meine Anweisungen hin und entsprechend der kleinen Inszenierung, die Sie selbst angeregt haben, aus der Vergangenheit zu Ihnen gekommen – das sind Ihre eigenen Worte. Etwas mehr Kaltblütigkeit und sie hätte, das wissen Sie, das Spiel gewonnen. Unglücklicherweise spielen Sie wunderbar Komödie, und Ihr Selbstmordversuch hat sie aus der Fassung gebracht, und Sie begriffen, daß es kein Befehl der Vorsehung war, sondern nur ein Überfall Ihres früheren Opfers. Mir blieb nichts übrig, als einzugreifen. Jetzt bin ich hier, und wir wollen zum Schluß kommen: Pancardi, die Brosche!«

»Nein«, erwiderte der Händler, der bei dem Gedanken, die Brosche zurückgeben zu müssen, seine ganze Energie wiederfand.

»Und Sie, Madame Pancardi?«

»Ich weiß nicht, wo sie ist«, versicherte die Frau.

»Gut. Dann müssen wir handeln. Madame Pancardi, Sie haben einen siebenjährigen Sohn, den Sie von ganzem Herzen lieben. Heute, Donnerstag, muß er wie übrigens jeden Donnerstag allein von seiner Tante nach Hause kommen. Zwei meiner Freunde bewachen seinen Weg und werden ihn entführen, wenn sie keinen anderen Befehl erhalten.«

Madame Pancardi war plötzlich kopflos vor Angst.

»Mein Sohn! Oh, ich bitte Sie... nein, das nicht... ich

schwöre Ihnen, daß ich nichts weiß. Mein Mann hat mich niemals ins Vertrauen ziehen wollen.«

Rénine fuhr fort: »Zweiter Punkt: Noch heute abend wird eine Klage bei Gericht eingereicht. Als Beweis habe ich das Geständnis in dem Buch. Die Folgen: eine gerichtliche Untersuchung, Verhöre usw.«

Pancardi schwieg. Man hatte den Eindruck, daß ihn diese Drohungen nicht berührten und er sich unter dem Schutz seines Fetischs für unverletzbar hielt. Aber seine Frau warf sich Rénine zu Füßen und flehte:

»Nein ... nein ... ich flehe Sie an ... das hieße das Gefängnis, ich will nicht ... Und dann, mein Sohn ... oh, ich flehe Sie an ...«

Mitleidig nahm Hortense Rénine zur Seite:

»Die arme Frau! Ich bitte für sie.«

»Beruhigen Sie sich«, flüsterte er lächelnd, »ihrem Sohn wird nichts geschehen.«

»Aber Ihre Freunde ...«

»Eine glatte Erfindung.«

»Und die Klage bei Gericht?«

»Nur eine Drohung.«

»Was wollen Sie denn?«

»Sie erschrecken, sie aus sich herauskommen lassen, in der Hoffnung, daß ihnen ein Wort entfährt, das mir Klarheit gibt. Wir haben alle Mittel versucht. Jetzt bleibt uns als letztes nur noch eines, mit dem ich fast immer Erfolg habe. Erinnern Sie sich an unsere Abenteuer.«

»Wenn aber das Wort, auf das Sie warten, nicht fällt?«

»Es muß«, sagte Rénine dumpf. »Wir müssen zum Ende kommen. Die Stunde rückt näher.«

Sein Blick begegnete dem der jungen Frau, sie wurde rot, als sie daran dachte, daß die Stunde, auf die er anspielte, die achte war und daß er kein anderes Ziel erreichen wollte, als zum Ende zu kommen, bevor diese achte Stunde schlug.

»Das alles riskieren Sie als erstes«, sagte Rénine zu dem

Ehepaar Pancardi. »Das Verschwinden Ihres Kindes und das Gefängnis... das sichere Gefängnis, denn es gibt das Buch mit dem Geständnis. Jetzt kommt mein Angebot. Gegen die sofortige, augenblickliche Herausgabe der Brosche biete ich Ihnen zwanzigtausend Francs. Sie ist keine drei Louis wert.«

Keine Antwort. Madame Pancardi weinte.

Rénine fuhr fort, indem er seinen Vorschlag erweiterte:

»Ich verdopple... ich verdreifache die Summe. Teufel, Sie sind anspruchsvoll, Pancardi... Sei's drum; soll ich eine runde Summe nennen? Gut. Hunderttausend.«

Er streckte ihm die Hand entgegen, als bezweifelte er nicht, daß ihm der Schmuck ausgehändigt würde.

Madame Pancardi beugte sich mit einer plötzlichen Wut zu ihrem Mann:

»So gesteh doch!... Sprich!... Wo hast du sie versteckt? Was, du willst doch nicht etwa starrköpfig bleiben? Das wäre unser Ruin... das Elend... und dann, unser Sohn!... Los, sprich doch...«

»Rénine«, murmelte Hortense, »das ist Idiotie, der Schmuck ist vollkommen wertlos...«

»Keine Angst, er wird nicht annehmen. Aber sehen Sie ihn sich an... Wie erregt er ist! Genau das wollte ich. Oh, sehen Sie, das ist mitreißend... Die Menschen aus sich herauskommen lassen! Ihnen jegliche Kontrolle über das, was sie denken und sagen entreißen... Und in diesem Durcheinander, in diesem Sturm, der sie schüttelt, muß man den kleinen Funken aufblitzen sehen!... Sehen Sie! Sehen Sie! Hunderttausend Francs für einen wertlosen Stein... sonst das Gefängnis... Das muß einem ja den Kopf verdrehen!...«

Tatsächlich war der Mann leichenblaß, seine Lippen zitterten und waren feucht von Speichel. Man erriet den Aufruhr seines ganzen Inneren, das von widersprechendsten Gefühlen zerrissen wurde, von Furcht und Begehren, die aufeinander prallten. Plötzlich brach es aus ihm heraus, seine Worte sprudelten ohne Kontrolle hervor, ohne daß er wußte, was er sagte:

»Hunderttausend! Zweihunderttausend! Fünfhunderttausend! Eine Million! Na und? Ein paar Millionen? Wozu denn das, ein paar Millionen? Man verliert sie. Sie verschwinden... Sie verflüchtigen sich... Etwas allein zählt, und das ist das Schicksal, das für oder gegen einen ist. Das Schicksal aber ist seit neun Jahren für mich. Nie hat es mich verraten, und Sie wollen, daß ich es verrate? Warum? Aus Angst? Das Gefängnis? Mein Sohn?...

Geschwätz!... Mir geschieht nichts Böses, solange ich das Schicksal verpflichte, für mich zu arbeiten. Es ist mein Diener, mein Freund... Es ist mit der Brosche verbunden. Wie? Was weiß denn ich? Sicher ist es der Karneol... Es gibt wunderbare Steine, in denen das Glück enthalten ist, so wie in anderen Feuer oder Schwefel oder Gold...«

Rénine ließ ihn nicht aus den Augen, aufmerksam horchte er auf jedes Wort, jede Betonung. Der Händler lachte jetzt nervös, während er langsam seine Dreistigkeit zurückgewann, sich seiner sicher fühlte; er ging jetzt vor Rénine auf und ab, seine Bewegungen bewiesen seine wachsende Entschlossenheit.

»Millionen? Nein, Monsieur, ich will sie nicht. Das kleine Stückchen Stein, das ich besitze, ist viel mehr wert als Geld. Der Beweis dafür ist Ihre Mühe, um ihn mir abzunehmen. Oh, monatelange Nachforschungen, Sie geben es selbst zu. Monatelang haben Sie alles auf den Kopf gestellt, während ich nichts ahnte und mich nicht einmal verteidigte! Warum soll ich mich verteidigen? Das kleine Ding verteidigt sich allein... Es will nicht entdeckt werden, und es wird es auch nicht... Es befindet sich allerdings hier. Es überwacht gute und ehrliche Geschäfte, die es befriedigen... Pancardis Glück? Das ist in dem ganzen Viertel, bei allen Händlern bekannt. Ich schreie es über die Dächer: ›Ich habe Glück!‹ Ich habe sogar die Frechheit gehabt, den Gott des glücklichen

Zufalls als Patron zu wählen. Merkur! Auch er beschützt mich. Da, sehen Sie, überall in meinem Laden steht ein Merkur! Sehen Sie dort auf dem Bord, eine ganze Reihe von Statuen wie jene des Aushängeschilds, sie stammen von einem großen Künstler, der sich ruiniert hat und sie mir verkaufte. Wollen Sie eine, lieber Herr? Das wird auch Ihnen Glück bringen. Wählen Sie? Ein Geschenk von Pancardi, um Sie für Ihre Niederlage zu entschädigen! Einverstanden?«

Er stellte einen Schemel gegen die Wand direkt unter das Bord, griff nach einer Statue, die er herunternahm und in Rénines Arme legte. Laut lachend und um so überreizter, als der Feind den Boden unter den Füßen zu verlieren und vor seinem Angriff zurückzuweichen schien, rief er aus:

»Bravo! Er nimmt an! Und wenn er annimmt, heißt das, daß wir alle miteinander im klaren sind! Madame Pancardi, quälen Sie sich nicht. Ihr Sohn wird zurückkommen, und es wird kein Gefängnis geben! Auf Wiedersehen, Mademoiselle Hortense! Auf Wiedersehen, Monsieur. Wenn Sie einen kleinen Schwatz mit mir halten wollen, klopfen Sie dreimal auf Ihren Fußboden. Auf Wiedersehen ... nehmen Sie Ihr Geschenk mit ... Merkur möge Sie beschützen! Auf Wiedersehen, mein lieber Prinz ... Auf Wiedersehen, Mademoiselle Hortense ...«

Er stieß sie zur Eisentreppe, nahm sie beide am Arm und führte sie zu der niedrigen Tür, die oben die Treppe abschloß. Das seltsamste aber war, daß Rénine nicht protestierte. Er setzte ihm keinen Widerstand entgegen. Er ließ sich wie ein Kind, das man bestraft und vor die Tür setzt, hinausbringen.

Zwischen dem Augenblick, wo er Pancardi sein Angebot gemacht hatte, und dem, als dieser ihn triumphierend mit der Statue im Arm vor die Tür setzte, waren keine fünf Minuten vergangen.

In der ersten Etage, die Rénine gemietet hatte, gingen das Eßzimmer und der Salon auf die Straße. Im Eßzimmer war für zwei Personen gedeckt.

»Entschuldigen Sie meine Vorbereitungen«, sagte Rénine zu Hortense, indem er ihr die Salontür öffnete. »Ich habe gemeint, daß mir die Ereignisse in jedem Fall erlauben würden, Sie zum Abschluß dieses Tages zu empfangen und daß wir zusammen zu Abend essen könnten. Verweigern Sie mir nicht diese Gunst, die die letzte unseres letzten Abenteuers sein wird.«

Hortense schlug sie nicht ab; die Art und Weise, wie der Kampf endete, der so verschieden von allem war, was sie bisher mit ihm erlebt hatte, brachte sie aus der Fassung. Warum sollte sie außerdem das Essen ausschlagen, da doch die Bedingungen des Übereinkommens nicht erfüllt waren?

Rénine ging hinaus, um seinem Diener Anweisungen zu geben, kehrte zwei Minuten später zurück und führte Hortense in das Eßzimmer. Es war jetzt kurz nach sieben Uhr.

Auf dem Tisch standen Blumen. In der Mitte erhob sich die Statue Merkurs, das Geschenk des Monsieur Pancardi.

»Möge der Gott des glücklichen Zufalls unserer Mahlzeit beiwohnen!« sagte Rénine.

Er war sehr ausgelassen und gestand ihr seine Freude, daß sie bei ihm war.

»Oh«, rief er, »Sie waren böswillig! Madame verbot mir die Tür... Madame schrieb nicht mehr... Wirklich, liebe Freundin, Sie waren grausam, und ich habe sehr darunter gelitten. Daher mußte ich raffinierte Mittel anwenden und den Köder der sagenhaftesten Unternehmung auslegen. Sie müssen zugeben, daß mein Brief recht geschickt abgefaßt war! Die drei Binsenhalme... das blaue Kleid... Wie könnte man dem widerstehen! Außerdem habe ich noch einige frei erfundene Rätsel hinzugesetzt, wie zum Beispiel die fünfundsiebzig Kugeln des Halsbandes, die Alte mit dem silbernen Rosenkranz... kurz alles, was die Versuchung unwiderstehlich macht. Seien Sie mir deswegen nicht böse. Ich wollte Sie sehen, und zwar heute. Sie sind gekommen. Danke.«

Dann erzählte er, wie er die Spur des gestohlenen Schmuckstücks gefunden hatte.

»Nicht wahr, Sie hatten, indem Sie mir diese Bedingung auferlegten, gehofft, daß ich sie unmöglich erfüllen könnte? Irrtum, liebe Freundin. Die Aufgabe war wenigstens zu Anfang leicht in Angriff zu nehmen, denn sie stützte sich auf eine sichere Tatsache: daß nämlich die Brosche eine Art Talisman war. Ich brauchte nur nachzuforschen, ob unter Ihren früheren Bekannten, unter den Hausangestellten jemand war, auf den dieser Talisman irgendeine Anziehungskraft ausgeübt haben konnte. Auf der Liste der in Frage kommenden Personen kreuzte ich sofort Mademoiselle Lucienne, eine Korsin, an. Das war mein Ausgangspunkt. Danach entwickelte sich alles von selbst.«

Hortense sah ihn überrascht an. Warum nahm er seine Niederlage so lässig hin, und warum sprach er in einem so triumphierenden Ton, während er doch in Wirklichkeit von dem Händler klar besiegt und sogar ein wenig lächerlich gemacht worden war?

Sie konnte nicht umhin, es ihn merken zu lassen, und in dem Ton, den sie anschlug, lag eine gewisse enttäuschte Hoffnung und der Wunsch, ihn zu demütigen.

»Alles entwickelte sich von selbst, gut. Aber die Kette ist gerissen. Wenn Sie auch den Dieb kennen, ist es Ihnen schließlich doch nicht gelungen, den gestohlenen Gegenstand wiederzuerlangen.«

Der Vorwurf war deutlich. Rénine hatte sie nicht an Mißerfolge gewöhnt. Und außerdem reizte es sie, zu sehen, ob er seine Niederlage gleichmütig annahm, die ja alles in allem der Verzicht auf die Hoffnungen war, die er gehegt haben mochte.

Er antwortete nicht. Er hatte zwei Gläser Champagner eingeschenkt und leerte seines langsam, wobei er die Statue des Gottes Merkur ansah. Er wandte sie hin und her und strahlte Unternehmungslust aus.

»Wie wunderschön ist so eine harmonische Linie! Die Farbe begeistert mich weniger als die Linie, die Proportion, die Symmetrie und alles, was eine schöne Gestalt ist. Liebe Freundin, die Farbe Ihrer blauen Augen und Ihrer fahlroten Haare liebe ich, aber das Oval Ihres Gesichts, die gebogene Linie Ihres Nackens und Ihrer Schultern machen mich ergriffen. Sehen Sie sich diese Statue an. Pancardi hat recht: es ist das Werk eines großen Künstlers. Die Beine sind zugleich fein und muskulös, die ganze Gestalt hinterläßt den Eindruck von Schwung und Schnelligkeit. Das ist alles sehr schön... Nur ein einziger Fehler, ein sehr leichter, den Sie vielleicht gar nicht bemerkt haben.«

»Doch, doch«, versicherte Hortense. »Das hat mich gleich beim Anblick des Aushängeschilds draußen verwundert. Sie meinen das fehlende Gleichgewicht, nicht wahr? Der Gott beugt sich zu sehr über das Bein, das ihn stützt. Man meint, er würde vornüber fallen.«

»Kompliment«, sagte Rénine. »Der Fehler ist fast unmerklich, man braucht ein geübtes Auge, um ihn zu sehen. Aber tatsächlich müßte logischerweise das Gewicht des Körpers den Sieg davontragen, und nach dem Gesetz der Materie müßte der kleine Gott kopfüber fallen.«

Nach einem kurzen Schweigen fuhr er fort:

»Gleich am ersten Tag habe ich diesen Fehler bemerkt. Warum habe ich damals keine Schlüsse daraus gezogen? Ich war schockiert, weil man gegen ein ästhetisches Gesetz gesündigt hatte, wähend ich hätte entsetzt sein müssen, daß ein physikalisches Gesetz verletzt worden war. So als ob Kunst und Natur nicht miteinander in Einklang zu bringen wären. Und als könnten die Gesetze der Schwerkraft mißachtet werden, ohne daß ein sachlicher Grund dafür vorhanden wäre...«

»Was wollen Sie damit sagen?« fragte Hortense, durch diese Betrachtungen neugierig gemacht, die dem, was sie im

Innersten beschäftigte, so fremd zu sein schienen. »Was wollen Sie damit sagen?«

»Oh, nichts«, erwiderte er. »Ich wundere mich nur, daß ich nicht eher begriffen habe, warum dieser Merkur nicht kopfüber herunterfiel, wie es hätte der Fall sein müssen.«

»Und der Grund dafür?«

»Der Grund? Ich stelle mir vor, daß Pancardi, als er die Statue für seine Zwecke herrichtete, das Gleichgewicht nicht wieder hergestellt hat, daß aber irgend etwas diese Störung des Gleichgewichts ausgleicht und den kleinen Gott in seiner wirklich zu gefährlichen Haltung nach hinten zurückhält.«

»Und was wäre das?«

»Nun. Die Statue hätte mit Blei in die Mauer verankert sein können, aber sie war es nicht, und ich wußte es, weil ich Pancardi beobachtete, wenn er sie, auf einer Leiter stehend, alle zwei oder drei Tage anhob, um sie zu reinigen. Es bleibt also nur eine Möglichkeit: ein Gegengewicht.«

Hortense durchzuckte es. Sie begriff allmählich. Sie murmelte: »Ein Gegengewicht? Könnten Sie ahnen, was es sein kann... in dem Sockel?«

»Warum nicht?«

»Wäre das möglich? Aber warum hätte Ihnen Pancardi denn diese Statue geben sollen?«

»Er hat mir nicht diese hier gegeben«, erklärte Rénine. »Diese hier habe ich mir selbst genommen.«

»Aber wo? Und wann?«

»Vorhin, als Sie im Salon waren. Ich bin durch das Fenster geklettert, das über dem Aushängeschild neben der Nische des kleinen Gottes liegt. Und ich habe sie ausgetauscht. Das heißt, ich habe die Statue genommen, die sich draußen befand und die für mich von einigem Interesse war, und habe die mir von Pancardi überreichte an ihren Platz gestellt, da sie für mich uninteressant war.«

»Aber die andere war nicht nach vornüber geneigt?«

»Nein, nicht mehr als die anderen, die sich auf dem Bord in seinem Laden befinden. Aber Pancardi ist kein Künstler. Ein Fehler im Gleichgewicht fällt ihm nicht auf. Er wird nichts bemerken und sich weiterhin vom Glück begünstigt fühlen, was bedeutet, daß das Glück ihn weiterhin begünstigen wird. Nun haben wir die Statue von draußen. Soll ich den Sockel zerbrechen und Ihre Brosche aus der Bleihülle schälen, die hinten in dem Sockel eingelassen ist und das Gleichgewicht des Gottes Merkur sichert?«

»Nein!... nein!... nicht nötig...«, erwiderte Hortense schnell und mit leiser Stimme.

Rénines Scharfsinn, die Gewandtheit und seine Geschicklichkeit, mit denen er die ganze Affäre beherrscht hatte, blieben ihr in diesem Augenblick unbewußt. Plötzlich dachte sie daran, daß das achte Abenteuer zu Ende war, daß sich das Blatt zu seinen Gunsten gewendet hatte und daß die äußerste Grenze der festgelegten Frist für die letzte dieser Aufgaben noch nicht erreicht war.

Er war übrigens so grausam, darauf hinzuweisen:

»Viertel vor acht Uhr«, sagte er.

Tiefes Schweigen drängte sich zwischen sie. Beide fühlten sie diesen Druck so stark, daß sie sich nicht zu rühren wagten. Um es zu brechen, scherzte Rénine:

»Dieser gute Pancardi, wie gütig es von ihm war, mir den Fingerzeig zu geben! Ich wußte übrigens genau, daß ich schließlich, wenn ich ihn in große Aufregung versetzte, aus seinen Worten den kleinen noch fehlenden Hinweis erhalten würde. Es ist genauso, als ob man jemandem ein Feuerzeug in die Hand gibt und ihm befiehlt, es zu betätigen. Schließlich entsteht ein Funke. Bei mir ist der Funke dadurch entstanden, daß er unwissentlich aber unvermeidlich einen Zusammenhang zwischen der Karneolbrosche als Talisman und Merkur als Gott des glücklichen Zufalls herstellte. Das reichte. Ich erkannte, daß diese Gedankenverbindung daher kam, weil er tatsächlich die beiden Glücksbringer zusammengebracht und sie miteinander verbunden hatte, das heißt, um mich deutlich auszudrücken, indem er das Schmuckstück in dem Sockel der Statue versteckte. Und augenblicklich erinnerte ich mich an den Merkur draußen und an das fehlende Gleichgewicht...«

Rénine schwieg plötzlich; es schien ihm, als fielen alle seine Worte ins Leere. Die junge Frau hatte ihren Kopf in die Hand gestützt; ihre Augen verbergend, blieb sie unbeweglich und sehr abwesend.

In Wirklichkeit hörte sie überhaupt nicht zu. Die Lösung dieser besonderen Aufgabe und die Art, wie Rénine sich bei dieser Gelegenheit verhalten hatte, interessierten sie nicht. Sie dachte an alle Abenteuer zusammen, die sie seit drei Monaten erlebt hatte und an die wunderbare Haltung des Mannes, der ihr seine Dienste angeboten hatte. Wie auf einem magischen Film sah sie seine ungewöhnlichen Taten, all das Gute, das er getan, die Menschen, deren Existenz er gerettet hatte, die Schmerzen, die er gelindert, die Verbrechen, die er bestraft, die Ordnung, die er überall dort wiederhergestellt, wo sein selbstbewußter Wille sich eingeschaltet hatte. Nichts war ihm unmöglich. Was er begann, gelang ihm. Jedes Ziel, auf das er zuging, war ihm von vornherein sicher. Und das alles ohne sonderliche Anstrengung, mit der Ruhe eines Menschen, der seine Macht kennt und weiß, daß nichts ihm widerstehen wird.

Was konnte sie gegen ihn machen? Warum und wie sich verteidigen? Wenn er von ihr verlangte, daß sie sich ihm unterwarf, würde er sie nicht dazu zwingen – und wäre dieses größte Abenteuer für ihn schwieriger als die anderen? Und gesetzt den Fall, sie floh vor ihm, gäbe es in dem unendlichen Universum einen Schlupfwinkel, wo sie vor seiner Verfolgung sicher wäre? Vom Augenblick ihrer ersten Begegnung an war der Ausgang klar, denn Rénine hatte befohlen, daß es so sein würde.

Und trotzdem suchte sie noch Waffen, einen Schutz, sie sagte sich: Wenn er auch die acht Bedingungen erfüllt und mir die Karneolbrosche zurückgebracht hat, bevor die Uhr achtmal schlägt, so bin ich dennoch durch die Tatsache geschützt, daß die Uhr aus dem Schloß Halingre, und keine andere, achtmal schlagen muß. Der Pakt ist eindeutig. Rénine hat an jenem Tag, während er auf meinen Mund starrte, gesagt: »Das alte Kupferpendel wird seine Bewegung wieder aufnehmen, und wenn es am festgesetzten Tag achtmal schlägt, dann ...«

Sie hob den Kopf. Auch er rührte sich nicht, ernst und ruhig in seiner Erwartung.

Sie wollte eben sprechen und hatte sich etwa folgende Sätze zurechtgelegt:

»Sie wissen ... Unsere Abmachung verlangt, daß es die Uhr von Halingre sein muß. Alle Bedingungen sind erfüllt. Aber diese letzte nicht. Deswegen bin ich frei, nicht wahr? Ich habe das Recht, ein Versprechen nicht zu halten, das ich außerdem nicht gegeben habe, das aber auf jeden Fall von sich aus hinfällig ist ... Und ich bin frei ... aller Skrupel entledigt?« Sie kam nicht mehr zum Sprechen. Gerade in dieser Sekunde hörte sie hinter sich ein Klicken, wie von einer Uhr, die schlagen wird.

Ein erster Schlag hallte durch den Raum, dann ein zweiter, ein dritter.

Hortense seufzte. Sie hatte den Klang der alten Uhr von Halingre erkannt, die vor drei Monaten auf übernatürliche Art und Weise die Stille des verlassenen Schlosses gebrochen und sie beide auf den Weg ihrer Abenteuer geführt hatte.

Sie zählte. Die Uhr schlug achtmal.

»Oh«, murmelte sie schwach und verbarg das Gesicht in den Händen, »die Uhr ... die Uhr ist hier ... die Uhr von Halingre ... ich erkenne ihren Klang ...«

Sie sagte nichts mehr. Sie spürte, daß Rénine sie anblickte, und dieser Blick nahm ihr alle Kräfte. Sie hätte sie wiederfinden können, sie hätte mutiger sein und sich ihm widersetzen können, aber sie wollte ihm keinen Widerstand leisten. Die

Abenteuer waren zu Ende, doch eines blieb noch, und die Erwartung ließ die Erinnerung an alle anderen verblassen. Es war das Abenteuer der Liebe, das schönste, verwirrendste, wunderbarste aller Abenteuer. Sie akzeptierte den Befehl des Schicksals, glücklich über alles, was geschehen würde, denn sie liebte. Bei dem Gedanken, daß die Freude gerade in dem Augenblick in ihr Leben zurückkehrte, als ihr Geliebter die Karneolbrosche wiederbrachte, lächelte sie wider Willen.

Wie damals in Halingre erklangen die acht Schläge der Uhr ein zweites Mal.

Hortense sah Rénine an. Noch wenige Sekunden lang kämpfte sie mit sich selbst. Aber wie ein behexter Vogel war sie unfähig zu einer Geste des Protestes, und als der achte Schlag verklang, gab sie jeden Widerstand auf und bot ihm den Mund...

Maurice Leblanc
im Diogenes Verlag

Arsène Lupin – Der Gentleman-Gauner
Roman. Aus dem Französischen von Erika Gebühr
detebe 20127

Die hohle Nadel oder
Die Konkurrenten des Arsène Lupin
Deutsch von Erika Gebühr
detebe 20239

813 – Das Doppelleben des Arsène Lupin
Roman. Deutsch von Erika Gebühr
detebe 20931

Der Kristallstöpsel oder
Die Mißgeschicke des Arsène Lupin
Roman. Deutsch von Erika Gebühr
detebe 20932

Die Gräfin von Cagliostro oder
Die Jugend des Arsène Lupin
Roman. Deutsch von Erika Gebühr
detebe 20933

Arsène Lupin kontra Herlock Sholmes
Roman. Deutsch von Erika Gebühr
detebe 21026

Die Insel der 30 Särge
Roman. Deutsch von Lothar Schmidt und Ulrike Simon
detebe 21198

Die Uhr schlägt achtmal
Roman. Deutsch von Erika Gebühr
detebe 21254